LA FORZA DI DEVYN

Team Delta Due, Libro 6

SUSAN STOKER

<u>**Forze Speciali alle Hawaii**</u>

Trovare Elodie
Trovare Lexie
Trovare Kenna
Trovare Monica
Trovare Carly
Trovare Ashlyn
Trovare Jodelle (22 Luglio)

<u>**Armi & Amori: verso il futuro**</u>

Soccorrere Caite
Soccorrere Brenae
Soccorrere Sidney
Soccorrere Piper
Soccorrere Zoey (15 Luglio)
Soccorrere Avery (1 Settembre)
Soccorrere Kalee (1 Octobre)
Soccorrere Jane (1 Novembre)

<u>**Delta Force Heroes**</u>

Salvare Rayne
Salvare Emily
Salvare Harley
Il Matrimonio di Emily
Salvare Kassie
Salvare Bryn
Salvare Casey
Salvare Sadie
Salvare Wendy
Salvare Mary
Salvare Macie
Salvare Annie

Armi e Amori

Proteggere Caroline
Proteggere Alabama
Proteggere Fiona
Il Matrimonio di Caroline
Proteggere Summer
Proteggere Cheyenne
Proteggere Jessyka
Proteggere Julie
Proteggere Melody
Proteggere il Futuro
Proteggere Kiera
Proteggere i figli di Alabama
Proteggere Dakota

Mercenari di Montagna

Difendere Allye
Difendere Chloe
Difendere Morgan
Difendere Harlow
Difendere Everly
Difendere Zara
Difendere Raven

Ace Security

Il riscatto di Grace
Il riscatto di Alexis
Il riscatto di Bailey
Il riscatto di Felicity
Il riscatto di Sarah

Una raccolta di storie brevi

Un momento nel tempo

CAPITOLO UNO

Devyn si sedette sul divano nel suo appartamento e fece del suo meglio per non guardare Troy "Lucky" Schmidt; non era un uomo facile da ignorare. Dal momento in cui si erano incontrati si era sentita attratta da lui, ma a quel tempo non era nello stato d'animo giusto per accettare che un arrogante soldato delle forze speciali, che probabilmente era andato a letto con un milione di donne, ci provasse con lei.

Ma quando aveva avuto modo di conoscere lui e tutti i compagni di squadra di suo fratello, si era resa conto che Lucky non era un donnaiolo. Aveva dato per scontato che cambiasse ragazza ogni fine settimana perché era estremamente bello. Era alto un metro e ottantanove, una buona statura rispetto a suo fratello che amava, ma era un gigante. Non che lei fosse bassa con il suo metro e ottanta, anzi, poteva dire che Lucky era proprio dell'altezza giusta per lei.

Inoltre, incarnava perfettamente la definizione di alto, tenebroso e pericoloso. I capelli neri e i misteriosi occhi color nocciola la intrigavano da morire. La barba e i baffi la affascinavano ancora di più. Non sapeva perché quella barba la attirasse, ma era così. Era solita pensare che fosse disgustosa, un covo di germi che raccoglieva sporco e avanzi di cibo, ma Lucky la teneva ben curata. Non era né troppo lunga, né troppo corta, e non a chiazze come quella di certi tipi che sembravano dei quindicenni che cercavano di farsela crescere.

E poi c'erano i suoi muscoli...

L'aveva visto allenarsi con suo fratello un paio di volte e buon Dio, quell'uomo era scolpito. Non ne era sorpresa, dato che per essere un soldato delle forze speciali doveva tenersi in ottima forma, ma ogni volta che si muoveva i suoi muscoli si contraevano. Per non parlare di quella V che puntava verso l'inguine; aveva dovuto trattenersi per non strappargli i vestiti e vedere quanto era dotato sotto i pantaloncini.

Tutto ciò si aggiungeva al fatto che, secondo lei, doveva far sesso regolarmente. Era davvero bellissimo, e di certo tutte le donne intorno alla base di Fort Hood gli stavano spalmate addosso come il burro sul pane. Con il suo aspetto e un soprannome del genere, doveva essere costantemente *fortunato*.

Ma più Devyn frequentava il fratello e i suoi amici, più si rendeva conto che Lucky non era come inizialmente aveva pensato. Doveva ammettere di averlo stereotipato... e non in modo lusinghiero. Le dispiaceva, ma d'altronde non aveva programmato di rimanere in Texas così a lungo e quindi non si era sentita orribile a giudicare un estraneo, come invece sarebbe successo con una persona che sapeva avrebbe conosciuto meglio.

I suoi piani erano stati di andarsene dal Missouri, riorganizzarsi e trovare una città in cui potersi sentire a suo agio, trovare un lavoro e andare avanti con la sua vita. Poi aveva scoperto che Killeen avrebbe potuto essere quella città. Amava il clima; anche se faceva caldo, lo preferiva di gran lunga rispetto alla neve e al freddo con cui era cresciuta nel Missouri. Non era una città enorme, ma se aveva voglia di uscire a mangiare o a fare shopping, c'era tutto ciò che poteva desiderare. Aveva scoperto anche di essere una grande fan del cibo tradizionale messicano e a Killeen ce n'era in abbondanza.

Inoltre, amava suo fratello maggiore. I suoi amici lo chiamavano Grover perché il loro cognome era Groves, ma per lei era solo Fred.

Erano sempre stati molto legati. Oltre a loro due, c'erano un altro fratello e due sorelle e la vita mentre crescevano era stata frenetica. Lei era la più giovane, Spencer aveva due anni in più e Fred quattro. Anche se con Spencer erano più vicini come età, lui era sempre stato in giro a fare le sue cose. Le due sorelle maggiori, Mila e Angela, avevano rispettivamente sette e cinque anni più di lei, ed erano già delle adolescenti quando Devyn aveva raggiunto l'età – ed era stata abbastanza in salute – da voler uscire con loro.

Aveva trascorso gran parte della sua infanzia negli ospedali a combattere contro la leucemia. Ciò l'aveva tenuta separata dai suoi fratelli. Fred era stato quello che le aveva fatto compagnia quando era ricoverata; non gli era dispiaciuto stare seduto nella sua stanzetta per ore e ore a fare stupidi giochi da tavolo, a leggerle libri e a cantare per lei fino a farla addormentare, prima di andarsene. Era stato la sua roccia.

Non c'era da meravigliarsi che quando era fuggita dal

Missouri fosse andata direttamente nella piccola città dov'era di stanza. Seppur determinata a tenere per sé i suoi problemi, le era mancato il suo fratellone. Il suo più fedele sostenitore. Quando si era arruolato nell'esercito, trasferendosi, Devyn si era sentita distrutta. Era stata orgogliosa di lui, ma aveva fatto comunque male non averlo più intorno.

Così, eccola lì.

Ora, nonostante tutti gli sforzi, temeva di essere pericolosamente vicina a trascinarlo nel suo dramma.

Sospirò.

«Era un bel sospiro» disse Lucky dall'altra parte del divano. «Vuoi parlarne?»

Lo voleva disperatamente, ma era stanca di essere la sorellina impotente, quella che doveva essere accudita e coccolata. Quella che ogni volta che starnutiva, veniva ricoverata d'urgenza in ospedale solo per essere sicuri che il cancro non fosse tornato. Non che pensasse che Lucky l'avrebbe trattata così, ma era il migliore amico di Fred, sospettava che qualunque cosa gli avesse detto l'avrebbe riferita a suo fratello.

«No» rispose, dopo un bel po' di tempo.

Lui annuì. «Ok.»

Lo guardò. «Perché sei ancora qui? Mi hai portata a casa e ti ringrazio, ma sono sicura che se chiamassi uno degli altri, verrebbero a prenderti così potresti tornare alla festa.»

Erano stati nella nuova casa di Oz per festeggiare i matrimoni di Lefty e Kinley, Brain e Aspen e Oz e Riley. Era felice per loro. Ognuna di quelle donne aveva passato l'inferno e meritavano il meglio; l'avevano trovato nei compagni di squadra di suo fratello, che avrebbero protetto le loro mogli incondizionatamente. Era nel loro DNA aiutare gli altri, e le sue amiche erano state fortunate ad aver trovato la felicità e l'amore eterno.

Quando aveva inconsciamente risposto al telefono e si era resa conto che la chiamata era di Spencer, il desiderio di stare in mezzo a persone che sprizzavano felicità da tutti i pori era svanito. Non volendo rovinare l'atmosfera, aveva deciso di andarsene.

Ma Lucky l'aveva vista e si era offerto di accompagnarla a casa e lei, peccando di egoismo, aveva accettato.

«Mi trovo esattamente dove voglio essere» replicò lui, sistemandosi meglio sul divano come se avesse intenzione di restare a lungo.

Devyn si accigliò. Aveva bisogno che se ne andasse, non poteva legarsi ancora di più a quella città, agli amici e ai compagni di squadra di Fred.

«Ti chiamo un Uber» gli disse, prendendo il telefono.

Lucky mise la mano sulla sua, bloccandola. «Parlami, Dev» la invitò, con un tono basso e roco. «Mi piace pensare di essere tuo amico. Puoi dirmi qualsiasi cosa.»

«Se lo faccio, lo racconterai a Fred» sbottò.

La fissò confuso. «Non vuoi che tuo fratello sappia dei tuoi problemi? Perché?»

Devyn chiuse gli occhi sentendosi sconfitta. Era intrappolata tra l'incudine e il martello. «Sono stata una spina nel fianco per la mia famiglia da quando mi è stata diagnosticata la leucemia» ammise a malincuore. «I miei genitori hanno dovuto mollare tutto per portarmi agli appuntamenti medici. Ho avuto innumerevoli ricoveri. Nessuno di noi ha avuto una vita normale dopo la diagnosi. Anche quando ero in remissione, non abbiamo potuto fare ciò che fanno la maggior parte delle famiglie. Per esempio, le gite a Disneyland erano vietate perché c'era troppa gente, quindi un rischio troppo grande per il mio sistema immunitario compromesso. Mi rifiuto di creare altri problemi in aggiunta a quelli che hanno già dovuto sopportare a causa mia.»

Lucky non aveva spostato la mano e Devyn per un momento ebbe il desiderio di avvicinarsi e appoggiare la testa contro il suo petto, ma si trattenne. Probabilmente avrebbe pensato che fosse pazza e si sarebbe chiesto in cosa si fosse cacciato.

Era sicura che per un po' Lucky avesse voluto che fossero più che amici. Lo aveva tenuto a distanza perché non sapeva se sarebbe rimasta, ma era sempre più difficile tenerlo lontano, soprattutto quando si sentiva sola come in quel momento.

«Sono sicuro che nessuno nella tua famiglia ce l'abbia con te perché hai avuto il cancro.»

«Lo so. Ma a volte mi chiedo come sarebbero le nostre vite ora, se fossi stata normale.»

«*Sei* normale» ribatté con forza. «E chi può dire cos'è normale e cosa no? Sono fermamente convinto che le cose accadono sempre per un motivo.»

Devyn sbuffò.

«Sul serio. Solo perché non ci piacciono alcuni aspetti della nostra vita non significa che un altro modo sia migliore.»

«Sono solo stanca» mormorò chiudendo gli occhi.

«Lavori ancora part-time, giusto?» le chiese.

«Sì. Ma non è quello che intendevo. Amo lavorare alla clinica veterinaria. Gli animali sono così... semplici. Se provano dolore cercano di graffiarti o morderti. Se sono felici scodinzolano o fanno le fusa. Non usano stratagemmi. Finché hanno cibo, acqua e un riparo, sono a posto. Gli umani non sono così, vogliono sempre di più.»

«Più cosa?»

Devyn sapeva di aver detto troppo. «Tutto» rispose vagamente. Poi aprì gli occhi e lo guardò. «Se ti chiedessi di tenere per te ciò che diciamo, lo faresti? Cioè, non lo diresti a Fred?»

Capì dallo sguardo sul suo viso che non poteva prometterglielo.

«Grover è come un fratello per me» le rispose. «Si è preso una pallottola per proteggermi, come ho fatto io per lui.»

Non le piaceva quell'affermazione, proprio per niente, ma Lucky non le diede la possibilità di commentare.

«Ti vuole davvero tanto bene. Era eccitato quando gli hai detto che saresti venuta qui, ma anche preoccupato. Non sapeva perché volevi rinunciare alla tua vita nel Missouri per quello che sembrava un capriccio. Dev, non è un segreto che mi piaci molto e che se mostrassi un minimo di interesse di voler iniziare qualcosa, ci starei subito, ma non posso – e non voglio – avere dei segreti con Grover, soprattutto se riguarda la tua salute o sicurezza.»

Devyn annuì. Sapeva che avrebbe detto qualcosa del genere. Tuttavia, non era arrabbiata con lui. Ammirava il legame che Fred aveva con i suoi compagni di squadra, ed era per quello che aveva tenuto per sé i suoi problemi. Non aveva mai avuto un'amicizia del genere e non aveva alcun desiderio di fare qualcosa che potesse danneggiare il loro rapporto.

«Sei malata o in pericolo?» le chiese.

«No» rispose senza esitazione. Il cancro non era tornato, grazie a Dio, e non *pensava* di essere in pericolo. I suoi problemi con Spencer erano irritanti e stressanti, ma non valeva la pena scuotere le fondamenta della sua famiglia, e non era una questione di vita o di morte.

Aveva sperato che trasferirsi così lontano avrebbe fatto cambiare atteggiamento al fratello. Che sarebbe bastato per farlo tornare in carreggiata.

Purtroppo, però, non era cambiato affatto da quando se n'era andata e ne aveva avuto conferma con la breve telefonata di quel pomeriggio...

«Ehi, sorella. È il tuo fratello preferito.»

«Spencer. Come hai avuto il mio numero?» gli chiese.

«Me l'ha dato Fred. Mi ferisce che tu mi stia evitando» le disse.

«Cosa vuoi?»

«Ah, dritta al punto. Proprio da te. Ho bisogno di un prestito.»

Le si strinse lo stomaco. «No.»

«Dai, sorellina, sai che sei l'unica su cui posso contare.»

«Ho detto di no. Non mi hai ancora restituito i soldi che ti ho già prestato.»

«Ma questa volta è diverso» si lamentò Spencer.

«Non è mai diverso!» esclamò con foga. «Ogni volta pensi che sia il momento giusto, quello in cui farai la grande vincita, ma non succede mai! Devi smettere di giocare d'azzardo e iniziare a prendere sul serio la tua vita.»

«Come te?» sogghignò. «Ti appoggi sempre agli altri. Sei patetica.»

«Non chiamarmi più» disse Devyn, con tutta la forza che riuscì a racimolare.

«Mi dispiace» ribatté subito, cercando di placarla. «Ho chiesto dei soldi alla mamma, ma non ne ha più.»

«Hai preso i soldi di mamma e papà?»

«Dovevo! Stavano per cacciarmi dal mio appartamento.»

«Scommetto che non li hai chiesti a Fred, vero?»

«No. Tanto non me li darebbe. E Mila e Angela non possono con tutti i figli che hanno. Sei la mia unica speranza.»

«Te lo ripeto, no! Non ti darò altri soldi.»

«Sei un'ingrata, dopo tutto ciò che abbiamo sacrificato per te quando eri malata» disse Spencer con rabbia. «Mi hai rovinato l'infanzia! Me lo devi.»

Devyn chiuse la chiamata senza aggiungere altro.

Avrebbe voluto parlare con qualcuno del problema di suo fratello con il gioco d'azzardo, ma pensava che nessuno avrebbe capito davvero quanto fosse diventato grave.

Quando aveva cominciato a chiederle soldi glieli aveva dati; erano stati solo venti o cinquanta dollari qua e là. Non un gran problema. Poi gli importi avevano iniziato ad aumentare. L'ultima volta erano stati cinquecento, con la scusa che altrimenti gli avrebbero sequestrato l'auto; si era dispiaciuta per lui così glieli aveva prestati.

Poi aveva scoperto che invece se li giocava, nella speranza di fare una grossa vincita.

L'ultima volta che si erano visti l'aveva spaventata. Si era incazzato davvero molto perché l'aveva informato che non gli avrebbe dato più soldi.

Quando si era trasferita, aveva mentito a tutti. Non era vero che il suo capo ci aveva provato con lei, non era stato lui a spingerla e a procurarle il livido che Kinley aveva visto quando erano andati ad aiutarla a trasferirsi nell'appartamento.

Era stato suo *fratello*.

Si vergognava troppo per ammettere che era stato il

sangue del suo sangue a farle del male, e Fred avrebbe perso la testa se lo avesse scoperto.

Meglio tenere la bocca chiusa. Non voleva essere responsabile della rottura definitiva della sua famiglia. Quando era piccola i loro genitori avevano quasi divorziato perché non riuscivano ad affrontare lo stress della sua malattia. Non avrebbe sopportato di essere la ragione per cui tutti avrebbero preso le parti e smesso di parlarsi.

Era per quello che non poteva parlarne con Lucky. Lo avrebbe raccontato a Fred e sarebbe stata la fine. Non poteva farlo alla sua famiglia. Non dopo tutte le sofferenze causate dalla sua malattia. Doveva solo continuare a mantenere le distanze dalle domande su ciò che stava succedendo. Spencer alla fine si sarebbe reso conto che lei non avrebbe più finanziato il suo vizio.

In parte temeva che non sarebbe mai successo... perché erano passati mesi e mesi, e lui continuava a chiamare per chiedere altri soldi. Aveva messo in chiaro prima di lasciare il Missouri di non essere la sua banca personale, ma non si era arreso.

Quello era il motivo per cui sapeva che sarebbe stata una cattiva idea rimanere in Texas. Vicino a Fred. Perché si sarebbe affezionata troppo e non avrebbe più voluto andarsene. Infatti, stava già accadendo. Non voleva rinunciare ai suoi nuovi amici, voleva conoscere i bambini di Aspen, che avrebbe partorito entro un paio di mesi, e di Riley a cui sarebbe toccato poco dopo. E i nipoti di Oz, Logan e Bria, erano così simpatici che adorava stare con loro.

Lì si era fatta una nuova vita, anche se non avrebbe dovuto, e non voleva andarsene.

Infine c'era Lucky.

Neanche a farlo apposta, le chiese: «Dev? A cosa stai pensando così intensamente?»

Era davvero un brav'uomo e, non per la prima volta, avrebbe voluto che la sua vita fosse diversa. «A niente» rispose.

«Sai, condividere i tuoi fardelli di solito li rende meno spaventosi e travolgenti.»

Ridacchiò. «Non sapevo fossi così emo.»

Le sorrise e lei si sentì rimescolare la pancia.

«Non lo sono, ma è la verità. Condividere ciò che non va non è una cosa negativa. Sai che io, tuo fratello e il resto della squadra faremo tutto il necessario per uccidere i tuoi draghi.»

«Lo so.» Ed era così, ma il proverbiale drago che doveva essere ucciso era suo fratello. E di Fred. Non poteva proprio farlo.

«Pensaci» incalzò Lucky. «Non insisterò... stasera, ma ci sono un sacco di persone che ti vogliono bene e si preoccupano per te. Nessuno scherza con uno dei nostri e ciò include anche te.»

Le sue parole erano dolci e terrificanti allo stesso tempo. «Grazie.»

«Prego.»

«Sono un po' stanca» mentì. Aveva bisogno che Lucky se ne andasse, non voleva rischiare di cedere e raccontargli tutto.

«Va bene. Me ne vado.»

«Vuoi che ti chiami un Uber?» gli chiese.

«No. Chiamerò Grover. So che sarà preoccupato per te.»

«Ma è ancora alla festa» protestò.

«Non gli importerà. Probabilmente sarà felice di allontanarsi per un po' da tutta quella felicità e dalle stronzate da innamorati» replicò Lucky con un sorriso, alzandosi dal divano.

«È per questo che te ne sei andato?» Sorrise a sua volta.

«No. L'ho fatto perché avevi bisogno di me.» Poi la scioccò chinandosi e baciandole la testa. «Ci vediamo presto» disse, lanciandole un lungo sguardo intenso, quasi intimo, prima di avviarsi verso la porta d'ingresso.

«Cos'è successo?» sussurrò Devyn quando fu di nuovo sola.

Ma lo sapeva. Lucky aveva smesso di farsi tenere a distanza.

Aveva visto in prima persona che quando un Delta sceglieva una donna, era determinato a fare tutto il necessario per averla.

Non riusciva a decidere se essere elettrizzata dalla prospettiva che volesse conquistarla o spaventata a morte.

CAPITOLO DUE

«STA BENE?» chiese Grover quando Lucky salì sulla sua Jeep Grand Cherokee, fuori dal condominio di Devyn.

«Sì» rispose.

«Ti ha detto che cazzo sta succedendo?»

«No.»

«Merda. Perché?»

Lucky si voltò verso il suo amico. «Ho una domanda.»

«Spara» disse, uscendo dal parcheggio.

«Come reagiresti se tua sorella mi dicesse qualcosa chiedendomi di tenerlo per me?»

Osservò la sua mascella irrigidirsi. «Non mi piacerebbe affatto.»

«Già. È quello che le ho detto quando me l'ha chiesto. Non ti nasconderei mai qualcosa di così importante come il benessere di tua sorella. Sei uno dei miei migliori amici e non ho alcun desiderio di avere dei segreti con te. Non ho idea di cosa stia succedendo e lei non vuole dirmelo, ma è abbastanza ovvio che abbia a che fare con tuo fratello.

Potrei essere completamente fuori strada, ma penso che non voglia creare discordia in famiglia.»

Grover sospirò. «Sì, è da un po' che evita le telefonate dei miei genitori. Quando Spencer mi ha chiesto il suo numero, gliel'ho dato nella speranza che potessero sistemare le cose. Immagino che si sia ritorto contro, eh?»

«Per la cronaca, ha detto che non è malata o in pericolo.»

«Questo mi fa sentire un po' meglio, ma è stata malata per così tanto tempo, che non le piace essere ricoperta di attenzioni. Potrebbe benissimo avere un braccio rotto e direbbe comunque che si tratta solo di un graffio.»

Annuì. «Ho finito di girarci intorno» lo informò.

«Bene» disse il suo amico senza esitazione. «Te l'ho già detto ma lo ripeto. Se Devyn si mettesse con te o con Doc, ne sarei felicissimo.»

«*Non* si metterà con Doc» ringhiò Lucky.

Grover rise. «Ok» ribatté, poi tornò serio. «Ti considero già un fratello ma se lo diventassi legalmente ne sarei davvero entusiasta. Se riuscirai a capire qual è il problema di Devyn e a far tornare la luce nei suoi occhi, sarò per sempre in debito con te.»

«Mi sento di doverti dire una cosa...»

«Sì?»

«In questo momento sono solo un suo amico e, in quanto tale, non ho problemi a condividere con te ciò che mi dice, ma se le cose tra di noi si faranno serie, non lo farò più. Io e Dev decideremo insieme cosa raccontarti, ma non ho intenzione di parlarti di ogni singola cosa che accadrà nella nostra vita.»

Grover rimase in silenzio per un momento, poi disse: «Posso capirlo. È difficile per me pensare che lei sia qualcosa di diverso dalla sorellina che devo proteggere, ma *è* un'adulta.»

Lucky annuì sollevato. In quel momento non aveva problemi a passargli informazioni sulla salute e il benessere di Devyn, ma se fossero diventati una coppia, gli sarebbe sembrato di rivelare una confidenza; e lui voleva entrare in confidenza con lei... e poterla definire sua.

Lo desiderava quasi dal momento in cui aveva posato gli occhi su di lei.

I due amici rimasero in silenzio mentre Grover guidava verso la casa di Oz. Quando arrivarono, si fermò accanto al pick-up GMC Sierra di Lucky. «Ho pensato che non saresti stato dell'umore giusto per tornare lì» disse, mentre spegneva il motore.

«Mi dispiace ma sì, ho bisogno di pensare ai prossimi passi. Se parli con Spencer o con i tuoi genitori, potresti dire loro di lasciarla in pace per un po'. Ha bisogno di spazio. Ho la sensazione che stia pensando di scappare.»

«Cosa intendi?» gli chiese, con aria preoccupata.

«Non ha sballato quasi nulla» rispose.

«Sul serio?»

«Sì. Ci sono scatole dappertutto.»

«Ma l'abbiamo aiutata a trasferirsi qui più di un anno fa.»

«Abbiamo portato gli *scatoloni*, ma non siamo rimasti a guardarla disfarli.»

«Cazzo.»

«Se Spencer continua a farle pressioni, su qualunque cosa sia, ho la sensazione che se ne andrà.»

Grover lo guardò. «Mi è mancata. Amo tutti i miei fratelli, ma io e Devyn eravamo molto uniti da piccoli. Odiavo quando stava male e passavo ogni minuto possibile con lei. Non volevo nemmeno giocare con i miei amici; riuscivo solo a pensare a quanto sarei stato triste se lei fosse morta. Così sono rimasto incollato al suo fianco. Anche quando era in remissione, siamo comunque rimasti vicini. Abbiamo quattro anni di differenza, ma potremmo benissimo essere gemelli. Sono entusiasta che sia qui. È diventata una donna straordinaria e le voglio un bene dell'anima, non voglio che se ne vada.»

«Nemmeno io» disse Lucky. «Farò tutto ciò che è in mio potere per convincerla a restare, ma se Spencer continua a chiamarla, potrebbe decidere di andarsene per non coinvolgerti in ciò che sta succedendo.»

«Ok. Gli parlerò.»

«Bene.»

«Posso darti un consiglio?»

«Certo.»

«Prenditi un animale domestico. Un cane, un gatto o una capra, non ha importanza. Vai al rifugio e scegli quello più malato, poi chiedi consiglio a Devyn su come mantenere in vita la povera creatura. Sarà come creta nelle tue mani.»

«Non sono sicuro di volerla manipolare in quel modo» replicò Lucky accigliato.

«Mia sorella ama gli animali più delle persone. Non riuscirà a resistere alla tentazione di aiutarti a riportarne in salute uno. Ti darà una mano.»

«È comunque manipolazione» protestò.

«Vuoi dirmi che non avevi pensato di prenderti un cane?»

Lucky sospirò. Quella era la cosa particolare dei migliori amici, ti conoscevano meglio di te stesso. «Sai che è così. Abbiamo sempre avuto animali in casa quando ero piccolo, ma non trovo giusto lasciarlo quando andiamo in missione.»

«Se Oz può affidare i suoi nipoti alle abili mani di Gillian, penso che tu possa lasciare un animale o due con lei o con Kinley, Aspen o Riley. Sai che adorano aiutare.»

Lo *sapeva*, e doveva ammettere che l'idea di Grover non era male... anche se restava comunque un po' subdola.

Come se gli avesse letto nel pensiero, incalzò: «Guarda, voglio bene a mia sorella, ma è testarda come un mulo. Fai ciò che devi. Inoltre, non sai quanto apprezzi che tu non voglia nascondermi le cose, ma se per farti dire cosa c'è che non va devi prometterle di tenere la bocca chiusa... mi sta bene. Tutto ciò che ti chiedo è di informarmi se dovesse esserci in gioco la sua vita.»

«Ci sto.» Non voleva nascondere nulla al suo amico, ma se con Devyn fosse spuntato di nuovo quell'argomento, le avrebbe parlato di quella conversazione. Qualcosa la turbava e lui voleva disperatamente sapere cosa fosse. Non per sistemarla, ma per aiutarla a trovare una soluzione. Insieme.

«Mi chiedo quali siano gli orari di apertura della Humane Society» rifletté.

Grover rise e gli diede una pacca sulla spalla. «Questo è lo spirito giusto. E per la cronaca, non sperare di cavartela con un matrimonio in municipio. Ai miei genitori verrebbe un attacco di cuore. Mila e Angela si sono sposate nella nostra chiesa di famiglia nel Missouri, e vorranno che Devyn sposi lì l'amore della sua vita.»

«Stai correndo un po' troppo» gli disse, mentre scendevano dalla Jeep.

«Non credo. L'uomo che starà con mia sorella sarà dannatamente fortunato... e tu sei il bastardo più fortunato della squadra. Se c'è qualcuno che può farla innamorare, quello sei tu.»

«Grazie.» La fiducia e l'approvazione del suo amico significavano tutto per lui.

«È piuttosto indomabile, ma ha il cuore più grande di chiunque abbia mai incontrato» sostenne Grover. «Ci vediamo all'allenamento domani mattina. Per fortuna poi abbiamo il resto della giornata libera, così potrai andare alla Humane Society.»

Lucky scosse la testa mentre il suo amico rideva e si incamminava verso la casa di Oz e la festa in corso.

Grover gli aveva dato dei buoni consigli ed era sollevato che fosse favorevole alla loro relazione; non ci avrebbe rinunciato a prescindere, ma ciò rendeva le cose molto più facili. Non gli piaceva avere segreti con lui, ma ci avrebbe pensato quando si fosse presentato il momento. Se Grover avesse fatto la sua parte parlando con il fratello, forse Devyn si sarebbe rilassata.

Nel frattempo, avrebbe fatto tutto il necessario per convincerla a fidarsi di lui, per dimostrarle che era un uomo su cui si poteva fare affidamento. Su cui *lei* poteva fare affidamento.

CAPITOLO TRE

«Come posso aiutarla?» gli chiese una signora quando entrò alla Humane Society la mattina seguente.

Lucky non riusciva a credere che stesse per farlo, ma Grover aveva ragione, gli era mancato avere animali intorno. Era cresciuto in una fattoria nello Stato di New York e c'erano sempre stati in giro cani, gatti, maiali, furetti, capre e altre creature pelose. Riusciva persino a ricordare che un'estate i suoi genitori avevano deciso di provare a salvare un vitello orfano; aveva vissuto nella loro casa per tre mesi e poi era diventato così grande che non avevano avuto altra scelta che trasferirlo nella stalla.

«Vorrei adottare un animale da compagnia» le rispose.

«Grande!» esclamò la donna. «Di che tipo?»

«Pensavo a un gatto. Viaggio per lavoro e credo sia più facile trovare qualcuno che se ne prenda cura quando non ci sono.»

«È vero. Anche se i gatti soffrono di solitudine quanto i cani. Alcune persone pensano di poterli lasciare a casa da soli e che staranno bene con un contenitore d'acqua e una grande ciotola di cibo, invece hanno bisogno anche di interazione sociale.»

«Oh, non lo lascerei da solo. Farei in modo che un amico andasse ogni giorno.»

«Bene. Lo vuole piccolo? Già cresciuto? Di che colore? Abbiamo molti gatti neri. Purtroppo la gente crede ancora che portino sfortuna.»

«In realtà non so cosa sto cercando» ammise. «Pensavo di poter vedere quello che ha e partire da lì.»

«Nessun problema. Di solito gli adottanti compilano i documenti dopo che hanno trovato un amico pelosetto per la vita. Se mi segue, le faccio vedere dove teniamo i gatti e può prendersi il tempo che le serve per vedere se qualcuno *gattura* la sua attenzione!»

Lucky trattenne a malapena un sorrisetto ai tentativi di umorismo della donna. La seguì fino a una porta a sinistra e oltrepassarono diverse stanze vuote, probabilmente spazi in cui i potenziali adottanti potevano stare con un animale per assicurarsi di essere compatibili.

La sera prima ci aveva pensato molto, convincendosi sempre di più di volerne adottare uno. Sapeva che Grover in un certo senso l'aveva suggerito per scherzo, ma Lucky si stava davvero eccitando all'idea di prendere un gatto.

La donna aprì una porta e l'abbaiare dei cani assalì le sue orecchie; quello era un motivo in più per prendere un micio, non avrebbe infastidito i vicini abbaiando tutto il tempo.

La signora sorrise agli animali mentre superavano una lunga fila di gabbie. Ognuna era grande circa un metro e ottanta per un metro e venti, con una rete metallica che correva per tutta la lunghezza e aveva dei cancelli che conducevano in ogni spazio. In quasi tutte c'erano delle coperte, dei giocattoli, e ciotole di cibo e acqua. Mentre passavano, la maggior parte dei cani abbaiava saltando contro la rete.

Stavano per entrare nella stanza in cui c'erano i gatti, quando colse qualcosa con la coda dell'occhio.

Lucky si girò per guardare una gabbia che a prima vista sembrava vuota; era stato un movimento sul fondo ad attirare la sua attenzione. Un cane marrone col pelo arruffato era rannicchiato in un angolo. Poteva vedere gli occhi scuri che lo scrutavano con diffidenza. Non stava abbaiando; in realtà il poveretto tremava e sembrava quasi sperare che si allontanasse il più velocemente possibile.

«Signore?» lo chiamò la donna.

Lucky indicò il cane. «Che mi dice di quello?»

«*Quella*. Ce l'ha segnalata un operaio di una squadra di demolizioni. Viveva in una casa abbandonata che doveva essere abbattuta, ma per fortuna l'hanno trovata prima di iniziare. Abbiamo dovuto addormentarla con un dardo per catturarla. È estremamente scontrosa, quasi selvaggia. Pensiamo che possa essere in parte terrier e in parte retriever.»

Poi vide qualcosa che non aveva notato prima: un paio di occhi più piccoli che sbirciavano tra le zampe del cane.

«Ma quello è un... gatto?» le chiese.

«Sì, è una gatta. Sono state trovate in casa insieme. Lei è molto protettiva nei confronti della sua amica. Da quello che possiamo dire ha partorito, ma i cuccioli non ce l'hanno fatta. Probabilmente ha trovato la gattina e dato che era ancora in lattazione e le mancavano i suoi piccoli, l'ha adottata come sua.»

Lucky si sentì sciogliere il cuore.

«Però non siamo riusciti a socializzare con loro. La

cagnolina non si è rilassata con nessuno di noi. Abbiamo dovuto sedarla solo per poterla esaminare e la gatta ha miagolato disperata per tutto il tempo che è rimasta da sola. Purtroppo sono in lista per l'eutanasia alla fine di questa settimana. Per quanto ci piacerebbe salvare tutti, queste due devono essere adottate insieme e con la loro scontrosità è improbabile.»

«Le prendo io» disse d'impulso.

La donna sbatté le palpebre. «Che cosa?»

«Voglio adottarle entrambe.»

«Oh, ehm... pensavo avesse detto di volere un gatto.»

«Sì, ma non sono contrario ad avere un cane, e queste due probabilmente hanno bisogno di essere adottate più di qualsiasi altro animale che c'è qui dentro.»

«Ma non siamo nemmeno entrati nella stanza dei gatti» insistette, ancora confusa.

Lucky si voltò a guardarla, inclinando la testa. «Sta cercando di *convincermi* a non adottarle?» le chiese.

«Be', no, non proprio. Ma non conosciamo nemmeno l'entità delle loro esigenze mediche. E la cagnolina non sarà il miglior animale domestico, è stata da sola troppo a lungo. Non si fida di nessuno.»

«Ha un nome? Il cane intendo.»

«Non ufficialmente. Ma lo staff l'ha chiamata Lucky.»

Sorrise. Perché non era sorpreso?

«Devo farle compilare delle scartoffie» gli disse, ancora dubbiosa. «Se per cortesia viene...»

«Posso entrare lì con loro?» le domandò. «Voglio vedere se riesco a farle abituare a me. Almeno un po'. Voglio provare a rendere il viaggio fino a casa mia meno traumatico per loro.»

La donna sembrò ancora più scettica. «Be', va contro il regolamento...» La sua voce si affievolì.

«È in grado di portarle in una delle stanze delle visite senza terrorizzarle?» le chiese.

Sembrò a disagio a quella domanda.

«Non le farò uscire. Voglio solo che si abituino al suono della mia voce.» Lucky non era nemmeno sicuro che fosse possibile, con tutti quei cani che abbaiavano intorno a loro, ma non voleva traumatizzare la coppia facendole trascinare fuori dalla gabbia per portarle in una stanza sconosciuta; per il momento conoscevano solo quel posto.

«Va bene. Può cambiare idea quando vuole, comunque» gli disse.

Non sarebbe successo, ma annuì lo stesso, sollevato che gli permettesse di salutare i nuovi membri della sua famiglia nel loro territorio.

Aprì il cancello della gabbia e si infilò dentro.

«Rebecca?» qualcuno chiamò dalla porta dell'area accoglienza. «Sono sommersa qui, puoi venire ad aiutarmi?»

La donna che lo aveva accompagnato lo guardò incerta.

«Sto bene» le disse. «Faccia quello che deve, io intanto sto qui a conoscere le mie nuove amiche.»

«Ok. Torno appena possibile.»

Lucky annuì e lei percorse il corridoio fino all'area accoglienza.

Tirò un sospiro di sollievo. Non sapeva se sarebbe riuscito a ottenere la fiducia della coppia, ma era contento di non avere un pubblico mentre ci provava. Si accucciò all'apertura del cancello e si mise in ginocchio, allungando il corpo in avanti in modo da adattarsi allo spazio e appoggiando il mento sulle mani. Guardò il cane dall'aspetto patetico e la sua amica gattina.

«Ciao» disse sommessamente. «Sono Lucky. So che le persone qui intorno ti hanno chiamata così, ma creeremmo solo confusione se avessimo lo stesso nome. E anche se sei stata *davvero* fortunata, penso che qualcosa di più femminile ti starebbe meglio. Che ne dici di Gretta?»

Il cane non batté ciglio.

«No? Forse hai ragione. Abby? Belle? Charlie? Nikki? Pepper?» Sapeva che alcune persone avrebbero potuto pensare che fosse ridicolo chiedere a un cane come voleva chiamarsi, ma quando era più giovane era sempre stato incaricato di dare un nome ai loro animali e aveva preso sul serio il suo lavoro. Credeva che la piccola creatura gli avrebbe fatto capire se le fosse piaciuto un nome tra quelli che avrebbe elencato.

«Layla? Trixie? Ginger? Angel?»

Nel momento in cui pronunciò l'ultimo nome, il cane raddrizzò le orecchie e sollevò un po' il muso.

«Ti piace Angel, eh?» le chiese.

Il cane cominciò a muovere piano la coda.

«Va bene, Angel. Il piano è questo: oggi verrai a casa con me. Tu *e* la tua amica. Vivo in una villetta a schiera e c'è molto spazio per entrambe. So che non te la sei passata bene di recente, ma da adesso in poi sarai al sicuro. Non ti farò del male e avrai molto cibo e acqua. Non so come stavi prima, ma ora hai una nuova vita davanti a te e non dovrai preoccuparti che la tua casa venga demolita mentre sei dentro.»

Angel continuò a fissarlo, come se avesse compreso ogni parola.

Lucky si stese lentamente a terra e allungò le mani verso la coppia con i palmi rivolti verso l'alto, senza però guardarle. Continuò a parlare di niente in particolare, raccontando alle sue nuove amiche del team e delle loro donne. Parlò di Devyn, dicendo che anche lei era diffidente e che sperava di guadagnarsi la sua fiducia.

In sostanza, voleva che le due si abituassero al suono della sua voce, che capissero che non avrebbe fatto loro del male.

Non sapeva quanto tempo fosse passato, ma quando sentì un naso freddo contro le dita, non si spostò di un centimetro. Continuò a parlare, dicendo ad Angel che era una brava cagnolina, che era stata una madre fantastica per la gattina. La sentì annusargli i palmi... e poi il peso della sua testa che si posava sulle dita di una mano.

Lucky sorrise. Si mosse in modo impercettibile per guardarla e vide che si era spostata in modo da potersi avvicinare un po'. I suoi occhi marrone scuro erano concentrati su di lui, e finalmente mise la testa completamente sulla sua mano.

«Ti piace così, ragazza?» le chiese. Usando il pollice, le accarezzò con gentilezza un lato del muso. Era l'unica cosa che riusciva a raggiungere. Sorprendentemente, Angel non indietreggiò.

La gatta, che era stata accoccolata tra le gambe del cane, sembrò volere ciò che aveva ottenuto la sua protettrice, e avanzò piano. Sbatté la testa contro l'altra mano e Lucky sorrise.

Anche lei aveva un brutto aspetto; la pelliccia marroncino era tutta arruffata, ma aveva gli occhi verdi più belli ed espressivi che avesse mai visto. «Ehi, sei davvero coraggiosa, eh? E guarda, con i baffi lunghi che hai, quasi quasi ti chiamo Whiskers. Cosa ne pensi?» cantilenò.

La gatta sbatté di nuovo la testa contro la sua mano, come per chiedere di essere accarezzata. Lucky non osò ridere per non spaventarle. Acconsentì alla sua richiesta e usò le dita per accarezzarle la testa come meglio poteva in quella posizione. Notò che la gatta era più vecchia di quanto avesse pensato all'inizio, quindi era probabile che la coppia stesse insieme da molto tempo e non da poche settimane.

«Allora, Angel e Whiskers, pensate di voler venire a casa con me? Se non altro posso promettervi che sarà un posto molto più tranquillo di questo.»

Whiskers iniziò a fare le fusa, ne sentì le vibrazioni contro le dita, e Angel chiuse gli occhi rimanendo posata sulla sua mano.

Trenta minuti dopo, Rebecca tornò e fissò Lucky incredula.

Aveva cambiato posizione e ora era seduto a gambe incrociate, con Angel e Whiskers in grembo. Se avesse dovuto indovinare, il cane pesava circa nove chili e la gatta poco più di due.

Quando si era seduto, entrambi gli animali erano tornati di corsa nell'angolo. Lucky si era sistemato in quello opposto, mettendosi una coperta in grembo, e aveva continuato a parlare a bassa voce.

Whiskers era stata la prima a muoversi, avvicinandosi piano e infine arrampicandosi sulle sue ginocchia. Angel si era agitata e si era unita subito all'amica, probabilmente per proteggerla. Dopo pochi minuti e un po' di carezze, si erano rilassate entrambe.

«Porca vacca» sussurrò Rebecca. «Se non l'avessi visto con i miei occhi, non ci avrei creduto.»

Lucky sorrise. «Ci so fare con gli animali» le disse.

«Lo vedo» ribatté lei. «Pensa di poterle tirare su o si spaventeranno?»

«Non sono nemmeno sicuro di riuscire ad alzarmi io» confessò. «Credo che mi si siano addormentate le gambe.» Si sorrisero. «Ma sì, penso di poterle prendere in braccio.»

«Abbiamo un trasportino in cui può metterle per portarle a casa. Le chiedo solo di restituirlo; ne abbiamo sempre bisogno.»

«Nessun problema.»

Trenta minuti dopo era nella sua Sierra, con due animali molto spaventati dentro un trasportino sul sedile posteriore. Sospirò. Non aveva pianificato tutto per bene. Aveva bisogno di cibo, lettini, guinzagli e collari. Aveva pensato di scegliere un gatto e di fermarsi a comprare tutto molto rapidamente mentre tornava a casa, ma era impossibile portare Angel e Whiskers in un negozio, e non le avrebbe lasciate da sole nel pick-up.

Entrambe avevano bisogno di un bagno e dovevano essere esaminate per assicurarsi che fossero sane. Al rifugio si erano già occupati delle iniezioni e della sterilizzazione, ma era comunque preoccupato per la loro salute generale.

«Non temete, chiamerò una persona in gamba. Vi amerà e non vi farà del male.» Lucky avrebbe voluto deridersi; stava parlando come se potessero capirlo. Una parte di lui credeva che *potessero* farlo. Almeno in teoria. Gli animali erano molto bravi a cogliere le sfumature della voce umana. Capivano se qualcuno era arrabbiato, turbato, rilassato o felice, e reagivano di conseguenza.

Cliccò sul bluetooth della sua auto e selezionò il numero di Devyn. Grover gli aveva detto che aveva il giorno libero.

«Pronto?»

Le piaceva tutto di lei, anche la sua voce roca. «Ehi, sono Lucky.»

«Che c'è?»

«Ho bisogno del tuo aiuto. Voglio chiarire subito la cosa: tuo fratello mi ha detto di farlo per manipolarti, per darmi la possibilità di passare più tempo con te e assicurarmi che tu stia bene, ma non l'ho fatto per quello» disse.

Devyn ridacchiò nervosamente. «Oook. Suona inquietante.»

«Non volevo che magari Grover dicesse qualcosa e che tu fraintendessi. Voglio dire, non credo sia un segreto che io voglia passare del tempo con te. Che mi piaci un sacco. Ma non l'ho fatto per costringerti a stare con me. Spero che tu lo voglia fare perché ti piaccio.»

«Mi stai rendendo molto nervosa, ma apprezzo la tua onestà, e visto che siamo in argomento voglio essere sincera anch'io. Mi piace già stare con te, non devi inventare scuse fantasiose.»

«Lo apprezzo» replicò Lucky, anche se aveva paura di chiederle se le piaceva stare con lui come amico di suo fratello o se esisteva la possibilità che fosse qualcosa di più. Al momento era troppo vigliacco per farlo.

«Allora... per cosa ti serve il mio aiuto?» gli chiese.

«Ho adottato un cane e un gatto, due femmine in realtà, e non ho niente per loro, né cibo, né lettiera, né cucce. Ho bisogno praticamente di tutto, ma non voglio lasciarle sole a casa mentre vado a far compere e non posso portarle in negozio con me. Speravo che magari non ti sarebbe dispiaciuto prendere della roba e portarla a casa mia, e già che ci sei − se non faranno problemi − dar loro una controllatina per vedere se sono sane.»

Per un lungo momento, ci fu silenzio all'altro capo del telefono.

«Devyn? Sei ancora lì?»

«Sono qui. Hai *adottato* un cane e un gatto?» gli chiese.

«Sì» sospirò Lucky. «Grover mi ha suggerito che così sarebbe stato più facile entrare nelle tue grazie, ma onestamente era da un po' che stavo pensando di farlo. Sono cresciuto in mezzo agli animali e con il fatto che tutti si stanno sposando e avendo dei bambini, ci incontriamo molto meno al di fuori del lavoro. Non ho paura di dire che la mia casa è solitaria, così ho pensato di prendere un gatto. Solo che poi siamo passati davanti a una gabbia in cui c'erano un cane *e* un gatto; una coppia indivisibile. Dovevano essere soppresse alla fine di questa settimana, non potevo lasciarle.»

«Porca puttana, Lucky è un tenerone» mormorò Devyn.

«Shhh, non dirlo a nessuno» scherzò. Poi si fece serio. «Sono spaventate a morte, Dev. Molto diffidenti. Mi spezza il cuore pensare al motivo per cui hanno così tanta paura delle persone. Al rifugio ho fatto in modo che si fidassero di me, ma ho la sensazione che andranno completamente fuori di testa quando le porterò a casa. E niente... ho bisogno di aiuto.»

«Posso essere lì in quaranta minuti circa» disse senza esitazione. «Hai la loro documentazione? Al rifugio hanno fornito cure mediche?»

«Sì. Sono state entrambe sterilizzate. Hanno il pelo tutto arruffato e penso che siano entrambe sottopeso, ma so che sono stati fatti tutti i vaccini necessari: per la rabbia, la parvovirosi, la tosse canina, eccetera.»

«Ok, molto bene. Lo sai che non sono un veterinario, vero?» gli chiese.

«Lo so, ma sei un'assistente dannatamente brava. So che devo portarle a fare un controllo completo, ma non posso farlo quando sono così spaventate. Hanno bisogno di tempo per rilassarsi. Per capire che con me sono al sicuro e che non farò loro del male. Infilarle di nuovo in questo trasportino per portarle a farle visitare e punzecchiare non aiuterebbe allo scopo.»

«Sei... questo è un lato di te che non avevo mai visto» ammise Devyn.

«Perché? Un operatore della Delta Force non può preoccuparsi di due animali indifesi?» le chiese Lucky, con più stizza di quanto avrebbe dovuto.

«Non è quello. È solo che... alla maggior parte delle persone non importerebbe così tanto di un cane e un gatto randagi.»

«Ho visto un sacco di schifo in missione – animali abusati nei modi peggiori – e non ho potuto fare nulla, ma per Angel e Whiskers posso fare qualcosa.»

«Hai preferenze per il cibo o altro?» gli chiese, con un tono che non riuscì a interpretare.

Si rimproverò mentalmente per aver parlato di animali maltrattati. «No, ma nessuno dei due è molto giovane, quindi non prendere cibo per cuccioli. Oh, e pensavo a un collare rosa per Angel; credo che le piacerebbe. Non prendere guinzagli retrattili, sono troppo pericolosi e compra una pettorina per Whiskers, così può venire a passeggiare con noi. Ho la sensazione che non sarà felice se porto fuori Angel senza di lei. E la cuccia deve essere molto morbida, abbastanza grande da contenere un cane da tredici chili e mezzo e un gatto da tre, perché sono inseparabili. Non pesano molto in questo momento, ma sono sicuro che le ingozzerò quando mi faranno gli occhioni. Oh, e giocattoli!

Prendi quelli più duri così che Angel li possa masticare, e alcuni di quelli imbottiti. Vediamo se li distrugge per arrivare al sonaglio all'interno. E roba con erba gatta per Whiskers...»

Devyn scoppiò a ridere.

«Che c'è?» le domandò.

«Niente. Quindi vuoi che prenda metà negozio?»

Lucky ridacchiò. «Sono ridicolo, lo so. Ma non le hai viste, Dev. Hanno bisogno di coccole più di chiunque altro; ti innamorerai nell'istante in cui le incontrerai.»

«Ne sono sicura. Va bene, vado. Sarò da te appena possibile, anche se non so quante cose riuscirò a farci stare nella mia Mini Cooper. Hai bisogno di un trasportino?»

«Sì, direi di sì. Devo riportare al rifugio quello mi hanno dato, ma si sentiranno più al sicuro lì dentro. Sarà un posto in cui potranno nascondersi se necessario. Direi uno di plastica, di media misura. Se non entra nella tua macchina posso chiedere a Grover o a uno degli altri ragazzi di venire a prenderlo. Hai *davvero* bisogno di un'auto più grande, Dev.»

«No. Amo la mia Mini. È vecchia, ma funziona alla grande e non è banale come una berlina. Vedrò cosa posso fare per il trasportino. Sono d'accordo con te, se Angel e Whiskers sono diffidenti, è una buona idea dar loro un posto in cui rifugiarsi.»

«Grazie per l'aiuto» le disse.

«Figurati. A presto.»

Lucky chiuse la chiamata nello stesso momento in cui si fermò nel parcheggio di fronte a casa sua. Viveva nell'ultima villetta a schiera in una fila di cinque. I suoi vicini erano per lo più famiglie di militari e non aveva mai avuto problemi con nessuno. Non aveva idea se Angel abbaiasse tanto, ma sperava di no. Fino a quel momento non aveva emesso un suono, quindi sperava che fosse di buon auspicio per le sue future relazioni con il vicinato.

«Siamo a casa» disse ai suoi passeggeri. «So che fa paura, ma prometto che da adesso in poi farete una vita tranquilla.»

CAPITOLO QUATTRO

Devyn non riusciva a vedere dallo specchietto retrovisore, ma nonostante ciò non riusciva a smettere di sorridere. Non aveva mai incontrato nessuno come Lucky. Sapeva che i compagni di squadra di suo fratello erano bravi uomini, ma si aspettava comunque che fossero come molti altri ragazzi alfa che aveva conosciuto nel corso degli anni; troppo sportivi, un po' condiscendenti con chiunque pensassero fosse "più debole" di loro, che non permettevano mai a nessuno di vedere qualcosa che potesse minimamente sembrare un difetto.

Invece, i compagni di squadra di Grover non erano affatto come aveva immaginato fossero degli implacabili soldati delle forze speciali. Erano sicuramente protettivi e non esitavano a fronteggiare chi si comportava da idiota, ma erano anche divertenti. E non avevano paura di mostrare i loro sentimenti. L'avevano invitata nella loro cerchia ristretta senza riserve e a braccia aperte, come avevano fatto le loro fidanzate, ora mogli. Tutti loro erano la ragione principale per cui non se n'era andata; il Texas avrebbe dovuto essere solo un breve soggiorno mentre capiva cosa voleva fare della sua vita, dove voleva vivere.

Poi c'era Lucky.

Supponeva che avrebbe dovuto chiamarlo con il suo nome di battesimo, Troy, ma aveva sentito Grover parlare della sua squadra per così tanto tempo che ormai le sembrava strano chiamarlo in modo diverso. All'inizio aveva pensato che avesse quel soprannome perché era molto fortunato a trovare donne da portarsi a letto, ma suo fratello le aveva spiegato che era perché aveva una fortuna incredibile praticamente in *tutto*.

Devyn si era sentita attratta da lui dalla prima volta che lo aveva visto, ma aveva combattuto duramente contro quel sentimento. Tuttavia, più lo conosceva, più era difficile resistergli. Fino a quel momento era riuscita a tenerlo a distanza perché sapeva che alla fine se ne sarebbe andata e iniziare una relazione sarebbe stato sciocco, ma l'attrazione c'era sempre, ribolliva sotto la superficie. Lo avevano notato anche le sue amiche. E dopo che il giorno precedente si era assicurato che tornasse a casa sana e salva perché era turbata, e considerando che non aveva nemmeno insistito per farla parlare, era stato ancora più difficile convincersi che potevano essere solo amici.

Aveva la sensazione che quando lo avesse visto con gli animali che aveva appena adottato, sarebbe stata spacciata. Non si era aspettata tutta quella compassione da un soldato delle forze speciali, ed era ridicolo; anche se era un Delta, aveva comunque dei sentimenti. Lo aveva percepito anche al telefono che Lucky avrebbe fatto tutto il necessario affinché i suoi nuovi animali domestici si sentissero a proprio agio. Li stava già viziando, se tutta la roba che le aveva fatto comprare era un'indicazione.

Come poteva *non* innamorarsi di un uomo che aveva perso la testa per un paio di randagi?

In sostanza, non poteva. Non era pronta a rivelargli tutti i suoi segreti, ma aveva la sensazione che molto presto avrebbe potuto facilmente convincerla ad aprirsi con lui.

Raccontare a qualcuno di Spencer e di quello che aveva passato nel Missouri avrebbe potuto essere la condanna a morte della sua famiglia. La sua malattia aveva già quasi distrutto i suoi genitori e non era molto legata alle sorelle, che una volta avevano ammesso di essere state arrabbiate perché lei aveva ricevuto tutta l'attenzione quando erano piccole. Adesso andavano tutti abbastanza d'accordo... ma in un angolo della sua mente c'era ancora quel fastidioso pensiero di essere una spina nel fianco. La fonte di troppi problemi.

Se si fosse confidata con Grover, tutti avrebbero preso le parti di qualcuno e sarebbe stato un disastro. *Doveva* tenere la bocca chiusa.

Se Spencer non voleva essere aiutato, era un problema suo; aveva finito di essere quella disponibile.

Quando arrivò da Lucky, parcheggiò nello spazio per i visitatori, non troppo lontano dal suo pick-up. Decise di lasciare in macchina tutta la roba che aveva comprato e si diresse alla porta.

Stranamente, le sembrava che la sua pelle fremesse. Non era mai stata dentro casa sua. Una sera, quando i suoi amici e le loro compagne si erano ritrovati da lui, le aveva mandato l'indirizzo per messaggio invitandola ad andare lì, ma lei aveva rifiutato; stava ancora cercando di mantenere le distanze da tutti a quel tempo. Per non affezionarsi troppo. Ma quello era stato un enorme fallimento perché pian piano avevano penetrato le sue barriere.

Soprattutto Lucky.

«Ehi» la salutò, aprendo la porta prima ancora che arrivasse.

Sobbalzò sorpresa.

«Scusa, non intendevo spaventarti, ma non volevo che Angel o Whiskers andassero fuori di testa sentendo bussare o suonare il campanello. Vieni dentro.»

A ogni manifestazione di preoccupazione per i suoi nuovi animali, Lucky si insinuava ulteriormente nel suo cuore.

Devyn entrò, guardandosi intorno incuriosita. Il piccolo ingresso conduceva in una grande sala. Sul lato destro c'era la zona pranzo, con un tavolo piuttosto grande che la sorprese; era ovale, in legno di quercia, con otto sedie intorno. A un'estremità c'era un portatile, con accanto dei tovaglioli e un sacchetto aperto di patatine.

«Scusa, non ho avuto il tempo di ripulire prima che tu arrivassi» le disse, seguendo il suo sguardo.

«Non c'è problema. Non devi pulire per me, sono solo la sorella di Grover.»

«Non sei *solo* niente» ribatté subito Lucky.

Lo fissò per un lungo momento. Avrebbe voluto dire qualcosa di spiritoso, di frivolo, ma la sua mente era completamente vuota, così rivolse la sua attenzione all'ambiente.

«Questa è la cucina. Diciamo che è ciò che mi ha convinto a comprare la casa» le disse, indicando l'enorme area. Un bancone con il ripiano di granito divideva in due il grande spazio e non poté fare a meno di esserne colpita. Chi l'aveva progettata non aveva badato a spese. Il forno era in stile ristorante e sotto il piano di lavoro vide anche una macchina per il ghiaccio. Il frigorifero era enorme, molto più grande della media. Tutti gli elettrodomestici erano in acciaio inossidabile e il lavello era di quelli con le vasche profonde e sembrava fatto di cemento.

Devyn non era una cuoca bravissima, anche se ogni tanto le piaceva preparare piatti complicati, ma quella cucina era un po' intimidatoria.

«Le dimensioni della cucina hanno tolto spazio alla zona giorno, ma mi piace. Anche la dispensa è capiente, il che significa che posso comprare grossi quantitativi di roba, così da non dover andare spesso a fare la spesa.»

«È incredibile» gli disse.

Entrarono nell'accogliente zona giorno. C'era un divano in pelle contro una parete, una libreria piena di CD e libri e un tavolino largo. Una poltrona reclinabile completava la stanza. «Niente TV?» gli chiese.

Lucky scrollò le spalle. «Ne ho una al piano di sopra, in camera da letto, ma non guardo molta televisione. Preferisco ascoltare musica o leggere.»

Le piaceva. Era così anche per lei.

«Dai, devi vedere la terrazza sul retro» le disse.

Lo seguì mentre attraversava il soggiorno. Entrarono in una piccola lavanderia e Lucky aprì una porta alla fine della stanza. Le fece cenno di precederlo e Devyn ansimò quando uscì sulla terrazza.

Si trovavano al piano terra, ma il terreno davanti si inclinava lievemente e c'era il panorama più bello che avesse mai visto. Il cortile era recintato, ma il dislivello permetteva di vedere la landa selvaggia al di là della proprietà.

«Wow!» esclamò.

«Già. La cucina mi ha convinto, ma questo panorama ha consolidato la mia decisione. Probabilmente l'ho pagata troppo questa casa, ma non sono riuscito a resistere. E dato che ho l'ultima porzione, il mio cortile è molto più grande degli altri, è tanto largo quanto lungo.»

«È spettacolare. Quella è Fort Hood?» gli chiese, indicando la vasta distesa di fronte a loro.

«Sì. Il che significa che lì non possono costruire un enorme complesso residenziale rovinando la vista» rispose Lucky con un sorriso.

Quella parte del Texas non era esattamente conosciuta per i suoi incantevoli paesaggi, ma aveva avuto davvero fortuna a trovare quella casa. Lo guardò. «Un altro dei tuoi ritrovamenti *fortunati?*» gli chiese.

Le sorrise timidamente. «Non è colpa mia se sono fortunato. Il venditore era devastato di doverla vendere, ma sua madre viveva in California ed era ammalata e lui doveva trasferirsi lì per prendersi cura di lei.»

Devyn si limitò a scuotere la testa.

«Dai, ti faccio vedere il resto. Per ora ho messo Angel e Whiskers di sopra, nel mio bagno.»

Lei annuì. Non riusciva a credere di essersi quasi dimenticata del motivo per cui era lì. «Aspetta, vado a prendere la borsa medica in macchina. L'ho portata per ogni evenienza.»

Lucky la seguì fino alla sua Mini Cooper, raccolse tutte le borse di prodotti per cani e gatti che riuscì a prendere e si infilò sotto un braccio una cuccia morbida marroncino chiaro. «Ottima scelta» le disse.

Sorrise sollevata. Aveva passato un sacco di tempo a chiedersi quale prendere. Alla fine aveva optato per quel colore perché gliel'aveva consigliato il commesso, dicendole che ne aveva una anche lui e che il suo cane ci dormiva praticamente tutto il giorno.

Quando rientrarono in casa, Lucky posò tutto tranne la cuccia e salì le scale. Devyn non poté fare a meno di fissargli il sedere perfetto mentre lo seguiva, sperando di non sbavare.

Le mostrò subito le due camere al piano di sopra e il bagno per gli ospiti, semplice ma funzionale. Poi la condusse nella camera da letto principale.

Avrebbe capito che era la sua anche se non avesse saputo di essere a casa di Lucky: fu subito avvolta dal suo profumo. Era discreto, ma lei associava sempre la fragranza di quel bagnoschiuma a lui.

Trovarsi nel suo spazio personale era così... intimo. Lui dormiva lì, guardava la TV, probabilmente si masturbava.

Dio, era strana. Non aveva mai pensato a quel genere di cose. Aveva fatto il giro di altre case e il sesso non le era mai passato per la mente, ma dopo aver lanciato un'occhiata al letto king-size, non riusciva a pensare ad *altro*.

Le coperte erano in disordine, come se si fosse appena alzato...

«Dev?» le chiese. «Stai bene?»

Annuì, ma sapeva di essere arrossita. «Sì, certo.»

«Loro sono qui. So che sei una professionista, ma per favore non fare movimenti improvvisi. Angel è davvero spaventata e voglio che tu le piaccia. Entriamo, tu ti siedi contro la porta, che ci premureremo di chiudere, e io contro il muro. L'ultima volta che le ho viste erano rannicchiate dietro al water. Ci mettiamo a parlare per dar loro il tempo di abituarsi a noi. Ok?»

Si sentì sciogliere ulteriormente il cuore. Sembrava molto preoccupato e ansioso. Voleva che le sue nuove amiche si sentissero al sicuro, ed era ovvio che avrebbe fatto tutto il necessario per assicurarsi che accadesse.

«D'accordo» gli rispose.

Lucky la sorprese prendendole la mano prima di aprire la porta, che richiuse rapidamente appena entrati. Devyn diede un'occhiata veloce al bagno, c'era un lavandino, una vasca con doccia e un water, poi si concentrò sulle due palle di pelo che si nascondevano lì dietro, proprio dove lui aveva detto che sarebbero state.

«Ehi Angel. Ciao Whiskers. Sono solo io, è tutto a posto. So che il viaggio fino a casa è stato stressante, ma siete al sicuro qui. Ho portato un'amica. Lei è Devyn, la ragazza di cui vi parlavo in macchina.» Si fermò e la guardò.

Devyn aggiunse con un tono tranquillo: «Ehi, piccole. Spero che sappiate quanto siete fortunate ad aver catturato questo ragazzo. Vi vizierà. E sono sicura che dovremo tenere d'occhio il vostro peso. Ho la sensazione che vi darà troppe prelibatezze.»

Gli animali non si mossero dal loro nascondiglio, ma non cercarono nemmeno di allontanarsi da lei. La prese come una vittoria.

«Cambio di programma. Sediamoci entrambi qui» le disse, tirandola accanto a lui. «Angel non ha battuto ciglio al suono della tua voce. Forse l'ha riconosciuta da quando ti ho parlato in macchina.»

Non ne era così sicura, ma si lasciò guidare.

Rimasero seduti sul pavimento per venti minuti, mentre Lucky parlava senza sosta. Raccontò loro che Devyn lavorava quotidianamente con gli animali e che ci si poteva fidare di lei.

Posò la cuccia sul pavimento di fronte a loro, spiegando

che era molto più morbida delle piastrelle dure su cui si erano accucciate. Non riuscì quasi a crederci quando la micia si liberò dall'abbraccio protettivo della sua amica cagnolina per provarla. Ovviamente, Angel non poteva permettere che Whiskers si allontanasse da lei, quindi la seguì.

Non passò molto prima che entrambe fossero rannicchiate nella cuccia con Lucky che grattava loro la testa.

«È strabiliante» disse Devyn.

«Che cosa?»

«Sei lo psicologo dei cani. O dei gatti. È fantastico.»

«No, hanno solo bisogno di un po' di tempo per studiare la nuova situazione. Mettere loro fretta non aiuterebbe a farle sentire al sicuro. Vieni qui» la invitò, mantenendo la voce bassa e tranquilla.

Si avvicinò lentamente a lui e agli animali.

«Dammi la mano.»

Lo fece, rabbrividendo quando intrecciò le loro dita.

«Se hai il mio odore, si fideranno di te più facilmente.» Poi allungò entrambe le mani e accarezzò dolcemente la testa di Whiskers.

«Lei è più estroversa» le disse. «Non sembrerebbe, dato che si nasconde molto nella pelliccia di Angel, ma ho la sensazione che non sia stata troppo traumatizzata dagli umani, quindi si fida più facilmente. Immagino che Angel abbia avuto una vita difficile e non sia stata trattata bene, ma segue sempre l'esempio della sua amica.»

«Come fai a sapere così tante cose sugli animali?» gli chiese.

«Sono cresciuto con loro, ho seguito un corso del dipartimento dell'agricoltura, accoglievo i randagi, quel genere di cose. Sono sempre stato attratto da loro. C'erano volte in cui pensavo che mi capissero meglio della mia famiglia.»

«Sei legato ai tuoi genitori?»

«Sì. Non li vedo molto, ma quando posso cerco di andare a trovarli. Sta diventando sempre più difficile per loro mandare avanti la fattoria, ma adorano farlo.»

«Una fattoria, eh? Non avrei detto che fossi un ragazzo di campagna» scherzò Devyn.

«Lo so. Ho avuto un'infanzia bellissima però. Sono l'uomo che sono grazie ai miei genitori. Sono meravigliosi. A volte mi sento in colpa per aver avuto una vita facile. Conosco tante persone che hanno dovuto lottare.»

«Non starci male.»

Lucky si voltò verso di lei, e si sentì come imprigionata dai suoi occhi nocciola. La luce del bagno accentuava le sfumature marroni, come aveva notato accadere in precedenza quando era al sole. «Odio che tu sia stata molto malata» le disse.

Per la prima volta da molto tempo, Devyn non vide pietà nello sguardo di qualcuno mentre parlava della leucemia.

«Grazie. A essere sincera, pensavo fosse normale. Quando sono diventata abbastanza grande da capire che gli altri bambini non passavano la maggior parte della vita in un ospedale a farsi visitare e punzecchiare, mi ero ormai abituata alla routine. Mi sento peggio per i miei fratelli. In un certo senso, penso che la mia malattia sia stata più dura per loro che per me. Non hanno ricevuto molte attenzioni.»

«Parlami di loro.»

Di certo non intendeva anche di Grover, dato che lo conosceva già molto bene. «Mila è la più grande, ha sette anni più di me. È sposata con un uomo eccezionale e vive in Colorado. Hanno tre figli. Cerco di chiamarli con Face-Time il più possibile, ma non è mai abbastanza. Poi c'è Angela, ha cinque anni più di me. Ricordo che volevo stare con lei quando non ero in ospedale, ma ero troppo piccola e fragile per poterlo fare. Poi quando è diventata un'adolescente ha cominciato a interessarsi ai ragazzi e una sorella malaticcia era l'ultima persona con cui voleva stare. Ci siamo avvicinate nel corso degli anni, ma non credo che saremo mai migliori amiche. Anche lei è sposata, e vive in Virginia con il marito e due figli.»

«Quindi si sono trasferite entrambe lontano da casa» disse Lucky.

Aveva tolto la mano dalla sua lasciandole accarezzare distrattamente Whiskers da sola. «Sì. Angela è andata a scuola a Blacksburg, al Virginia Tech, e Mila a Boulder, all'Università del Colorado. Hanno conosciuto i loro mariti al college e non se ne sono mai andate da lì.»

«Tu dove ha studiato?»

«All'Università del Missouri. I miei genitori hanno voluto che stessi vicina a casa.»

«E *tu* cosa volevi?»

Devyn scrollò le spalle. «Non ne avevo idea. Ero solo felice di avere più libertà di quanta ne avevo vivendo con loro. Sono sempre stati super protettivi con me, non che possa biasimarli. Ogni volta che mi veniva il raffreddore si facevano prendere dal panico, pensando che la leucemia si fosse ripresentata.»

«Ma sei tornata nella tua città natale dopo esserti laureata.»

«Sì. Ho trovato un lavoro presso un veterinario locale ed ero contenta così.»

Aveva paura che Lucky insistesse per avere maggiori dettagli sul perché, se le piaceva così tanto il suo lavoro, lo aveva lasciato per andare in Texas.

«E Spencer? Ha due anni più di te e due anni meno di Grover, giusto?»

Annuì, grata di non dover parlare del motivo per cui se n'era andata dal Missouri... ma non era nemmeno troppo entusiasta di parlare di suo fratello. Apprezzava che non pretendesse delle risposte. Doveva già aver indovinato che le cose tra lei e Spencer erano tese. Sapeva che era stato lui a chiamarla il giorno prima e che era il motivo per cui aveva lasciato la festa, quindi si sentì in obbligo di dovergli dare una sorta di spiegazione.

«Spence è andato al college a Rolla, nel Missouri. Una scuola tecnica. Non si è laureato ma è tornato a casa e ha trovato lavoro presso la fabbrica di imbottigliamento. Ha vissuto con mamma e papà per un po' e poi ha preso una casa sua.»

Si fermò, non sapendo cos'altro dire.

«Ce l'ha con te?» le chiese.

Fece una smorfia. «Sì, un po'. Penso che si sia sentito perso nella confusione. Le mie sorelle maggiori sono sempre state ottime studentesse e Grover si è arruolato nell'esercito; erano tutti così orgogliosi di lui. Poi c'ero io, la sorellina malaticcia che riceveva tutta l'attenzione. Al liceo partecipava sempre a feste e aveva dei pessimi amici. I miei genitori non erano contenti quando è stato espulso dal college, ma poi ha ottenuto il lavoro in fabbrica e sembrava che avesse messo la testa a posto.»

Avrebbe voluto dire di più, ma non poteva. Aveva tenuto i suoi segreti su Spencer così a lungo che le sembrava sbagliato parlarne adesso.

«Puoi fidarti di me» le sussurrò Lucky.

Devyn sorrise quando Angel le diede una testata sulle dita, chiedendo carezze. Si sentiva come quel piccolo randagio; un po' persa su ciò che voleva fare della sua vita, ombrosa e diffidente... e voleva così tanto sentirsi al sicuro.

«Lo so» disse dopo un minuto.

«Non credo, ma succederà» affermò, poi cambiò argomento. «Penso che tu abbia due nuove amiche.»

Whiskers faceva le fusa senza sosta e Angel si era avvicinata ancora di più in modo che potesse accarezzare anche lei.

Muovendosi lentamente, Lucky prese Angel per mettersela in grembo. La cagnolina tremava ma non combatté contro di lui. Devyn la guardò negli occhi mentre le palpava l'addome, controllando la ferita della sterilizzazione. «Ha un bell'aspetto» affermò.

Lui sospirò di sollievo. «Ottimo.»

«Voglio dire, non sono un veterinario, ma posso dire che sta guarendo bene. Le sarebbe utile prendere un po' d'aria, ma nel complesso è a posto. Non ha gli occhi appiccicosi e non sussulta quando la tocco. Penso che abbia solo bisogno di un buon bagno, di cibo e un po' di tempo.»

«Credo che per ora salteremo il bagno, ma il tempo posso darglielo.»

Fecero la stessa cosa con Whiskers e Devyn dichiarò che anche lei era in buona forma. Le due si sistemarono nella cuccia morbida sospirando esauste, come se avessero appena camminato per dieci chilometri.

«Be', almeno non sono iperattive» disse ironicamente.

Lui ridacchiò. «Vero. Hai fame?»

«Un po'.»

«Grande. Andiamo giù, ti preparo il miglior panino al formaggio grigliato che tu abbia mai mangiato.»

«Sei terribilmente sicuro di te» scherzò.

«Sì» concordò Lucky.

Si alzarono lentamente e le prese di nuovo la mano, come se lo avesse fatto ogni giorno.

«Provo a lasciare la porta aperta, vediamo se vogliono esplorare» le disse, mentre attraversavano la camera da letto.

«Potrebbero fare pipì sul pavimento» lo avvertì. Avrebbe dovuto lasciargli la mano, ma non riusciva a convincersi a interrompere la loro connessione.

Lui scrollò le spalle. «Vorrà dire che pulirò.»

Dio, quell'uomo era troppo bello per essere vero.

«Le porterò fuori prima di mangiare. Penso che sarà semplice addestrare Whiskers a fare i bisogni, imita Angel in tutto. Sarò l'unico uomo con un gatto che li fa all'esterno; potrei non aver bisogno della lettiera che hai comprato.»

Devyn rise. «Sarebbe fantastico.»

«A uno dei gatti che abbiamo avuto mentre crescevo, ho insegnato a fare pipì nel water» le raccontò mentre scendevano le scale.

«Sul serio?»

«Sì. Però mia madre andava fuori di testa perché dovevamo lasciare il sedile sollevato. Avrebbe preferito che usasse la lettiera.» Le strinse la mano e tirò fuori una sedia. «Siediti finché preparo.»

«Posso fare qualcosa?» gli chiese.

«No. Ci penso io. Anche se...»

«Sì?»

«Ti andrebbe di assemblare il trasportino, togliere le etichette dai giocattoli e cose del genere?»

Grata di aiutare, annuì e si alzò, andando verso le borse che avevano portato in precedenza. Risero e scherzarono, mentre lei lavorava e lui preparava i panini.

A un certo punto, Devyn disse: «Lucky?»

«Sì?»

«Apprezzo che tu sia stato onesto con me riguardo al fatto di aver parlato con Grover di ciò che potrei raccontarti, e che lui ti abbia detto di prendere un animale domestico così mi sarei sentita obbligata a venire ad aiutarti. Quando ero ammalata, molte persone parlavano di me alle mie spalle o mi mentivano spudoratamente. Pensavano che non potessi sopportare di conoscere la verità sui trattamenti e tutto il resto. Penso che si siano abituati a trattarmi come una bambina, così hanno continuato a non dirmi niente anche dopo che sono migliorata. Quindi, grazie.»

Lucky posò la spatola e si avvicinò al tavolo dove si era seduta dopo aver montato il trasportino. Si accucciò davanti a lei e le mise una mano sul ginocchio. «Ci saranno cose che non posso condividere con te, sul mio lavoro e su cosa facciamo, ma per il resto ti prometto che farò del mio meglio per non avere segreti. Voglio che ti fidi di me, Devyn. Che tu sappia che ti copro le spalle, a prescindere dalla situazione. Ciò potrebbe significare che di tanto in tanto potresti sentire delle cose imbarazzanti – tipo la mia ammissione che l'idea di Grover di prendere un animale domestico era valida – ma preferisco essere onesto fin dall'inizio piuttosto che farti scoprire in seguito che ti ho mentito o nascosto la verità. Inoltre, so che tuo fratello non sarebbe stato in grado di tenere la bocca chiusa, e prima o poi avresti sentito ciò che mi aveva suggerito; l'ultima cosa che avrei voluto è che tu pensassi che fossi subdolo. Siamo adulti, Dev. Dobbiamo parlare delle cose che ci preoccupano o che ci spaventano.»

Il suo cuore batteva all'impazzata. Era una conversazione molto seria, e non voleva che fosse così intensa. «Lo fai sembrare come se in futuro avremo cose molto profonde di cui discutere.»

«Spero che sia così. Voglio conoscerti meglio, Devyn. Voglio uscire con te. Frequentarti. E questo implica essere onesti. Ho dei difetti, troppi per sentirmi a mio agio a parlarne in questo momento, quando sto cercando di convincerti a darmi una possibilità.» Sorrise. «Ma prima o poi li scoprirai. Voglio solo che tu sappia che sarò sempre dalla tua parte. Se la nostra conoscenza si dovesse trasformare in una relazione, tu verrai per prima. Il mio rapporto con Grover cambierà, il che non è una brutta cosa. Saremo sempre come fratelli e gli affiderò sempre la mia vita, ma non avrà il diritto di sapere ogni piccola cosa di cui noi due parleremo.»

Devyn deglutì a fatica. Capiva cosa intendeva. Almeno pensava. Per adesso, qualsiasi cosa gli avesse detto riguardo a ciò che stava succedendo tra lei e Spencer l'avrebbe raccontata a Grover, ma se si fossero imbarcati in una relazione seria, le cose sarebbero cambiate.

Non aveva dubbi che se fosse successo qualcosa di veramente serio, tipo se il suo cancro fosse tornato o la sua vita fosse stata in pericolo, Lucky lo avrebbe detto a Grover, ma per il resto, se fossero diventati una coppia, la loro vita personale sarebbe stata proprio quello... personale.

«Io...» Si schiarì la gola e riprovò. «Anch'io voglio conoscerti meglio. Per la cronaca, non mi dispiace che Grover sappia cose su di me o sulla mia vita, siamo sempre stati molto legati, è solo che... non voglio essere responsabile di aver reso più difficili i rapporti tra i miei fratelli di quanto non lo siano già.»

Lucky le prese la mano e ne baciò il palmo prima di stringerle le dita. «Sono tutti adulti. Ciò che accade tra di loro non è un problema tuo.»

«Lo so.»

Ed era così. Più o meno. Ma si sentiva obbligata a non creare scompiglio.

«Allora, ti va di frequentarmi?» le chiese con un sorriso.

«Sì.»

Una sola parola... che le avrebbe cambiato la vita per sempre. Lo sapeva.

Nel bene o nel male, avrebbe inseguito ciò che desiderava da mesi. Le conseguenze avrebbero potuto distruggerla emotivamente, ma era così stanca di fare ciò che pensava fosse meglio per gli altri.

Il sorriso di Lucky fu sufficiente a spingerla a mettere da parte tutti gli altri problemi.

«Bene. Vado a prendere Angel e Whiskers e le porto fuori, poi possiamo mangiare. Per favore, puoi preparare due ciotole di cibo e due di acqua? Non so se mangeranno, ma voglio provare a lasciarle quaggiù mentre pranziamo.»

«Certo. Metto anche il trasportino in un angolo, così da dentro possono vederci e allo stesso tempo sentirsi al sicuro.»

«Ottima idea. Siamo una buona squadra» disse Lucky.

Esitò un attimo, come se volesse dire qualcos'altro, poi si alzò e si diresse verso le scale.

Devyn lasciò andare il respiro che aveva trattenuto.

Avrebbe voluto davvero tanto confidarsi con lui, ma non poteva. Non ancora.

Si augurava che Spencer avesse capito che non voleva parlargli. Che non poteva più aiutarlo. Doveva prima volersi aiutare da solo e finché non l'avesse fatto, non sarebbe mai migliorato. Sperava solo che lo capisse prima che fosse troppo tardi.

CAPITOLO CINQUE

Una settimana dopo, durante l'allenamento, Oz chiese a Lucky: «Allora, che succede tra te e Devyn?»

Lui si fermò a metà sit-up. «Come scusa?»

«Tu e Devyn. Riley le stava parlando l'altro giorno e lei ha detto di aver passato le ultime serate a casa tua. Devi dirci qualcosa?»

Lanciando un'occhiata a Grover, fu sollevato di vedere che non sembrava turbato. Aveva detto che gli andava bene che uscisse con sua sorella, ma davanti alla realtà della situazione avrebbe potuto pensarla diversamente.

«Sapete che ho Angel e Whiskers. Be', ho chiesto a Devyn se mi avrebbe aiutato a farle socializzare. Angel era quasi intrattabile e ha bisogno di interagire molto con gli umani, così è venuta per dimostrare loro che non tutti sono cattivi. Non è rimasta di notte, se è questo che stavi insinuando.»

«Non stavo insinuando nulla» ribatté Oz con un sorriso. «Chiedevo solo.»

«Per rispondere a ciò che *non* hai chiesto, ma so che

state tutti morendo dalla voglia di sapere, ci stiamo frequentando» disse Lucky ai suoi amici.

«Era ora!» esclamò Trigger.

«Fantastico!» dichiarò Doc.

«Grande!» aggiunse Lefty.

Grover si limitò a sorridere.

«Sono felice per te, amico» gli disse Brain. «Devi sapere che facevamo tutti il tifo per voi.»

Lucky fece un piccolo sorriso. «Lei è... straordinaria.»

«Ti ha detto cosa la tormenta?» chiese Grover.

Scosse la testa, voltandosi a guardare il suo amico. «No.»

«Maledizione.»

«Sappiamo entrambi che è qualcosa che ha a che fare con tuo fratello, Grover. Hai parlato con Spencer per capire cosa diavolo sta succedendo? Ho l'impressione che Devyn non voglia turbare la tua famiglia. È molto preoccupata di fare o dire qualcosa che possa ferirvi. Sapevi che si incolpa per il fatto che i tuoi genitori abbiano quasi divorziato quando era malata?»

Avevano smesso tutti di allenarsi e stavano ascoltando attentamente i loro compagni di squadra.

Grover si passò una mano tra i capelli e sospirò. «Ho provato a chiamarlo, ma non risponde. È frustrante, ma a parte andare fino in Missouri e costringerlo a parlarmi, non c'è molto che possa fare. E no, non sapevo che si incolpasse, ma non mi sorprende. Devyn ha una facciata dura, ma in realtà è molto sensibile. Prende le cose troppo sul personale ed è estremamente attenta a ciò che gli altri dicono o pensano.»

«Esatto» confermò Lucky. «E qualunque cosa la turbi ha

a che fare con Spencer. Continua a provare a chiamarlo. Digli di lasciarla in pace.»

«Lo farò. Ti ha parlato del suo ex capo?»

Lucky rimase sorpreso dal brusco cambio di argomento. «Chi?»

«Il tizio della clinica veterinaria dove lavorava. Sai, quello che l'ha spinta procurandole quel livido sul fianco. So che c'è qualcosa che non va con Spencer, ma penso che anche quello stronzo potrebbe essere parte del problema. Ha detto che era attratto da lei, ed è per quello che si è licenziata. Magari la sta ancora molestando.»

Si accigliò. «Non mi ha parlato di lui e non ho prove che la stia molestando. Non ha ricevuto nessuna telefonata e nemmeno tanti messaggi mentre era da me.»

«Ciò non significa che non le stia inviando delle mail o che non la importuni quando non ci sei» disse Trigger.

«È vero. Ma... non ho la sensazione che abbia paura. So che non ha molto senso, ma non è nervosa quando va dalla mia porta alla sua macchina al buio, e sembra piuttosto rilassata quando stiamo a casa mia.»

«Vorrei comunque avere dieci minuti da solo con quello stronzo» mormorò Grover.

Lucky ricordava che Devyn aveva menzionato il suo capo quando le aveva chiesto del livido il giorno del trasloco; in quel momento si era veramente incazzato, ma da allora lei non aveva più accennato all'uomo. Ciò non significava che non la stesse ancora importunando o altro, come suggerito da Trigger, ma dubitava. Avrebbe dovuto trovare un modo per tirare fuori l'argomento.

Anche se durante l'ultima settimana gli era piaciuto molto frequentare Devyn, voleva di più. Molto di più. Amava che fossero a loro agio l'uno con l'altra, ma aveva la sensazione che la loro relazione fosse ancora troppo... superficiale? Aveva imparato molto su di lei: il suo colore preferito, che odiava il bungee jumping ma amava il paracadutismo, che le piaceva leggere thriller e che non sopportava le verdure, ma non conosceva le cose più importanti.

Cosa provava per aver avuto e sconfitto la leucemia da bambina. Perché aveva deciso di lavorare con gli animali. Perché sembrava che stesse ancora trattenendo una parte di sé con Gillian e le altre donne.

Voleva sapere cosa la appassionava e voleva che condividesse con lui cose che non aveva detto a nessun altro.

Sapeva che le piaceva passare il tempo con lui, ma voleva che si fidasse abbastanza da aprirsi completamente. Che gli mostrasse tutte le parti di lei, comprese quelle che pensava fossero danneggiate. Grover aveva detto che era sensibile, ma Lucky non aveva visto affatto quel lato della sua personalità, e la cosa lo infastidiva.

«Siete pronti per il percorso a ostacoli?» chiese Trigger.

Annuirono tutti.

«Stamattina lo faremo con gli zaini pieni» li informò con un sorrisetto.

Tutti gemettero. I loro zaini pesavano più di ventisette chili ed erano ingombranti, ma nessuno si lamentò. In passato, durante le missioni, avevano dovuto indossarli spesso per affrontare ostacoli e terreni difficili, e ce ne sarebbero state di future in cui avrebbero dovuto fare altrettanto.

Lucky non vedeva l'ora di continuare l'estenuante allenamento, gli avrebbe distolto la mente da Devyn per un po'. Forse.

———

Devyn fece del suo meglio per non mostrarsi inquieta con Aspen, avvertendo il suo sguardo intenso su di lei. Si erano incontrate per pranzo e la sua amica era troppo attenta per i suoi gusti; di tutte le donne che aveva conosciuto nell'ultimo anno, lei era quella a cui era difficile nascondere qualcosa.

«Vuoi dirmi come stai veramente?» le chiese Aspen.

Sospirò, ma fece un sorriso luminoso e rispose: «Sto bene.»

Odiò l'espressione delusa che attraversò per un attimo il suo viso.

«Certo. Stai bene. Stai sempre *bene*, Dev, ma sono cazzate. Almeno stai parlando con *qualcuno* di ciò che ti sta succedendo? Non puoi tenerti tutto dentro. Non è salutare.»

Fu tentata di raccontarle tutto, ma Aspen aveva già molte cose a cui pensare. Il suo bambino sarebbe nato entro due mesi ed era dovuta andare in congedo per maternità, cosa che sapeva non avrebbe voluto fare, ma era arrivata al punto in cui il pancione ostacolava il suo lavoro di paramedico. Brain era stato sollevato quando lei aveva ammesso che era arrivato il momento di smettere di lavorare.

«È complicato» replicò sommessamente. Non c'era alcuna possibilità che qualcuno potesse sentirle in quella caffetteria affollata, ma Devyn non voleva rischiare di divulgare i suoi problemi a degli estranei.

«Lo è sempre» replicò Aspen, appoggiando i gomiti sul tavolo. «Quando Brain mi ha cacciato dalla sua stanza d'ospedale dopo aver realizzato che non riusciva a ricordare nessuna delle lingue che aveva imparato, ho pensato che sarei morta. Avrei *voluto* morire. Non potevo credere che l'uomo che amavo più di ogni altra cosa, l'uomo che avevo letteralmente tenuto in vita tra le mie braccia nell'acqua più sporca che tu possa mai immaginare, mi avesse, per così dire, sputato in faccia cacciandomi. Mi ha fatto davvero male e il mio primo istinto è stato quello di rintanarmi e non parlare con nessuno.»

Devyn sapeva tutta la storia di come Brain era stato ferito, ma non aveva mai sentito i dettagli su ciò che era successo in seguito tra lui e Aspen. Sapeva che avevano litigato, ma non il motivo. Si sporse verso di lei, non volendo perdersi una parola della sua risposta. «È ciò che hai fatto?»

«No.» Scosse la testa. «Ho chiamato Gillian e mi sono sfogata. Le ho detto che lo odiavo, che era uno stronzo e che non avrei voluto rivederlo mai più. Lei ha ascoltato la mia tirata e quando ha pensato che avessi finito, ha affermato: "Meno male che te ne sei liberata, ora puoi trovare un uomo che ti apprezzi davvero".»

Devyn ansimò. «Ha detto proprio così?»

«Sì. E la mia prima reazione è stata sostanzialmente di orrore.» Rise. «Così ho dato addosso a lei, insistendo sul fatto che Brain *mi apprezzava*, che era ferito e non pensava con lucidità. Che non conosceva tutta la storia di ciò che era successo. Poi l'ho sentita ridere. Sapeva che avevo solo bisogno di sfogare la frustrazione e la sofferenza prima di poter pianificare la mia mossa successiva.»

Non capiva cosa stesse cercando di dirle Aspen; la fronte aggrottata doveva aver comunicato la sua confusione, perché lei continuò.

«Il punto è che Gillian mi ha aiutata a guardare la situazione da un'altra prospettiva. Mi ha lasciato inveire e dare di matto, poi mi ha dato la spinta che mi serviva per riordinare le idee. Siamo tutte qui per te, Devyn. Non sappiamo cosa sia successo, ma saremo felici di ascoltarti quando sarai pronta a parlarne. Potremmo essere in grado di offrirti un punto di vista che non avevi preso in considerazione. Puoi fidarti di noi.»

Deglutì a fatica. *Quello* era il motivo per cui non aveva lasciato Killeen. Era andata lì perché c'era Grover, ma era rimasta perché in fondo sapeva di aver trovato un gruppo di amiche a cui piaceva così com'era. Non avevano conosciuto la bambina malata, quindi non la trattavano con i guanti. A loro piaceva stare insieme a lei per ciò che era adesso.

«Lo so» sussurrò.

«Lo spero. Tutte noi ne abbiamo passate tante, ma siamo più forti grazie alle persone che abbiamo intorno. Ti sei chiusa in un guscio impenetrabile; non sto dicendo che non sia il risultato delle grandi sofferenze che hai patito, ma solo che con noi sei al sicuro. Io, Gillian, Kinley e Riley, ti copriamo le spalle. A prescindere.»

«Grazie» disse con voce strozzata.

«E poi c'è Lucky» continuò Aspen con un sorriso. «Lo sai che quell'uomo ti vuole di brutto, vero?»

Fu sollevata che cercasse di alleggerire l'atmosfera. «Chi lo dice?»

«Io. E devi sapere che con le ragazze parliamo sempre di voi due. Abbiamo fatto una scommessa su quando *lo* farete.»

Devyn quasi sputò l'acqua che stava bevendo. «Oh mio Dio, no, non potete averlo fatto!»

«Sì, invece. Gillian perderà di sicuro; ha detto tra tre mesi. Kinley è un po' più ottimista e ha detto che probabilmente avete già fatto l'amore. Riley pensa entro un mese e mezzo.»

«E tu?» le chiese con un sorriso.

Aspen inclinò la testa e la studiò con un'intensità che la mise un po' a disagio. «Non ti fidi facilmente. Anche se vivi qui da un po', stai ancora cercando di decidere se è davvero il posto in cui vuoi stare. Lavori ancora part-time, nonostante il veterinario ti abbia pregato di passare a tempo pieno. Desideri Lucky, ma stai cercando di proteggere il tuo cuore da lui, anche se è riuscito a penetrarlo almeno un po'. Quindi, io ho scommesso entro questo mese.»

Devyn sapeva di essere arrossita. «Lucky è meraviglioso» ammise. «È adorabile il modo in cui si comporta con Angel e Whiskers. Ha la pazienza di un santo. Non si arrabbia quando il cane si rannicchia in fondo al trasportino, si siede semplicemente sul pavimento davanti a lei, lasciando che si abitui al suono della sua voce e alla sua presenza... e ogni volta riesce a farla sedere sulle sue ginocchia entro la fine della serata. A volte mi sembra di essere esattamente come i suoi animali; spero di essere amata e coccolata, ma sono spaventata a morte di prendere ciò che voglio.»

Aspen le prese la mano e se la posò sulla pancia. Devyn non rifiutò quel gesto intimo. «Lo senti?» le chiese.

Lei annuì sentendo il bambino scalciare.

«Ho passato così tanto tempo a cercare di inserirmi in un mondo di uomini, a essere dura e a fingere che non mi importasse quando mi sminuivano e mi dicevano che non ero abbastanza brava per essere un soccorritore militare, che avevo dimenticato che andava bene essere una donna, desiderare di essere amata, adorare i fiori e voler essere una madre. Stare con Brain mi ha insegnato che è giusto essere *esattamente* chi sono. Qualcuno che può essere implacabile nel bel mezzo di uno scontro a fuoco o che piange sul divano mangiando cioccolata mentre guarda un film romantico.

Tutti vogliamo essere amati, Devyn. Non c'è niente di sbagliato in questo. Desideriamo che le persone ci amino e non vogliamo rischiare di rovinare tutto, ma la vita non è sempre perfetta. La gente può pensare che siamo stronze, egoiste o un milione di altre cose sprezzanti, ma quando trovi la persona che ti ama esattamente come sei, difetti e tutto, ciò che pensano gli altri di te cade nel dimenticatoio; non dai più importanza agli idioti. Ho sempre voluto essere una madre, ma ho concentrato tutte le mie energie nell'adattarmi a uomini che non mi accettavano per come sono. E ora *sono* incinta e più felice di quanto non sia mai stata. Datti una possibilità con Lucky. È un brav'uomo. Uno dei migliori.»

Devyn tirò su col naso. «Mi stai facendo piangere, stronza» le disse.

«Bene. Perché io ho pianto più negli ultimi due mesi che in tutta la mia vita. Questi ormoni della gravidanza non sono uno scherzo.»

«Hai paura?» le chiese.

«Del parto?»

Annuì.

Aspen scosse la testa ma disse: «Terrorizzata.»

Si scambiarono un sorriso.

«So come funziona. Cavoli, ho persino aiutato delle donne a partorire, ma è diverso quando tocca a te. È ridicolo quanto ami già questo bambino, ma so che con Brain al mio fianco posso superare qualsiasi cosa.»

Apprezzava che avesse cercato di rassicurarla su Lucky;

era un incoraggiamento gradito. Non era così sicura che le piacesse che avessero scommesso su quando avrebbero fatto l'amore, ma doveva ammettere che la faceva ridere.

Si fidava di Lucky? Sì, assolutamente. Ma se era così, perché non riusciva a raccontargli di Spencer?

La situazione era ridicola. Tutti i soggetti coinvolti erano adulti, ma in un certo senso si sentiva come se avesse di nuovo cinque anni e che se avesse svelato il segreto di suo fratello, sarebbe stata lei la responsabile della rovina della sua famiglia.

«Andrà tutto bene» disse ad Aspen. «L'importante è che non arrivi in ritardo per la nascita del tuo bambino, come succede per tutto il resto. Probabilmente cucinerai una cena di sei portate, correrai per cinque chilometri e salverai la vita di qualcuno facendogli la rianimazione cardiopolmonare, il tutto entro poche ore dal parto.»

Lei scoppiò a ridere. «Non so se riuscirò a fare tutte quelle cose... tranne quella di essere in ritardo. Dev?»

«Sì?»

«Ho davvero paura.»

Le prese subito la mano. «Di cosa?»

«Di tutto. Ho paura di non essere una brava mamma. Che farò qualche casino. Sai quanto è intelligente Brain; se nostro figlio eredita la sua intelligenza, sarebbe davvero *troppo* per me. O se finisse per essere un bullo? Non so cosa farei se fosse il ragazzo cattivo che tutti odiano.»

«Fai un respiro» le ordinò. «Bene. Un altro... sarai una mamma fantastica. Sai perché lo so?»

«Perché?»

«Perché ti stai veramente preoccupando di quelle cose. Sarei allarmata se non ti importasse. Tuo figlio sarà meraviglioso perché tu e Brain siete straordinari. Sarebbe grandioso se dovesse essere tanto intelligente, ma se non lo fosse lo ameresti di meno?»

«Ovvio che no.»

«Allora smettila di preoccuparti di cose che non puoi controllare.»

«Sì, signora» replicò con un sorriso. «Ci proverò.»

«Per curiosità... quanto avete scommesso su me e Lucky?» le chiese.

Aspen sorrise. «Quattrocento dollari.»

«Porca puttana, sul serio?»

«Sì. Ognuna di noi ne ha messi cento. Il vincitore prende tutto.»

«Non posso credere che abbiate scommesso su quando faremo sesso.» Avrebbe dovuto essere più sconvolta, soprattutto considerando che in un certo senso era simile al gioco d'azzardo, ma era ovvio che fosse stato fatto in modo scherzoso.

«Sì, be', noi ragazze vogliamo solo divertirci» le disse Aspen.

Devyn alzò gli occhi al cielo. «Fantastico, ora citi pure Cyndi Lauper.»

«Apprezzerei se procedeste, letteralmente e in senso figurato» continuò con una risatina. «Voglio dire, non mi dispiacerebbe vincere quei soldi. Stiamo ancora sistemando la cameretta del bambino.»

«Non è barare raccontarmi della scommessa?»

Aspen scrollò le spalle. «Probabilmente sì, ma per come la vedo io, se ti aiuta a smuovere la situazione è consentito. Sul serio, Dev, non puoi trovare qualcuno migliore di lui. Be', forse tranne Brain, ma lui è già impegnato.»

Avrebbe voluto dirle di aver preso seriamente in considerazione di chiedere a Lucky di poter restare per la notte a casa sua, ma che fino a quel momento non ne aveva avuto il coraggio. Non poteva negare di desiderarlo, la faceva sentire... normale. Ed era passato così tanto tempo da quando si era sentita così. Forse non era mai successo.

Quando era con lui, proprio come accadeva con le sue amiche, non era la ragazzina che aveva avuto la leucemia. Non era la "sorella fragile". Non era la figlia di cui i suoi genitori dovevano preoccuparsi. Era semplicemente Devyn.

Aveva visto il desiderio nei suoi occhi ed era stata una sensazione bellissima.

«Giusto. Be', mi assicurerò di dirti quando andremo a letto insieme» scherzò.

«Fallo» disse Aspen, completamente seria. «E ora devo proprio andare a casa. Brain mi ha concesso di stare via solo un'ora e poi tornare a riposarmi con i piedi sollevati.»

La fissò. «Sul serio?»

«Sì. Però devi sapere che anche se me lo ha detto, non significa che lo ascolterò.»

Ridacchiarono.

«È eccessivamente protettivo, ma è carino, quindi lo lascio fare. Sto benissimo e non ho avuto problemi con la gravidanza, ma dal momento che è preoccupato per me e il nostro bambino, lo tollero.»

Devyn si alzò e aiutò Aspen a fare altrettanto. «Grazie per la chiacchierata» le disse.

«Prego. Sul serio, ti vogliamo bene e siamo preoccupate per te. Se non riesci a parlare con Lucky, noi siamo disponibili.»

«Grazie. Significa tantissimo per me.»

«Chiamami presto» disse Aspen.

Annuì e uscirono dalla caffetteria. Tornando al suo

appartamento, pensò a quello che aveva detto la sua amica. Aveva ragione. Doveva smettere di vivere a metà. Adorava stare lì e voleva rimanere.

Per prima cosa, avrebbe finalmente sballato gli scatoloni, poi sarebbe andata a parlare con il suo capo per accettare il tempo pieno. E terzo... voleva far progredire le cose con Lucky. Lo aveva tenuto a distanza per oltre un anno, nonostante la loro attrazione. Ora che si frequentavano, doveva almeno provare a essere completamente coinvolta. Si piacevano a vicenda e desiderava stare insieme a lui.

Su tutto il resto avrebbe deciso in seguito. Non era ancora sicura di cosa sarebbe successo alla sua famiglia se si fosse aperta riguardo a Spencer; per adesso quello l'avrebbe rinviato, ma era arrivato il momento di andare avanti con la sua vita.

Era stato bello fare paracadutismo e bungee jumping, ma si stava prendendo in giro da sola; quel genere di cose non la rendevano più coraggiosa, erano una copertura per le sue insicurezze. Le acrobazie pericolose non facevano sparire il suo passato. Sarebbe sempre stata una sopravvissuta al cancro. Era ciò che era, ed era arrivato il momento di accettarlo e voltare pagina.

Sperava solo che Lucky fosse una parte importante di quel cambiamento.

CAPITOLO SEI

DEVYN AVEVA FATTO dei piani per assicurarsi che Lucky sapesse che voleva qualcosa di più che una semplice amicizia, che era pronta per avere una relazione, ma quando tornò a casa dopo aver pranzato con Aspen, ricevette una telefonata da suo fratello.

«Spencer, devi smetterla di chiamarmi» disse, invece di salutarlo.

«Ehi, sorella. È da un bel po' che non ci parliamo.»

«Sul serio, basta.»

«Riuscirai mai a perdonarmi per quella spinta?» le chiese.

Fece una smorfia. «Non si tratta di quello.»

Lui la ignorò e continuò a parlare. «Perché mi sono già scusato. Quel giorno ero arrabbiato e non era mia intenzione spingerti così forte. Non è colpa mia se sei stata così maldestra da andare a sbattere contro quel tavolo e cadere.»

«Sono stronzate e lo sai» sbottò, infuriata che avesse

ribaltato la situazione per sentirsi meglio riguardo a ciò che aveva fatto.

«Come vuoi. I fratelli litigano, Dev. Siamo sempre stati così. Ricordi quando avevi undici anni e mi hai quasi spinto giù dalla nostra casa sull'albero perché non ti era piaciuto cosa avevo detto di te a un amico?»

Lo ricordava. «Eravamo bambini, Spencer. Era diverso.»

«Ma siamo le stesse persone. Siamo una famiglia. E in famiglia ci si aiuta a vicenda.»

Ed eccolo, il senso di colpa che era così bravo a infliggere. Soprattutto a lei. «Ti *ho* aiutato, Spence, e avevi promesso che sarebbe stata l'ultima volta. Eppure sei tornato a chiederne ancora. Hai bisogno di un altro tipo di aiuto e finché non lo ammetterai e ci lavorerai, ho finito di tirarti fuori dai guai.»

«Devyn, sei l'unica a cui posso rivolgermi. Fred non mi aiuterebbe mai, mi direbbe di crescere o qualche altra stronzata, e Mila e Angela non hanno soldi. Sono già in debito con mamma e papà.»

«Sei in debito anche con *me*, Spence, ma non te ne frega niente, vero?»

«Andiamo, sorella. Sei single. Puoi permetterti di aiutarmi.»

«In realtà, no. Lavoro solo part-time e ho le bollette da pagare.»

«Ma questa volta sono davvero nei guai, Dev. *Grossi* guai.»

Chiuse gli occhi e fece il possibile per indurire il suo cuore. Lei e Fred erano sempre stati molto legati, ma ciò non significava che non avrebbe voluto avere lo stesso tipo di relazione con l'altro fratello. Erano così vicini di età che avrebbero dovuto essere come tre piselli in un baccello, ma

Spencer non aveva affrontato bene il fatto che lei ricevesse così tante attenzioni quando era malata, e si era allontanato sia da lei sia da Fred.

«Per favore, sorella.»

«Quanto ti serve?» gli chiese, odiandosi. Era per quello che si era trasferita e non rispondeva alle sue chiamate. Perché cedeva alle sue suppliche. Ogni volta. Sapeva che non avrebbe dovuto... ma era suo fratello. Lo amava, anche quando la calpestava.

«Cinquanta.»

«Solo cinquanta dollari? Dai, quanto?»

«No. Cinquantamila.»

«*Cinquantamila*?» praticamente urlò.

«Lo so, lo so! Ma questa volta è diverso.»

«Sai che non ho quella cifra» replicò scioccata.

«Se non lo pago mi farà veramente del male» disse Spencer.

Devyn si sedette sul bordo del divano e appoggiò la fronte su una mano. «Non ci arrivo minimamente vicino» ripeté.

«Se me ne dai cinquemila posso lavorarci, trasformarli nei cinquanta di cui ho bisogno. Lo so!»

Sentì una lacrima scorrerle sulla guancia. «Lo dici sempre ma non succede mai. Hai un problema serio, Spence. Hai bisogno di *aiuto*! Ci sono dei programmi che potresti seguire. Servizi per la dipendenza dal gioco. Possono aiutarti a batterla. Per favore, fallo per me, per la nostra famiglia. Guarda cosa stai facendo a te stesso. A *tutti* noi.»

«Questa sì che è bella» ribatté Spencer con cattiveria. «Ci hai già pensato da sola a rovinare la nostra famiglia, e hai il coraggio di *dirmi* di farmi rinchiudere così che un dottore mi dica che ho la testa fottuta? Non succederà.»

«Ero solo una bambina» disse sommessamente. «Avevo il cancro. Non è la stessa cosa.»

«Come vuoi. Mi aiuterai o no?»

«Non posso» sussurrò. Le veniva da vomitare. «Non ho tutti quei soldi.»

«Mi faranno del male, Dev! Potrebbero uccidermi. Hai intenzione di star seduta lì e lasciare che accada?»

«*Io* non sto lasciando che succeda nulla! Le tue azioni hanno delle conseguenze, Spence. È sempre stato così, ma sei troppo egoista per vederlo! Ti affidi ad altre persone per farti tirare fuori dai casini, poi torni a fare esattamente le stesse cose.»

«Non sorprenderti quando leggerai che hanno trovato il mio cadavere in un campo di grano. Forse allora non ti atteggerai più con quell'aria di superiorità.»

«Spencer...»

Ma era troppo tardi. Aveva riattaccato.

Devyn si sentì morire, chinò la testa e pianse. Voleva aiutare suo fratello; *l'aveva fatto*. Gli aveva già dato migliaia di dollari. Era per quello che se n'era andata dal Missouri, perché non riusciva a dirgli di no, perché lui sapeva che era una preda facile e che alla fine avrebbe ceduto, consegnandogli i soldi che gli servivano per ripagare i suoi debiti.

Spencer aveva una vera e propria dipendenza; non riusciva a smettere di giocare. Devyn non poteva nemmeno calcolare la quantità di cose che aveva impegnato per racimolare soldi. Era sempre sicuro di poter vincere e recuperare migliaia di dollari se avesse continuato a giocare; un altro giro alla slot machine, un'altra partita di carte, ma non succedeva mai, si indebitava sempre di più.

L'ultima volta che lo aveva visto era stato quando era andato a casa sua mentre lei non c'era; aveva una chiave, essendo suo fratello. Era rientrata mentre lui stava riempiendo una scatola con tutte le cose di valore che riusciva a trovare. Avevano litigato di brutto e Spencer l'aveva spinta. Avrebbe potuto sbattere la testa, ma il tavolo aveva fermato la caduta.

Non poteva dirlo ai suoi genitori, avrebbero cercato di convincerla che stava reagendo in modo eccessivo, che suo fratello l'amava e non aveva avuto intenzione di farle del male. Non poteva dirlo a Fred perché non voleva rovinare il suo rapporto con Spencer. E non poteva dire a Lucky la verità su come si era procurata il brutto livido sul fianco, perché probabilmente avrebbe voluto ucciderlo. Si trovava in una situazione senza via d'uscita.

Dopo l'episodio in cui aveva cercato di derubarla, ferendola di conseguenza, Devyn aveva capito di doversene andare. Doveva allontanarsi dalla sua città natale e dal fratello. Lo amava, ma si stava lentamente rovinando la vita, e l'avrebbe trascinata a fondo con lui se glielo avesse permesso. Così si era licenziata, fuggendo in Texas.

Razionalmente, sapeva che Spencer avrebbe dovuto farsi carico delle sue responsabilità, ma emotivamente, non poteva fare a meno di credere che avrebbe dovuto riuscire a convincerlo a entrare in terapia. Si sentiva una fallita, e ora era spaventata a morte per lui. Anche irritata, ma non significava che volesse che qualcuno gli facesse del male.

«Cazzo» sussurrò.

Esausta, spense il telefono e andò in camera. Si spogliò e si infilò sotto le coperte. Era troppo presto per andare a letto, e Lucky probabilmente si aspettava che lo chiamasse o andasse a casa sua, ma in quel momento non poteva affrontare nessuno.

Era stato quello il motivo per cui non voleva rispondere alle chiamate di Spencer. Perché sapeva che avrebbe chiesto più soldi, che l'avrebbe fatta sentire in colpa. Perché se gli fosse successo qualcosa, si sarebbe sentita davvero come se fosse stata colpa sua.

Oppressa dal peso di tutte le cose successe nell'ultimo anno, pianse. Per suo fratello. Per avere troppa paura di raccontare a qualcuno i suoi problemi. Per la decisione che presto avrebbe dovuto prendere.

Aveva due opzioni, comportarsi da adulta e dire a qualcuno cosa stava succedendo o trasferirsi. Scappare come una codarda. Nessuna delle due era allettante, ma non poteva andare avanti così.

———

Due giorni dopo, Lucky aveva finito la pazienza. Devyn lo stava ignorando e non glielo avrebbe più permesso. Era successo qualcosa di grave, se lo sentiva. Era giunto il momento di farsi dire quale fosse il problema. Se avesse dovuto giurare di non raccontare niente a Grover, lo avrebbe fatto... anche se fosse stato qualcosa di terribile. Non gli piaceva l'idea di nascondere le cose a uno dei suoi migliori amici, ma l'avrebbe fatto se si fosse aperta con lui.

Aveva chiamato Aspen per sentire com'era andato il pranzo, perché quella sera non era riuscito a contattare Devyn, e lei aveva detto che era andato molto bene. Quindi non capiva il motivo per cui non lo avesse chiamato. Tra l'altro, non aveva evitato solo lui, ma anche Grover.

Bene, era ora di finirla.

Le aveva inviato diversi messaggi e lasciato alcuni vocali che lei aveva ignorato. Se pensava di poterlo scaricare, dopo che avevano iniziato qualcosa di serio... si sbagliava.

Lucky bussò alla sua porta e aspettò che rispondesse. Sapeva che era in casa perché la sua Mini Cooper era nel parcheggio. Prima di andare lì, aveva chiamato la clinica veterinaria e lo avevano informato che quel giorno si era messa in malattia.

Sperava davvero che non si fosse fatta sentire perché non stava bene, ma aveva la brutta sensazione che non fosse così.

«Vattene, Lucky» disse lei dall'altra parte della porta.

Accigliandosi, incrociò le braccia sul petto. «No. Apri, Dev.»

«Mi dispiace, ma non posso fare questa cosa.»

«Quale cosa?» le chiese.

«Avere una relazione con te.»

«Non romperai con me da dietro una porta. Se vuoi farlo, apri e dimmelo in faccia» ringhiò. Non ci avrebbe creduto nemmeno per un secondo che non volesse stare con lui. Non era successo niente dall'ultima volta che si erano visti. Aveva paura di qualcosa e non poteva aiutarla se non sapeva di cosa si trattasse.

Era riuscito a ottenere la fiducia di Angel e Whiskers, poteva fare la stessa cosa con lei; era diffidente, ma avrebbe fatto tutto il possibile per assicurarsi che sapesse di essere al sicuro con lui.

La sentì togliere la catena e girare la chiave. Devyn aprì

e disse in tono un po' bellicoso: «Va bene. Abbiamo chiuso. Adesso puoi andare.»

Lucky si spaventò a morte vedendo il suo aspetto; era terribile. Non si era lavata o spazzolata i capelli e aveva delle profonde occhiaie. Indossava una maglietta larga e un paio di pantaloni della tuta.

Spingendo delicatamente la porta, entrò.

«Lucky!» protestò, ma lui la ignorò, richiuse e la prese per il gomito, spingendola dentro l'appartamento.

«Smettila» gli disse, ma non cercò di liberarsi dalla sua presa.

«Che cos'hai mangiato oggi?» chiese.

«Pop-Tarts, cioccolatini ripieni di burro di arachidi e quattordici bastoncini di formaggio» rispose, un po' sulla difensiva.

«Siediti» le ordinò, tirando fuori uno sgabello.

Devyn sospirò, ma obbedì.

Lucky si tirò su le maniche e aprì il frigorifero per vedere cosa avrebbe potuto preparare.

«Perché sei qui?» gli chiese, mentre lui tirava fuori uova, formaggio, peperoni e salsiccia.

«Perché hai evitato me e tutti i nostri amici. Perché ho chiamato la clinica veterinaria e mi hanno detto che eri ammalata. Sono qui per farti mangiare e scoprire che cazzo sta succedendo, così possiamo andare avanti.»

«Non posso parlarne con te» disse abbattuta.

Lucky posò sul bancone gli ingredienti per l'omelette che voleva preparare e tornò da lei. La fece girare sullo sgabello e le prese il viso tra le mani, sollevandolo in modo che non avesse altra scelta che guardarlo.

«Puoi parlarmi di *qualsiasi* cosa» la rassicurò.

«Non di questa» sussurrò.

«Qualunque cosa sia, rimarrà tra noi due.»

Lei si accigliò. «Cosa?»

«Mi hai sentito. Se hai bisogno della rassicurazione che non riporterò a Grover nulla di ciò che mi dirai, te la do.»

«Ma... siete migliori amici. Non danneggerà il vostro rapporto?» gli chiese.

«È possibile. Ma tu sei più importante.»

Devyn lo guardò a bocca aperta. «Io non... *perché?*»

«Non è un segreto che sia preso da te, Devyn. Penso che tu sia bella, divertente, estremamente leale e una gran lavoratrice. Penso a te quando vado a dormire e quando mi sveglio. Mi chiedo come sia andata la tua giornata al lavoro e mi preoccupa qualunque cosa ti stia turbando. La scorsa settimana, prima che decidessi di non volermi parlare, è stata una delle più belle degli ultimi anni. Ho adorato stare con te, e vederti interagire con Angel e Whiskers mi ha fatto innamorare ancora di più. Te lo ripeto, se hai bisogno della rassicurazione che ciò che mi dirai rimarrà tra noi due, se è questo che serve perché ti fidi di me, allora te la sto dando... ma sul fatto di non dirlo a Grover ci sono due eccezioni.»

«Quali?»

«Ne avevamo già parlato e le eccezioni sono se la tua vita è in pericolo o se il cancro è tornato. Non posso, e non voglio, nascondere queste cose a lui o al resto della squadra. Faremo tutto il possibile per aiutarti a combattere i tuoi demoni, che siano minacce fisiche o qualcosa che riguardi il tuo corpo. Hai sconfitto il cancro una volta, puoi farlo di nuovo, ma queste sono due cose che non posso nascondere a tuo fratello.»

«Te l'ho già detto che la mia vita non è in pericolo e

non sono malata» replicò Devyn. «Non ho mentito su questo.»

Lucky chiuse gli occhi per il sollievo. Poi li riaprì. «Bene. Quindi puoi dirmi il grande segreto che ti affligge così possiamo capire come comportarci. Ma prima hai bisogno di mangiare del cibo vero. Non puoi sopravvivere con le Pop-Tarts e i bastoncini di formaggio.»

«E i cioccolatini ripieni al burro di arachidi» gli ricordò con un piccolo sorriso.

Lucky amò vedere quel guizzo delle sue labbra. Quella donna aveva una forza e un coraggio incredibili, solo che non se ne rendeva conto. «Giusto, come ho potuto dimenticarli?» disse Lucky, alzando gli occhi al cielo.

Fece per allontanarsi, ma Devyn lo afferrò per i polsi, fermandolo. «Lucky?»

«Sì?»

«Ho tanta paura di prendere la decisione sbagliata.»

Si sentì gonfiare il cuore nel petto. Avrebbe voluto uccidere tutti i suoi draghi, ma sapeva che alla fine sarebbe diventata più forte se lo avesse fatto lei. «Abbiamo tutti quella paura, Dev. Io di sicuro. Ma con gli amici e i familiari al tuo fianco, puoi superare qualsiasi cosa.»

«Lo spero» sussurrò.

Lucky non riuscì a trattenersi, si chinò e le baciò dolcemente la fronte. «Ne sono certo» le disse. Quando gli lasciò i polsi, tornò al bancone della cucina. «Quando è stata l'ultima volta che ti sei fatta la doccia?» le chiese con nonchalance.

«È il tuo modo di dirmi che puzzo?»

Gli piaceva sentire quel tono leggero. «Niente affatto. Non direi mai una cosa del genere, ma penso che ti sentirai meglio fresca e pulita.»

«Gentile e diplomatico» affermò con un sorriso. «Bene. Mentre tu prepari, vado a farne una.»

Le sorrise.

«Come stanno Angel e Whiskers?» gli chiese.

«Stanno bene, ma sentono la tua mancanza. Ogni giorno diventano un po' più coraggiose. Whiskers si è abituata alla pettorina e si è persino allontanata di un metro da Angel quando le ho portate fuori l'ultima volta.»

«Fantastico» disse con un sorriso. «Non hanno idea di quanto siano fortunate che tu le abbia adottate.»

«Spero di riuscire a convincerti a venire da me dopo mangiato.»

«Ma sarà tardi, arriverei lì e dovrei tornare a casa più o meno dopo un'ora.»

«Oppure potresti restare» le suggerì.

Devyn rimase immobile a fissarlo intensamente.

Lucky odiò non riuscire a decifrare la sua espressione.

«Mi stai chiedendo di passare la notte da te?» gli chiese.

Ammirava che fosse diretta. «Sì, ma sta a te decidere dove vuoi dormire. Ho un letto in più o c'è il divano al piano di sotto.»

«E nella *tua* camera?» gli domandò.

Fu il turno di Lucky di bloccarsi. «Puoi avere il mio letto» disse in tono basso. «Puoi avere tutto quello che mi appartiene.»

«Compreso te?»

«Dannazione» mormorò. «Sì, Dev. Sono completamente tuo. Lo sono stato dal momento in cui ti ho incontrata. Stavo solo aspettando che tu mi accettassi.»

La vide deglutire a fatica, smentendo la spavalderia che aveva mostrato nel chiedergli dove avrebbe dormito. «Ho la tendenza a perdermi nella mia testa, a riflettere troppo, ma credo di aver pensato a sufficienza per quanto riguarda noi due. Ti voglio, Lucky.»

«Allora prendimi. Prepara una borsa con della roba che basti per qualche giorno, ho la sensazione che una volta che ti avrò nella mia tana, non vorrò più lasciarti andare.»

Lei sorrise. «Domani pomeriggio devo lavorare.»

«Dannazione» ripeté.

Devyn scese dallo sgabello ma non entrò in cucina. Indietreggiò lentamente verso il corridoio dove c'erano le camere da letto. «Vado a fare la doccia» disse.

«E ora ho quella visione nella mente» replicò Lucky, alzando gli occhi al cielo.

«Abbiamo aspettato mesi, cosa vuoi che sia qualche ora in più» ribatté in tono scherzoso.

«Potrebbe uccidermi» affermò semiserio.

Si fermò all'ingresso del corridoio. «Lucky?»

«Sì, Dev?»

«Non sono sicura di volerti dire qual è il problema, ma non posso più tenermelo dentro. È egoista da parte mia, ma apprezzo che tu non lo dica a Grover. Non ancora, almeno.»

«Sistemeremo tutto» la rassicurò, davvero preoccupato del suo grande segreto. «Se o quando verrà il momento, lo diremo a tuo fratello insieme. Va bene?»

«Faresti questo per me?»

«Farei qualsiasi cosa per te» ammise. «Incluso farti una frittata gigante così che tu non svenga per malnutrizione.»

Lei ridacchiò. «Vado. Grazie per essere entrato con la forza nel mio appartamento e avermi preparato del cibo non richiesto.»

«Prego. Potrei non essere spesso l'uomo socialmente più accettabile, ma farò sempre ciò che è meglio per te.

Stasera dovevi essere costretta a uscire dalla depressione che ti aveva afflitto e a capire che hai degli amici che sarebbero felici di esserci per te... se ce lo permetterai.»

Devyn annuì, poi si voltò e scomparve nella sua camera da letto.

Lucky fece un respiro profondo e appoggiò i palmi sul bancone. Doveva ammettere che le cose erano andate meglio di quanto avesse sperato. Dev aveva accettato di andare a casa sua e raccontargli tutto. Non solo, ma aveva ammesso di voler rimanere per la notte. Con lui. Nel suo letto.

Ignorando l'erezione, rivolse la sua attenzione al cibo. Doveva far mangiare un pasto decente alla sua donna, poi portarla a casa e farla sentire abbastanza a suo agio da aprirsi.

Il fatto era che lo aveva spaventato; non aveva risposto ai suoi messaggi o alle chiamate, poi Grover gli aveva detto che nemmeno lui era stato in grado di mettersi in contatto con lei e nessuna delle altre ragazze le aveva parlato. Così aveva avuto visioni di Devyn sola nell'appartamento, stesa a terra, inerme e ferita. Non voleva mai più provare quella sensazione.

CAPITOLO SETTE

ALLA FINE, quella sera non ci furono grandi rivelazioni.

Quando Lucky era rientrato a casa insieme a Devyn, era stato evidente che mentre era via Angel avesse avuto problemi intestinali; avevano trovato diarrea su tutto il pavimento del bagno e all'interno del trasportino, ed entrambi gli animali erano ricoperti di feci.

Quindi, dopo aver pulito a fondo, avevano dovuto lavarle e confortarle. Era stato ovvio che Angel avesse capito di aver fatto qualcosa che non andava bene, perché dopo il bagno si era rannicchiata tremante in un angolo per un'ora. Lucky era poi riuscito a farla rilassare, sdraiandosi sul pavimento della camera con lei e con Whiskers accoccolata contro il suo corpo.

Devyn si era messa un paio di pantaloni della tuta e una canottiera e si era addormentata nel suo letto, e Lucky non aveva avuto il coraggio di svegliarla. Era chiaro che fosse esausta e poi gli piaceva averla lì. Alla fine, aveva rimesso gli animali nel bagno pulito e sterilizzato e si era infilato sotto le coperte dietro di lei. L'aveva stretta a sé ed era stato felice come non mai quando Devyn aveva sospirato nel sonno, rannicchiandosi ancora di più contro di lui.

Si era addormentato in pochi minuti.

Il mattino successivo la sveglia suonò presto e, anche se lui l'aveva spenta subito, Devyn si mosse.

«Vai all'allenamento?» gli chiese.

«Sì» rispose sommessamente. «Torno tra due ore, continua a dormire.»

«Ok. Mi alzo tra un po' e porto fuori gli animali.»

«Le porto io adesso così saranno a posto per un po'. Se hai fame ci sono dei bagel, frullati proteici e farina d'avena» le disse.

Lei arricciò il naso. «Niente ciambelle?»

Non sapeva se stesse scherzando, ma si ripromise di prenderne un po' quando sarebbe andato a fare la spesa. «No, mi dispiace.»

«Nessun problema» farfugliò.

Sarebbe stato felice di svegliarsi così ogni giorno per il resto della vita. Devyn così assonnata era carina da morire e alzarsi dal letto fu estremamente difficile.

Portò fuori Angel e Whiskers e fu contento di vedere che il problema digestivo del cane sembrava essersi risolto. Fece far loro pipì, poi mise il cibo nelle ciotole e andò di sopra a cambiarsi.

Quando tornò di sotto, entrambi gli animali avevano finito di mangiare. Angel era accoccolata, con Whiskers soddisfatta al suo fianco, su una delle quattro cucce che aveva comprato di recente. La sera prima, non volendo traumatizzarla più di quanto già non fosse, aveva fatto del suo meglio per districarle il pelo aggrovigliato mentre le faceva il bagno, e anche se il suo aspetto era ancora piuttosto patetico, almeno la pelliccia era lucida e pulita.

Whiskers invece non aveva accettato di buon grado la toelettatura, ma era riuscito a districare il pelo anche a lei. Dato che entrambe erano di colore marrone chiaro con macchie bianche, quando erano rannicchiate insieme era difficile distinguere bene le loro forme.

Decidendo di arrischiarsi a lasciarle fuori dal bagno, Lucky le accarezzò un'ultima volta e fu felice che nessuna delle due sussultasse. All'ultimo secondo, si voltò per prendere un pezzo di carta e scarabocchiare una breve nota per Devyn, nel caso si fosse alzata prima che lui tornasse, poi se ne andò di ottimo umore.

Dovevano ancora parlare e Dev aveva bisogno di togliersi il peso del suo segreto per il proprio benessere mentale, ma era stato dannatamente fantastico svegliarsi con lei tra le braccia; lo avrebbe fatto volentieri per sempre.

Quel pensiero avrebbe dovuto destabilizzarlo, invece lo fece sorridere. A un certo punto, negli ultimi mesi, si era innamorato di lei. Forse addirittura a prima vista. E *doveva* essere amore perché non si era mai sentito così con nessun'altra. Mai.

Quando arrivò alla base e si unì alla squadra davanti al parco mezzi, stava ancora sorridendo.

«Oh, merda, a cosa dobbiamo quel sorriso?» gli chiese Doc.

«Niente. Sono solo di buon umore stamattina» rispose.

«Stiamo per correre sedici chilometri e tu sei di buon umore?» gli domandò Oz.

«Be', sì. Non correremo con gli zaini, quindi sarà un gioco da ragazzi» replicò.

«Non capirò *mai* le persone a cui piace correre» borbottò Brain sottovoce.

Mentre i suoi compagni di squadra facevano allungamenti e parlavano in modo scherzoso degli allenamenti in generale, Lucky prese da parte Grover e Trigger.

«Ho bisogno di una pausa oggi. Non abbiamo riunioni di pianificazione, vero?» chiese.

«No... a meno che non accada qualcosa questo pomeriggio, il che è possibile. Sembra che quest'anno avremo le Olimpiadi tra i nostri compiti, quindi presto dovremo iniziare a coordinarci con gli altri team del Paese che sono stati scelti» disse Trigger.

«Davvero? Grande. È una delle pochissime missioni che attendo con ansia» ammise Lucky. Era un po' un eufemismo. Nonostante ci fosse sempre la possibilità che dei terroristi impazziti prendessero di mira gli olimpionici che si radunavano per competere per il loro Paese, proteggere gli atleti era considerato un privilegio nei circoli delle forze speciali.

Lucky decise di affrontare la questione, così disse a Grover senza preamboli: «Dev ha passato la notte a casa mia.»

L'espressione del suo amico non cambiò. «E?» chiese. «So che non mi stai dicendo che vai a letto con mia sorella solo per vedere la mia reazione.»

«*Sono* andato a letto con lei, ma abbiamo solo dormito. Ieri sera sono andato a casa sua perché mi evitava. Evitava tutti, come ben sai. Aveva un brutto aspetto, amico, come se avesse avuto il peso del mondo sulle spalle. Le ho fatto mangiare qualcosa di meglio delle schifezze che aveva ammesso di aver ingurgitato e l'ho portata a casa mia. Angel ha avuto dei problemi digestivi e quando ho finito di occuparmene, Dev dormiva come un sasso. Te lo dico perché ho bisogno di una pausa per poterle parlare, e le ho promesso che ciò che mi dirà, rimarrà tra noi due.»

Grover si acciglió, ma Lucky continuò.

«Ha giurato che la sua vita non è in pericolo e di non essere malata. Come ti avevo detto, non ti avrei mai nascosto nessuna di queste cose.»

Il suo amico rilassò le spalle. «Lo apprezzo e mi fido di te. Per quanto mi preoccupi per Devyn, è un'adulta. Non ti impedirò di stringere un legame profondo con lei.»

«La amo» sbottò Lucky.

Doveva averlo detto piuttosto forte, perché gli altri compagni di squadra intorno a loro si zittirono.

«Merda» mormorò.

«Per favore, dimmi che l'hai detto a *lei* prima di spifferarlo a noi» disse Lefty.

«Perché hai fatto una cazzata se l'hai detto prima a noi che a lei» aggiunse Brain.

«Proprio *tu* parli di fare cazzate?» Oz gli diede uno schiaffo sulla nuca.

«Vaffanculo» rispose al suo amico.

Lucky non poté fare a meno di sorridere. Dio, amava quegli uomini. A volte erano un po' rudi, ma avevano un cuore enorme. «Non credo che per voi sia una gran sorpresa che io ami Devyn.»

«È vero» rifletté Trigger. «Le fai gli occhi dolci da una vita.»

«Occhi dolci?» chiese Doc. «Cosa diavolo sono?»

«Lo saprai quando incontrerai la donna perfetta per te» gli rispose Lefty.

«È quando pensi che lei sia dannatamente adorabile a prescindere da ciò che fa» disse Brain. «Anche quando gli altri pensano che sia ridicola o che abbia il ciclo, sei comunque perso per lei.»

«Non ho mai guardato *nessuna* donna in quel modo e dubito che lo farò mai» ammise Doc.

«Oh, sì, le ultime parole famose» scherzò Lefty.

«Comunque, sappiamo tutti che hai perso la testa per lei» proseguì Trigger. «E apprezzeremmo se riuscissi a capire cosa la turba. So che Gillian è preoccupata da settimane e odio vederla così agitata per una delle sue amiche.»

«È così anche per Kinley.»

«Anche per Aspen. Lei e Riley hanno parlato almeno venti minuti l'altra sera per cercare di capire come mettere Devyn abbastanza a suo agio da confidarsi con loro» aggiunse Brain.

«Se Trigger e il comandante sono d'accordo, oggi mi prenderei qualche ora libera per vedere se riesco a scoprire cosa le passa per la testa» affermò Lucky.

«Bene» disse Doc.

«D'accordo. Ci farai sapere se possiamo fare qualcosa?» chiese Trigger.

«Siamo qui se hai bisogno di noi» dichiarò Oz.

Apprezzava davvero tanto i suoi amici, il loro incrollabile sostegno era qualcosa che non avrebbe mai dato per scontato. «Sapete che lo farò.»

«E dovresti considerare di dirle che la ami» incalzò Brain. «Alle donne piace sentirsi dire questo genere di cose.»

«Se dovesse scoprire che l'hai detto prima a noi, potresti ritrovarti a dormire sul divano invece che accanto a lei nel tuo bel letto comodo» ribatté Trigger con una risatina.

Era troppo presto per dire a Devyn che l'amava, ma i suoi amici avevano ragione, quindi annuì.

«Ho sentito che Logan sta andando alla grande a base-ball» disse Lefty a Oz, cambiando argomento.

Mentre la squadra iniziava la sua lunga corsa mattutina, Lucky ascoltò il suo amico parlare del nipote e di quanto stesse andando bene. Si vantava che fosse uno dei migliori giocatori della sua squadra, anche se aveva appena iniziato. Anche sua nipote Bria stava sbocciando. Stava per finire la prima elementare e avrebbe preso lezioni estive per far sì che rimanesse in contatto con i suoi coetanei, prima di iniziare la seconda in autunno. L'ultimo anno era stato duro per lei, e il suo psicologo aveva suggerito che sarebbe stato meglio farle seguire dei programmi.

Brain e Oz parlarono dei loro bambini che sarebbero nati a pochi mesi di distanza. Aspen avrebbe dovuto partorire da lì a due mesi e Riley poco dopo.

Le loro vite stavano cambiando più velocemente di quanto Lucky avrebbe immaginato, ma sembravano tutti più che contenti. Quando i loro amici di un'altra squadra Delta di stanza alla base si erano sposati e avevano iniziato ad avere figli, aveva faticato a capire come sarebbero riusciti a destreggiarsi tra la vita personale e le esigenze lavorative, ma ora l'aveva compreso; non si trattava di dover scegliere una cosa o l'altra, potevano essere padri e mariti *e* implacabili soldati della Delta Force. Amare qualcuno non li aveva resi più deboli, anzi, in un certo senso li aveva resi migliori nel loro lavoro.

Lo aveva visto in prima persona con la sua squadra; Trigger e gli altri erano più cauti ora, ma non era una brutta cosa. Lavoravano più duramente per raccogliere quante più informazioni possibili prima di partire per una missione, in modo che le loro azioni fossero più mirate. Non si precipitavano nelle operazioni, erano molto prudenti per cercare di proteggere la propria vita e quella di tutti i compagni di squadra.

Voleva tornare a casa da Devyn dopo una missione, costruire una vita con lei. Voleva vederla sbocciare e magari anche avere dei bambini. Era un pensiero strano per un uomo che non aveva mai considerato di avere figli. Si era sempre sentito giovane a trentun anni, ma all'improvviso sembrava che la sua vita gli stesse passando accanto. Lucky vedeva ogni giorno quanto fosse felice Oz con i suoi nipoti, e quanto lui e Brain fossero eccitati per i bambini in arrivo...

Si ritrovò a immaginare a come avrebbero potuto essere i loro figli; sarebbero stati alti e sperava che avrebbero ereditato i capelli biondi di Devyn piuttosto che scuri come i suoi.

Erano pensieri folli... eppure sembravano giusti.

Nel profondo, però, Lucky aveva la sensazione che le cose con lei non sarebbero state facili come sperava. Sembrava che tutti i suoi amici avessero dovuto affrontare una prova del fuoco. Non era così presuntuoso da pensare che la sua relazione con Devyn sarebbe stata diversa ma, d'altronde, ciò che avevano vissuto aveva solo rafforzato i loro rapporti.

Non voleva assolutamente che a loro due succedesse qualcosa, di certo nulla di simile a ciò che era accaduto ai suoi compagni di squadra. Per quanto ne sapeva, lei non aveva ex fidanzati che avrebbero potuto apparire all'improvviso per farle del male, non era stata su un aereo dirottato con un gruppo di terroristi e non aveva lavorato per un serial killer, ma sapeva benissimo che a volte le sventure apparivano dal nulla.

Il primo passo era scoprire cosa la opprimeva. Una volta occupatosi di quello, si sarebbe assicurato che sapesse quanto l'amava... e che avrebbe fatto tutto il necessario per farla sentire protetta e felice per sempre.

———

Devyn si svegliò circa un'ora dopo che Lucky era uscito. Aveva un leggero mal di testa, ma per il resto si sentiva sorprendentemente bene. La sera prima aveva deciso di raccontargli tutto ed era come se si fosse tolta un enorme peso dalle spalle.

Era stata ridicola negli ultimi giorni e anche quando Lucky si era presentato alla sua porta; si era comportata come un'adolescente. Non era da lei farsi tutte quelle paranoie, era più il tipo che diceva le cose come stavano. Aveva imparato a essere così dopo tutto il tempo trascorso negli ospedali. Anche da bambina, aveva preferito di gran lunga i medici e le infermiere che non giravano intorno alle brutte notizie, quelli che le dicevano ciò che stava succedendo e come affrontarlo.

Ormai era a Killeen da più di un anno e mantenere il segreto sulla dipendenza di Spencer le aveva incasinato completamente la testa. Magari non era pronta a parlare di lui con la famiglia, ma era sicurissima di potersi fidare di Lucky. Il fatto che le avesse assicurato che non lo avrebbe spifferato a Fred significava tutto per lei.

Non era un'idiota, sapeva quanto fosse legato ai suoi compagni di squadra. Doveva esserlo. In missione si coprivano le spalle e si tenevano in vita a vicenda. Forzarlo a mantenere il suo segreto avrebbe potuto rovinare quel legame, ma doveva sperare che Spencer si sarebbe dato una svegliata chiedendo l'aiuto di cui aveva bisogno, prima che ciò accadesse.

Pensando all'ultima conversazione che avevano avuto, non ne era così sicura. Era difficile credere che doveva cinquantamila dollari a uno strozzino. Il fatto che avesse pensato di poterne ottenere cinquemila da lei e trasformarli in cinquanta era totalmente assurdo. Devyn odiava l'idea che qualcuno avrebbe potuto fargli del male se non avesse restituito i soldi presi in prestito... ma una piccola parte di lei non poteva fare a meno di pensare che forse quella situazione avrebbe potuto essere la spinta che serviva a Spencer per affrontare seriamente la sua dipendenza.

Devyn scese dal comodissimo letto di Lucky, si allungò e andò in bagno. Si lavò i denti e si spazzolò i capelli, poi uscì dalla stanza e scese le scale. Non si era presa la briga di vestirsi, sentendosi a suo agio con i pantaloni della tuta e la canotta. Non si era mai dovuta preoccupare di indossare il reggiseno, dato che era solo una coppa B *se* ne metteva uno push-up. Si era sempre lamentata di avere poco seno, ma ricordare come Lucky l'aveva praticamente divorata con gli occhi quando era uscita dal bagno, pronta per andare a letto, la faceva sentire molto meglio riguardo al suo aspetto.

Angel e Whiskers stavano dormendo su una delle cucce che Lucky aveva comprato nell'ultima settimana. Aveva deciso che quella che aveva preso lei la prima sera non bastava e si era assicurato che i suoi cuccioli avessero in ogni stanza un posto morbido in cui dormire; sarebbero state viziatissime, ma non pensava che per loro o per Lucky sarebbe stato un problema.

Angel sollevò la testa quando sentì Devyn avvicinarsi, ma la riabbassò subito. Ne fu entusiasta, dato che i primi giorni dopo l'adozione, ogni volta che era entrata nella stanza entrambe erano uscite, a meno che non ci fosse stato anche Lucky. Quindi, che non fossero scappate fu per lei una vittoria.

«Buongiorno ragazze» le salutò in tono allegro. «Papà vi ha già portate fuori? Ha detto che l'avrebbe fatto e sono sicura che avete già mangiato. Magari avete paura delle persone, ma sapete che sarebbe stupido disdegnare il cibo, vero? Mossa astuta. Penso che siate gli animali domestici più intelligenti del mondo.» Sapeva che stava dicendo sciocchezze, ma voleva che si abituassero alla sua voce.

Entrò in cucina per farsi il caffè e vide che Lucky l'aveva già preparato. Se ne versò una tazza e si bloccò prima di portarsela alle labbra quando notò il biglietto sul bancone.

Lo prese, posando il caffè e sorridendo nel vedere la sua calligrafia mascolina e disordinata.

Il caffè è pronto. Le bambine hanno mangiato e sono state fuori. Ieri ho comprato lo zucchero di canna perché so che i fiocchi d'avena ti piacciono dolci. Se fai la brava e mangi qualcosa di sano, mi fermerò a prendere delle ciambelle mentre torno a casa.

-Lucky

PS. Mi è piaciuto averti nel mio letto stanotte... e stamattina. Penso che dovremmo farne un'abitudine.

. . .

Devyn lesse la nota tre volte prima di chiudere gli occhi e sospirare soddisfatta. Era proprio un biglietto da Lucky: breve e diretto.

Chi immaginava che potesse essere così dolce? Se qualcuno le avesse detto che un giorno si sarebbe ritrovata nella cucina di Lucky, in pigiama, a leggere un suo messaggio sulle loro "bambine" e su quanto gli piaceva averla nel suo letto... non ci avrebbe creduto.

Ma aveva la sensazione che fosse giusto.

Merda...

Amava quell'uomo.

Ammise con se stessa che era quello il motivo per cui era lì. Lucky non aveva bisogno di lei per aiutare Angel e Whiskers ad integrarsi e socializzare, aveva tutto sotto controllo. Era paziente e gentile e non si arrabbiava mai, lo dimostrava anche il fatto che non avesse battuto ciglio quando aveva visto il bagno ricoperto di feci.

Inoltre, si era sentita perfettamente al sicuro ad addormentarsi nel suo letto. Devyn non aveva temuto che si sarebbe approfittato di lei. E aveva avuto ragione. Non solo, ma le aveva preparato il caffè e le avrebbe portato le ciambelle. Poteva essere più perfetto?

Non vedeva l'ora che tornasse a casa, così avrebbe potuto parlargli. Era bello poter avere qualcuno che la ascoltasse e consigliasse riguardo a Spencer. Amava suo fratello, e in parte era quello il motivo per cui era così turbata dalle sue azioni. Voleva aiutarlo, ma perché le cose cambiassero, sapeva che doveva prima di tutto essere *lui* a voler aiutare se stesso.

Devyn prese il bigliettino e si diresse verso le scale; doveva metterlo in un posto sicuro. Era la prima nota da parte di Lucky e voleva conservarla per sempre.

Ora si stava comportando di nuovo come una sciocca adolescente, ma non le importava. Sperava che gliene scrivesse altre mille, ma dato che quella era la prima, era speciale.

Quando tornò al piano di sotto, prese il caffè, si sistemò sul divano e aspettò che Lucky tornasse a casa per poter finalmente parlare.

CAPITOLO OTTO

Lucky aprì la porta e sorrise alla scena che lo accolse. Devyn era seduta sul pavimento, appoggiata contro il divano e con accanto una cuccia. Stava accarezzando la pancia di Whiskers, che era sdraiata sulla schiena, mentre Angel le aveva appoggiato la testa sul ginocchio.

Il sorriso che gli rivolse lo scaldò.

«Sembra che apprezzino la mia compagnia... be', almeno stamattina» disse.

«Vedo.» Si avvicinò lentamente al trio per non spaventare gli animali. Si accucciò davanti a loro e Angel iniziò a scodinzolare. Era la prima volta che vedeva quel tipo di reazione da quando era stato al rifugio della Humane Society, e ne fu felice.

«Avete passato una bella giornata, ragazze? Vedo che avete in pugno Dev, eh? Che brave cucciole. Le più brave del mondo» disse con un tono tenero.

Devyn ridacchiò. «Sono contenta di non essere l'unica che parla in quel modo con loro.»

Lucky si voltò per sorriderle e si rese conto di avere il viso a pochi centimetri dal suo. «Buongiorno bellissima.»

«Buongiorno» rispose lei, arrossendo un po'.

«Dormito bene?» le chiese.

«Molto. Tu?»

«Non dormivo così da una vita, se vuoi proprio saperlo. Dev'essere stato il cuscino umano rannicchiato contro di me» disse con un sorriso.

I suoi occhi andarono al sacchetto che teneva in mano. «Quelle sono ciambelle?»

«Dipende. Hai mangiato qualcosa di sano stamattina?» la stuzzicò.

Devyn fece il broncio. «Sul serio?»

«Sì. Sei stata tu ad ammettere di aver mangiato quattordici bastoncini di formaggio ieri.»

«Il formaggio fa bene» protestò.

«Forse, ma devi mangiare anche altre cose, come frutta e verdura. E proteine. Le Pop-Tarts e i cioccolatini al burro d'arachidi non rientrano in nessuna di quelle categorie.»

«Hai davvero intenzione di non darmi quelle ciambelle finché non avrò mangiato qualcosa che ritieni degno?»

«Sì» rispose, senza sentirsi minimamente in colpa.

«Be', allora è un bene che abbia già mangiato una ciotola di farina d'avena, no?»

Lucky rise, allarmando Angel e facendola indietreggiare.

«Scusa, ragazza» le disse dolcemente. «Non volevo spaventarti. Dev stamattina sta facendo la sciocchina. Ha davvero mangiato farina d'avena o lo dice solo per mettere le mani sulle mie ciambelle? Forse l'ha fatta mangiare a *voi* per farmi credere che l'avesse fatto. Eh? Avete avuto una seconda colazione stamattina?»

«Allontanati dalle ciambelle e nessuno si farà male» lo avvertì, con un finto tono serio.

Dio, gli piacevano molto quegli scambi di battute scherzose, le prese in giro.

Senza pensarci, si sporse e posò le labbra sulle sue.

Per un attimo rimasero immobili, sorpresi, poi Devyn sospirò e portò una mano sul suo petto afferrandogli la maglietta.

In pochi secondi, quel bacio lieve e provocante diventò intenso e profondo. Lei sapeva di zucchero di canna e caffè, e Lucky pensò che non ne avrebbe mai avuto abbastanza.

Non era stata sua intenzione baciarla, non in quel momento, ma si sarebbe goduto ogni secondo. Le mise una mano dietro al collo, aumentando l'intimità del momento. Le loro lingue si muovevano insieme, mentre imparavano il sapore e la sensazione l'uno dell'altra.

Dopo quelli che sembrarono minuti, ma probabilmente erano stati solo quindici secondi, Lucky sentì un colpetto sul ginocchio. Si tirò indietro leccandosi le labbra e fissando Devyn, cercando di decidere se gettarla sul divano o mettersela sulle spalle per portarla di sopra nel letto, ma un piccolo verso attirò la sua attenzione così abbassò lo sguardo.

Angel era accanto a lui e quando vide che la guardava, gli mise una zampa sul ginocchio e guaì.

Lucky non aveva tolto la mano dalla nuca di Devyn e la sentì ridacchiare. «Penso che sia gelosa.»

Muovendosi lentamente, allungò la mano libera. «È così, ragazza? Sei gelosa? Non ce n'è bisogno. Sarai sempre la mia preferita, ma Dev sarà molto presente e la bacerò di nuovo. Quindi dovrai accettarlo, ma ciò non significa che tu sia meno importante. No, sei la mia bimba bella. Tu e Whiskers.» Stava dicendo sciocchezze e lo sapeva, ma non poteva negare di amare il fatto che il cane avesse reagito toccandolo. Quella mattina c'erano state molte prime volte e non poteva esserne più felice.

Accarezzò con tenerezza la testa di Angel e le strofinò le orecchie mentre guardava Devyn. «È stato...» All'improvviso era a corto di parole.

«Sorprendente? Meraviglioso? Davvero straordinario?» disse lei con un sorriso.

«Sì. Tutto quello» concordò.

Sembrava che Angel avesse finito di dimostrare affetto perché si voltò e tornò alla sua cuccia, rannicchiandosi intorno a Whiskers che iniziò immediatamente a fare le fusa.

Il suo rapido movimento smosse l'aria intorno a lui, e Lucky si rese conto di puzzare. Arricciò il naso. «Ho bisogno di una doccia.»

Devyn sorrise. «Direi di sì. Hai corso una maratona stamattina o cosa?»

«Solo sedici chilometri. Be', venti, dato che Brain ha detto qualcosa per irritare Trigger così ci ha fatti proseguire.»

«Oh, solo venti. Fannullone» scherzò.

Lucky scosse la testa e si alzò in piedi.

«Ehi!» disse Devyn, afferrandogli l'orlo dei pantaloncini.

Gli andò quasi in pappa il cervello, vedendo le dita così vicine al suo cazzo. Riuscì a controllarsi per evitare di spaventarla puntandole un'erezione in faccia.

«Sì?»

«Dammi le mie ciambelle» gli ordinò, tendendo la mano e agitando le dita.

Scoppiò a ridere. Aveva sorriso più quella mattina di quanto ricordasse di aver fatto di recente. «Giusto, scusa. Eccole.» Le porse il sacchetto come se contenesse una bomba che avrebbe potuto esplodere con il minimo movimento.

Devyn sorrise e lo afferrò, guardando subito dentro.

«Non sapevo cosa ti piacesse, così ne ho preso una semplice, una glassata, una ripiena di crema al cioccolato e una intrecciata alla cannella.»

«Mi piacciono tutte. Qual è la tua preferita?»

«Di solito non mangio ciambelle» le disse con sincerità.

«Se ti puntassi una pistola alla testa dicendoti che devi mangiarne una, quale sceglieresti?» insistette sorridendo.

«Quella alla cannella.»

«Va bene. La conserverò per te, ma se ci metti dieci anni a fare la doccia, non posso garantire che quando uscirai sarà ancora qui.»

«Non ci metterò dieci anni, e se vuoi mangiarle tutte, fa pure, posso andare a prenderne altre.»

«Non credo che il mio sedere abbia bisogno di altre quattro ciambelle. Probabilmente nemmeno di una» borbottò.

Lucky si chinò e le mise un dito sotto il mento così da farle alzare lo sguardo. Quando fu sicuro che stesse prestando attenzione, disse: «Penso di averti già dimostrato che mi piaci esattamente così come sei. Non mi importa se ingrassi di cinquanta chili o se ne perdi venti; non sarebbe salutare in nessun caso, ma non mi porterebbe ad apprezzarti o desiderarti di meno. Non mi importa se non ti piace allenarti o se fai yoga per un'ora ogni sera. Voglio che tu sia in salute perché ti voglio intorno per molto tempo. Qualunque cosa tu voglia, farò i salti mortali per dartela, soprattutto perché desidero che tu sia felice. D'accordo?»

Deglutì a fatica prima di annuire. «Ok.»

Indietreggiò andando verso le scale, senza distogliere lo sguardo da lei.

Quando raggiunse il primo gradino, le disse: «È stato il miglior bacio della mia vita. E non lo dico così per dire. Funzionerà tra noi, Dev. Farò tutto ciò che è in mio potere per aiutarti a risolvere ciò che ti sta logorando e lo supereremo. Sai cosa faccio, qual è il mio lavoro, se riesci a gestirlo possiamo farcela con *qualsiasi cosa*. Letteralmente.

Mi lavo e poi ne parleremo. Porteremo fuori le ragazze e proveremo a fare una breve passeggiata. Non l'ho ancora fatto, le ho solo portate in cortile quindi non so come andrà, ma faremo un tentativo. So che devi lavorare questo pomeriggio, ma posso accompagnarti prima di andare alla base e poi venirti a prendere quando finisci il turno e riportarti qui per cena. Poi decideremo il da farsi per il resto della serata. Per te va bene?»

«Sì.»

«Ottimo.»

Avrebbe voluto dirle di più. Dirle che l'amava e che lo avrebbe devastato se alla fine avesse deciso di non voler stare con lui.

Invece, si voltò e salì le scale per andare in camera da letto. Sarebbe stata la doccia più veloce che avesse mai fatto. Voleva passare più tempo possibile con Devyn. Gli piaceva stare con lei, fare battute. Inoltre, non poteva fare a meno di ammettere che stava morendo dalla curiosità di sapere quale fosse il suo segreto.

———

Devyn ricadde contro il divano e buttò fuori, con un lungo sibilo, il respiro che aveva trattenuto. Buon Dio, quell'uomo era letale. Era un maestro nell'arte del bacio; non le era mai successo di avere la pelle d'oca baciando qualcuno, ma nel momento in cui le loro lingue si erano intrecciate, era stata spacciata. E quando l'aveva presa per la nuca era diventata come gelatina.

Si raddrizzò e guardò gli animali. «Il vostro papà è letale» sussurrò, ma loro non reagirono, limitandosi a guardarla con diffidenza.

Si alzò lentamente e portò il sacchetto di ciambelle in cucina. Forse aveva ingigantito la sua ossessione per quel tipo di prelibatezze, ma ciò non significava che non se le sarebbe godute immensamente. Non era esigente, le piacevano praticamente tutte... tranne quelle con la glassa alla fragola; era fondamentalmente sbagliato mettere la glassa alla frutta su una ciambella.

Quando Lucky scese le scale, lei aveva mangiato quella glassata e metà di quella semplice. Aveva tenuto da parte quella ripiena di crema al cioccolato per torturarlo un po'. Voleva farlo impazzire come succedeva a *lei* ogni volta che lo aveva vicino, e se avesse davvero funzionato usare la crema per fargli pensare al sesso, portandolo a baciarla di nuovo, ne sarebbe stata entusiasta.

Forse avrebbe dovuto vergognarsi un po' di essere così sfacciata, ma non le importava. Aveva aspettato mesi per vedere ciò che portava in giro sotto i pantaloncini e avrebbe perseguito ciò che voleva. Le era piaciuto dormire nel suo letto, stare stretta a lui fino al mattino, ma quella notte avrebbe ottenuto più di qualche coccola. Era passato molto tempo dall'ultima volta che aveva avuto un orgasmo che non si fosse procurata da sola. Quella sarebbe stata la sua notte. La *loro* notte.

Avrebbe raccontato la sua storia, nel pomeriggio sarebbe andata al lavoro, e dopo cena avrebbe preso Lucky per mano conducendolo su per le scale e...

«Sono sorpreso che tu non le abbia ancora mangiate tutte.»

Devyn sobbalzò sorpresa e si voltò per vederlo andare verso di lei. Si fermò ad accarezzare Angel e Whiskers, poi si avvicinò al tavolo dov'era seduta e si chinò a baciarle la testa. Alla fine, andò all'armadietto e prese una tazza per versarsi il caffè. Si sedette e prese la ciambella alla cannella.

Lucky aveva un profumo divino. Il sapone o bagnoschiuma che usava le faceva venire voglia di saltargli in braccio, stringersi a lui e non lasciarlo mai andare. Non era fruttato, né opprimente o sintetico; era fresco e leggero. La prima volta che l'aveva sentito le era piaciuto molto, ma ora lo adorava.

Si guardò un po' imbarazzata. Quella mattina si era spazzolata i capelli, ma era ancora in pigiama, mentre lui indossava un paio di pantaloni cargo e una maglietta verde militare. I suoi bicipiti si gonfiavano a ogni movimento... e all'improvviso si sentì la più grande sciattona che fosse mai esistita. Avrebbe dovuto fare la doccia e truccarsi prima che lui tornasse a casa, ma era stata sopraffatta dalla dolcezza del biglietto che le aveva lasciato, e poi Angel e Whiskers erano state super coccolone e aveva voluto convincerle a fidarsi di più di lei.

«Cosa c'è che non va?» le chiese. Sembrava che percepisse sempre le sue emozioni.

«Non sono vestita nel modo appropriato» rispose, arricciando il naso.

«Per me sei troppo vestita, ma non ha importanza. Stai bene così, Dev.»

Ok allora. Almeno erano sulla stessa lunghezza d'onda per quanto riguardava ciò che si sperava sarebbe successo quella sera.

Senza pensarci, Devyn prese la ciambella ripiena e ne mangiò un bel boccone. Com'era prevedibile la crema traboccò, così usò la lingua per evitare che cadesse sul tavolo o sul pavimento.

Alzò lo sguardo e se non avesse avuto la bocca piena avrebbe riso dell'espressione di Lucky. Distratta dal suo aspetto, si era completamente dimenticata di voler tentare di sedurlo mangiando la ciambella nel modo più sensuale possibile, ma sembrava che l'avesse fatto senza nemmeno provarci.

Prendendosi il suo tempo, leccò la crema e la glassa dalle dita, sapendo benissimo che lo stava torturando.

«Abbi pietà di me, donna» disse Lucky con un tono basso e roco.

Lei rise. «Devi ammettere che me l'hai servita su un piatto d'argento comprando una ciambella alla crema.»

«Non mi aspettavo che la usassi contro di me» si lamentò, allungandosi per strappargliela dalle dita e metterla sul piatto davanti a lei. Poi la sdoccò portandosi la sua mano alla bocca. Chiuse le labbra intorno a un dito e succhiò via la crema che era rimasta, poi fece scorrere giù la lingua e leccò il resto.

Era così sensuale che Devyn dovette stringere le cosce, cercando di controllare la sua eccitazione. «Lucky...» si lamentò.

«Chi la fa, l'aspetti» ribatté, mentre continuava praticamente a fare l'amore con la sua mano. Si fermò molto prima che lei fosse pronta e si raddrizzò, poi rimasero a fissarsi a lungo.

«La situazione ci stava quasi sfuggendo di mano» mormorò lui alla fine.

«Tu dici?» replicò impassibile.

Ridacchiarono.

«Già. Vai a lavarti le mani, Dev, io pulisco qui e poi parleremo. Va bene?»

«Ok.» Non voleva, ma doveva essere fatto. Doveva mettersi quella storia alle spalle. Si sarebbe sentita meglio se non avesse dovuto sopportare tutto il peso del segreto di Spencer, ma non sapeva come avrebbe reagito Lucky. Avrebbe potuto chiedersi per cosa diavolo fosse così sconvolta, incazzarsi o addirittura voler fare una chiacchierata di persona con suo fratello.

Il punto era che non aveva alcun dubbio che Lucky avrebbe fatto tutto il possibile per farla sentire meglio riguardo a tutta la situazione, a prescindere da cosa ci sarebbe voluto.

Fu quel pensiero che la fece alzare e andare al lavello della cucina.

Era arrivato il momento. Apprezzava che lui avesse insistito, era stanca di avere tutta quell'angoscia dentro. Aveva bisogno di comportarsi da persona adulta e parlare delle sue preoccupazioni, e non riusciva a pensare a nessuno di più adatto di lui con cui farlo.

Lavorarono insieme per sistemare la cucina. Lui mise le loro tazze di caffè nel lavello e tirò fuori due bottiglie d'acqua, lei gettò via il sacchetto delle ciambelle dopo aver riposto in un contenitore gli avanzi; non avrebbe lasciato che andassero sprecate. Pensò che formassero un'ottima squadra e adorava sfiorarlo intenzionalmente mentre si muovevano nell'enorme stanza.

Quando finirono, Lucky le prese la mano e la condusse al divano. Devyn si sedette al centro e non si sorprese quando le si sistemò accanto, girandosi e sfiorandole la coscia con il ginocchio. Fece per parlare ma lei lo prevenne.

«Penso che Spencer sia dipendente dal gioco d'azzardo» sbottò, decidendo che era meglio dirlo subito piuttosto che rimuginare sul modo migliore di spiegarlo.

Lucky la fissò, ma non reagì in alcun modo. «Perché non cominci dall'inizio?» suggerì.

Apprezzò la sua replica tranquilla, anche se era certa non fosse esattamente felice.

«All'inizio non ho pensato che fosse strano che mi chiedesse dei soldi. Veniva a casa mia, cenava con me, poi mi chiedeva se potevo prestargli venti, cinquanta, cento dollari, per arrivare fino allo stipendio successivo. Ovviamente glieli davo, ma dopo la terza volta, gli ho chiesto spiegazioni e ha ammesso di avere problemi di soldi. Mi dispiaceva tanto per lui, quindi gliene ho dati un po' di più perché aveva detto di avere difficoltà a pagare l'affitto.»

«Fammi indovinare, non è stata l'ultima volta che te li ha chiesti» disse Lucky in tono piatto.

«No. Alla fine siamo arrivati al punto in cui gliene avevo prestati troppi e ho cercato di evitarlo, il che mi ha fatto sentire davvero in colpa. Un giorno mia madre mi ha chiamato dicendo che Spence le aveva raccontato che mi stavo comportando in modo strano con lui e che quindi era turbato. Ha fatto leva sul mio senso di colpa facendomi stare peggio, quindi la volta successiva che mio fratello mi ha chiesto se poteva venire da me, ho accettato. Si è comportato normalmente e mi sono sentita sollevata, ma quando se n'è andato... mi sono resa conto che nel mio appartamento mancavano molte cose.»

«Ti ha *derubata*?» le chiese incredulo.

«Sì. Niente di importante, un po' di bigiotteria che di sicuro pensava avesse più valore, e circa quaranta dollari in banconote che avevo infilato in un vasetto di spiccioli.»

«Che stronzo» mormorò Lucky.

Devyn si guardò in grembo e cercò di non piangere. Non avrebbe dovuto essere così sconvolta per tutto ciò che era successo da quella che sembrava un'eternità, ma lo era. «L'ho affrontato subito, ma ha negato tutto. Mi ha detto che probabilmente mi ero dimenticata di aver speso quei soldi e che avevo messo i gioielli in un posto che non ricordavo. Ha cercato di ribaltare le cose, dicendo che stavo cercando di metterlo nei guai con mamma e papà e che ero una ragazza viziata. In realtà, mi ha sorpreso quanto velocemente si sia rivoltato contro di me.»

«È il motivo per cui hai lasciato il Missouri, vero?» Le prese la mano e ne strofinò delicatamente il dorso con il pollice.

Annuì.

Passarono diversi secondi mentre cercava di pensare al modo migliore per raccontargli la parte successiva; sapeva che non l'avrebbe presa bene, e nonostante Spencer avesse ferito i suoi sentimenti, le sembrava comunque di tradirlo.

Lucky però non le mise fretta, non interruppe i suoi pensieri, la lasciò riflettere e determinare quando e come continuare la sua storia. Decise che la cosa migliore era essere schietta come lo era stata per tutto il resto; fece un respiro profondo e continuò.

«Dopo quella volta, non l'ho più visto per un paio di

mesi. Poi un giorno, quando sono tornata a casa dal lavoro, l'ho trovato nel mio appartamento. Avevo dimenticato di avergli dato una chiave in caso di emergenza. Aveva con sé una grande scatola e la stava riempiendo con tutto ciò che pensava di poter vendere. Mi sono *davvero* arrabbiata... ma ero anche preoccupata per lui. Gli ho chiesto senza mezzi termini se fosse un tossicodipendente. Non mi aveva mai detto esattamente a cosa gli servissero tutti quei soldi e quella era l'unica cosa a cui riuscivo a pensare.

Ha negato di esserlo e sembrava sinceramente scioccato. Mi ha mostrato le braccia e non c'erano lividi o altro. So che la gente può bucarsi in altri posti, tipo tra le dita dei piedi, ma gli ho creduto. Non si comportava come se fosse strafatto o comunque sotto l'effetto di qualche droga. Alla fine sono riuscita a fargli ammettere che stava buttando via i soldi nel gioco d'azzardo, ma mi ha subito rassicurato di non esserne dipendente, che avrebbe potuto smettere in qualsiasi momento. Ho riso a quell'affermazione e si è davvero irritato.

Ha giurato che era tutto a posto, che mi avrebbe ripagato per le cose che stava rubando. Poi ha sostenuto che un giorno avrebbe fatto una grossa vincita e mi sarei pentita di averlo deriso. Avrebbe avuto milioni di dollari e non mi avrebbe dato un centesimo. Gli ho detto che non *volevo* i suoi soldi, ma solo passare un po' di tempo con lui senza dovermi preoccupare se mi avrebbe derubata!»

Una lacrima scivolò sul suo viso ricordando ciò che era successo in seguito. In quel momento, nel mezzo del litigio, le era sembrato quasi impossibile credere a ciò che stava accadendo e ora, più di un anno dopo, era ancora difficile.

Mentre cercava di non scoppiare a piangere, sussultò

sorpresa quando Angel saltò sul divano accanto a lei strofinandole il muso sulla mano. Devyn la accarezzò. Il cane si allungò accanto a lei, appoggiandole la testa sulla gamba.

Guardò Lucky e sussurrò: «L'aveva mai fatto?»

«No» le rispose. «Non è mai venuta da me in cerca di carezze.»

Devyn tornò a guardare Angel che era praticamente seduta sulle sue ginocchia. Il pelo era ancora tutto arruffato e sparato in alto intorno alla testa; sembrava che si fosse appena svegliata da un sonno particolarmente pesante. I suoi intensi occhi castani la fissarono e avrebbe voluto sciogliersi. Continuò ad accarezzarla con una mano mentre Lucky le teneva l'altra.

«Non credo che le piaccia che tu sia turbata e non piace nemmeno a me.»

Whiskers era acciambellata sul pavimento davanti al divano e guardava la sua protettrice con occhi preoccupati. Era ovvio che stesse cercando di decidere cosa fare. Alla fine, saltò anche lei sul divano e si sistemò accanto ad Angel.

«Ora siete tutte belle strette» disse Lucky con un sorriso.

Devyn annuì e fece un respiro profondo. Si asciugò le lacrime e continuò con la sua storia. «Ok. Allora, Spencer pensava che la grande vincita fosse dietro l'angolo e ha avuto il coraggio di chiedermi mille dollari; mi ha chiesto un prestito mentre la scatola con le cose che stava *rubando* era per terra accanto a lui. Ho riso di nuovo, non sono riuscita a trattenermi. Gli ho detto che anche se avessi avuto tutti quei soldi, non glieli avrei dati per farglieli buttare via in quel modo.

La mia risposta non gli è piaciuta. Mi ha detto che ero

egoista e che lo ero sempre stata. Mi ha sbraitato contro che glielo *dovevo*, che gli ho rovinato l'infanzia dato che mamma e papà erano sempre con me in ospedale. Abbiamo litigato di brutto, urlandoci addosso a vicenda. Ho detto cose di cui ora mi pento, e mi piace pensare che anche per lui sia così. A un certo punto, ho provato a spingerlo verso la porta per farlo uscire e lui ha reagito spingendomi più forte. Sono inciampata, ho perso l'equilibrio e sono caduta contro il tavolo. È *così* che mi sono fatta quel brutto livido che Kinley ha visto quando mi avete aiutato con il trasloco.»

Quando Lucky non disse nulla, Devyn si arrischiò ad alzare lo sguardo.

Merda. Era estremamente furioso.

«Tuo fratello ti ha messo le *mani* addosso? Ti ha ferita?»

Lei scosse la testa. «È stato un incidente. Non aveva intenzione di spingermi così forte.» Non sapeva perché stesse cercando di difenderlo, dentro di sé era sicura che l'avesse fatto di proposito.

«Stronzate. Sapeva benissimo ciò che stava facendo» replicò Lucky, con tono duro. «Non mi importerebbe nemmeno se foste gemelli, non va *mai* bene mettere le mani addosso a qualcun altro.»

Devyn non poteva negare che la sua rabbia e il suo sostegno la facevano sentire bene. «Comunque» continuò, «sono caduta e se n'è andato senza dire altro. A quel punto ho capito di non poter rimanere nel Missouri.»

«Perché avevi paura che ti facesse ancora del male.»

«No. Perché sapevo che non avrebbe mai smesso di chiedermi soldi. Era disperato, Lucky, lo potevo leggere nei suoi occhi, e intrufolarsi in casa mia per derubarmi lo ha reso molto chiaro. Quella sera l'ho chiamato pregandolo di chiedere aiuto, di andare a un'associazione giocatori anonimi, ma ancora una volta ha negato di avere un problema. Mi ha detto che se non l'avessi aiutato, avrebbe trovato i soldi da qualche altra parte; non mi è piaciuto, ma ero un po' sollevata di non dovermene più preoccupare. Però... ho inventato la storia che il mio capo ci avesse provato con me e sono partita nel giro di pochi giorni. Non volevo che mamma e papà sapessero di Spencer.»

«Perché no?»

«Perché li avrebbe devastati. Ha sempre cercato di ottenere la loro approvazione, penso che si sentisse un po' perso in tutta quella confusione mentre cresceva. Io ho ricevuto la loro attenzione a causa della leucemia, le mie sorelle erano più grandi e quindi avevano gli amici e i fidanzati, e a Fred onestamente non importava di riceverne o meno, ma a Spencer sì. *Bramava* la loro approvazione. Non volevo dire a mamma e papà dei miei sospetti perché sarebbero rimasti delusi da lui. Avevano già quasi divorziato a causa dello stress per la mia malattia, non volevo aggiungerne dell'altro.»

«Perché non hai raccontato tutto a Grover quando ti sei trasferita qui?»

«Perché si sarebbe veramente arrabbiato con lui e non *volevo* nemmeno quello. C'è sempre stata una sorta di competizione tra loro, più da parte di Spence che di Fred; cercava sempre di essere all'altezza dell'eccellente reputazione del fratello maggiore... fallendo.

Non capisci, Lucky? Non voglio che la mia famiglia venga distrutta a causa mia» disse, ammettendo finalmente la sua paura più grande. «E se Fred avesse saputo che Spencer mi stava addosso per avere soldi, avrebbe perso la testa. Lo avrebbe detto a mamma e papà che ne sarebbero rimasti sconvolti, poi lo avrebbero scoperto le mie sorelle che avrebbero rimproverato duramente Spencer... sarebbe stato un disastro.»

«Quindi stai cercando di affrontare da sola la situazione. Hai stravolto tutta la tua vita per proteggere tuo fratello.»

Devyn scrollò le spalle. «Sì.»

«E adesso ha ricominciato a chiamarti. Immagino che voglia altri soldi.»

Lei annuì, rifiutandosi di guardarlo. Non sapeva perché si vergognasse, quando era Spencer quello in torto.

«Guardami, Dev.»

Fece un respiro profondo e sollevò gli occhi.

«Grazie per avermelo detto. So che non dev'essere stato facile.»

«Non puoi dirlo a Fred» gli intimò, mordendosi il labbro.

Lucky glielo liberò dai denti con il pollice, poi le sfiorò il lato del collo con la mano. «Non lo farò. A patto che Spencer non faccia niente di stupido, come irrompere nel tuo appartamento, derubarti di nuovo o metterti le mani addosso.»

«È ancora nel Missouri, non può fare niente di tutto ciò.»

«Lo so. Ma comunque... sai che non puoi aiutare qualcuno che non vuole essere aiutato, giusto?»

«Lo so. Ma... è peggiorato» ammise.

«In che senso?»

«Mi ha chiamato di recente dicendo che aveva bisogno di cinquantamila dollari.»

Lucky scosse la testa e sospirò. «Sono un sacco di soldi.»

«Lo so. Mi ha implorato di aiutarlo. Ha detto che era nei guai. Che se avessi potuto dargliene almeno cinquemila, sarebbe riuscito a trasformarli nei cinquanta di cui aveva bisogno.»

«Sai che le probabilità che riesca a farlo sono estremamente basse, soprattutto considerando il suo curriculum» replicò.

«Lo so. Mi ha urlato altre cose sgradevoli e detto che se avessero trovato il suo cadavere in un campo di grano, sarebbe stata tutta colpa mia.»

«Vieni qui» le disse, allungando un braccio.

Devyn finì per sedersi sulle sue ginocchia, con Angel premuta contro le gambe. Posò la testa sul suo petto e si strinse a lui il più possibile. Avere le sue braccia intorno era una sensazione fantastica; la facevano sentire al sicuro.

«Mi dispiace, Dev. Dev'essere stato molto difficile tenere tutto dentro.»

Lei annuì.

«Sai che puoi sempre usarmi per sfogarti. Potrebbe non piacermi tutto ciò che dici, ma non significa che non ascolterei o che non farei il possibile per aiutarti a risolvere qualunque cosa ti turbi. Va bene?»

«Ok» sussurrò.

«A quanto pare tuo fratello ha chiesto prestiti alle persone sbagliate.»

Annuì di nuovo.

«Pensi che stesse bluffando?»

«Non lo so. È possibile. Penso che farebbe o direbbe qualsiasi cosa per ottenere denaro per giocare. È davvero una dipendenza, come la droga. Non penso che possa farne a meno. Crede davvero di trovarsi a una sola scommessa dal successo.»

«Cosa vorresti fare?» le chiese.

Apprezzò che glielo avesse chiesto, che non avesse cercato di prendere il controllo della situazione dicendole cosa doveva fare, o che Spencer era una causa persa e che avrebbe dovuto allontanarlo. Era arrabbiata con suo fratello e non poteva credere che si fosse cacciato in quella situazione, ma era comunque preoccupata per lui. «A essere sincera vorrei solo dargli cinquantamila dollari e poi costringerlo ad andare in riabilitazione. Ma, primo, non ho tutti quei soldi e secondo, come hai detto poco fa, se non vuole farsi aiutare non servirà a niente.»

«Cosa posso fare per te?»

«Ciò che stai già facendo» rispose subito. «Abbracciandomi quando sono triste, lasciandomi prendere in prestito i tuoi fantastici cuccioli per far sì che mi senta meglio, e supportandomi senza giudicare o cercare di prendere il sopravvento.»

«Devo ammettere che non sto andando molto bene per quanto riguarda il giudicare» mormorò Lucky tra i suoi capelli. «Ma ci sto provando. Come hai detto tu, non ho fratelli quindi è difficile per me essere così accomodante.»

Devyn lo guardò. «Davvero non lo dirai a Fred?»

Lui sospirò. «No. Non ancora. Anche se non mi piace la quantità di soldi coinvolta. Se Spencer non stava mentendo, cinquantamila dollari sono davvero tanti e uno strozzino potrebbe benissimo ricorrere alla violenza per ottenerli. Ma come ti avevo promesso, a meno che la *tua* vita non sia in pericolo o tu non sia malata, ciò di cui parliamo resterà tra noi.»

«Mi dispiace.»

Lucky si accigliò. «Per cosa?»

«Che tu debba tenerlo nascosto a Fred. So che siete

molto uniti e il tuo primo istinto sarebbe parlarne con lui, ma... non voglio nuocere alla mia famiglia.»

Le baciò la fronte. «La tua compassione è una delle tante cose che amo di te. Che sia per gli animali, per i tuoi amici o la tua famiglia.»

Il cuore di Devyn perse un battito. Aveva detto ciò che pensava? Era troppo timida per chiedergli di ripeterlo, quindi si limitò ad abbassare la testa contro il suo petto e a tenersi stretta.

L'amava davvero? Non si frequentavano da molto, ma non si erano nemmeno appena incontrati. Conosceva molte cose di lui, grazie ai mesi trascorsi con Fred e i suoi compagni di squadra.

Erano amici da molto prima di iniziare a frequentarsi, quindi non aveva dubbi che avrebbe avuto difficoltà a trovare qualcuno più straordinario di Lucky. Era uno dei motivi principali per cui non aveva lasciato la città per ricominciare da capo in un altro posto.

Devyn lo amava. Davvero. E non riusciva a immaginare di non vederlo più o di non parlargli tutti i giorni. Aveva già pianificato di fare l'amore con lui, ma ora che aveva quasi ammesso di amarla, non vedeva l'ora che arrivasse sera.

Dopo alcuni minuti le chiese: «Stai bene?»

Lei annuì.

«Se dovesse chiamarti di nuovo, me lo farai sapere?»

«Sì. Ma non ho intenzione di rispondere se *cercherà* di mettersi in contatto con me. Spencer è un adulto e questa volta non posso salvarlo. Ne morirò se dovessero fargli del male... ma forse questa potrebbe essere la spinta di cui ha bisogno per raddrizzare la sua vita. Mi sento orribile a dirlo e affogherò nei sensi di colpa se gli dovesse davvero succedere qualcosa, ma ho chiuso con questa storia.»

«Sono orgoglioso di te» disse Lucky. «Che ne dici se portiamo Angel e Whiskers a fare una passeggiata? O almeno tentiamo di farlo; non sono sicuro di come andrà. Poi devi farti la doccia e prepararti per andare al lavoro. Posso preparare il pranzo prima che usciamo.»

«Come ho fatto ad avere questa fortuna?»

Lucky sorrise. «È un doppio senso?» chiese.

Devyn rise. «In realtà no, ma se calza...»

«Perché sei dolce e compassionevole, e perché ho usato sfacciatamente Angel e Whiskers per attirarti nella mia tana» replicò.

«Pensi che non ci abbia provato mai nessuno a usare un animale per conquistarmi?» gli chiese.

Lucky si accigliò. «Qualcuno l'ha fatto?»

«Buono, ragazzo» disse, accarezzandogli il petto. «Ovvio. Portano dei tenerissimi cuccioli in clinica e poi flirtano senza sosta mentre faccio i controlli preliminari prima della visita. I loro sguardi delusi quando capiscono di aver fallito sono divertentissimi.»

«Sei una donna dura» scherzò.

«Eh. Non è difficile distinguere tra i proprietari sinceramente innamorati dei loro animali e quelli che invece li usano per cercare di scopare.»

«Ho quasi paura di chiedere in che categoria mi hai messo.»

Gli sorrise, sentendosi molto più leggera ora che gli aveva raccontato tutto. Era incredibile quanto fosse sollevata dopo aver parlato dei suoi sentimenti e della vergogna che aveva provato. «È evidente quanto ami Angel e Whiskers, ma devo ammettere che... farai decisamente sesso.» Poi, prima che potesse rispondere, si alzò dalle sue ginocchia. «Fammi cambiare, poi vado a prendere le loro pettorine.»

«Merda, donna, sei crudele» disse Lucky.

Stava sorridendo, quindi non se ne preoccupò. «Se fossi crudele userei *te* per avere i tuoi adorabili cuccioli, ma dato che otterremo entrambi ciò che desideriamo, penso che alla fine verremo premiati tutti.»

«Oh, verremo di sicuro» mormorò lui alzandosi.

Devyn non riuscì a trattenere un sorriso mentre andava in camera da letto per mettersi qualcosa di meglio del pigiama.

CAPITOLO NOVE

«Hai parlato con Devyn? Hai scoperto qual è il problema?» chiese Grover quel pomeriggio, non appena Lucky entrò nella sala riunioni. Aveva lasciato Devyn alla clinica veterinaria e si erano scambiati un bacio molto intenso nel pick-up. Qualcosa era cambiato tra loro, nessuno dei due voleva più procedere piano con la loro attrazione, e gli piaceva immensamente.

Quella sera le avrebbe dimostrato quanto potevano essere eccezionali le cose tra loro a letto, e sembrava che lei fosse sulla sua stessa lunghezza d'onda. Era piacevole non doversi chiedere cosa ne pensasse riguardo al fatto di portare la loro relazione al livello successivo; gli aveva detto chiaramente di voler fare l'amore e lui era d'accordo al cento per cento.

Lucky sapeva anche che quello li avrebbe avvicinati e che non ci sarebbe stato alcun imbarazzo. Molte persone vedevano male il fatto di andare a letto con la sorella del migliore amico, ma lui aveva già ottenuto la benedizione di Grover, ed era tutto a posto.

Prima di poter fare quel passo nella loro relazione, doveva superare il pomeriggio, ma non poteva nemmeno saltarle addosso nel momento in cui l'avesse riportata a casa. Avrebbero dovuto cenare e occuparsi degli animali, ma poi...

«Lucky? Le hai parlato o no?» chiese Grover, interrompendo i suoi pensieri.

«Sì, lo abbiamo fatto.»

«E?»

Si irrigidì. Aveva sperato che dopo la chiacchierata di quella mattina non lo avrebbe interrogato su sua sorella, ma sembrava che dopotutto stesse succedendo.

«Non è in pericolo e non è malata» rispose, nascondendo ogni emozione dal viso.

«Ahi, amico, sembra che tu sia stato escluso» disse Doc con una risatina, ma nessun altro lo trovò divertente.

«Davvero non hai intenzione di dirmelo?» gli chiese.

«Ne avevamo già parlato» rispose.

Grover sospirò. «Lo so, ma è più difficile di quanto pensassi sapere che tu *e* la mia sorellina mi nascondete dei segreti.»

«Le racconti tutto ciò che succede nella tua vita?»

I due uomini si fissarono a lungo prima che Grover dicesse: «Lo sai che non è così.»

«Sa di Sierra? Che eri interessato a una dipendente della mensa che hai incontrato in Afghanistan e di quanto ti sei arrabbiato quando non ha risposto a nessuna delle tue e-mail?» insistette Lucky.

«No.»

«O di quella volta in cui hai completamente dimenticato il compleanno di Dev e ti sei salvato mandandole degli auguri cantati, ma non sei stato attento e il tizio incaricato pensava che lei stesse festeggiando il suo ultimo giorno da single invece del compleanno?»

Grover rise. «Ehm, no. E se mai scoprisse che non era uno scherzo ma che avevo dimenticato il suo compleanno, sei morto.»

«Appunto. È un'adulta, Grover. Ha ventinove anni. Ci sono molte cose che non sai di lei. Ma sta bene. Abbiamo parlato e ci occuperemo insieme di ciò che la sta turbando. Vorrei potertelo dire, mi uccide nasconderti le cose, ma le ho dato la mia parola e l'ultima cosa che voglio è perderla per questo motivo.»

Grover si avvicinò a lui e gli mise una mano sulla spalla. «Capisco. Non mi piace, ma *niente* si metterà tra di noi. Ho fiducia che avrai cura della vita di mia sorella, e intendo anche il suo benessere emotivo. Perdonami se in futuro sarò un ficcanaso, ma la amo e voglio il meglio per lei. Se potessi chiuderla in una bolla, lo farei.»

«Lo so» disse Lucky. Ed era così. Provava lo stesso sentimento, anche se il suo amore era di un genere molto diverso.

«Bene. Quindi, dato che abbiamo chiarito tutto, possiamo andare avanti con la riunione?» chiese il suo amico. «Io, per esempio, non vedo l'ora di partire per questo incarico olimpico. Mentre siamo lì per proteggere gli atleti statunitensi, possiamo fare richiesta dei biglietti per tre competizioni. Pensavo al basket, al baseball o al beach volley.» Sollevò le sopracciglia in modo suggestivo. «Sapete... donne sexy in bikini che saltellano sulla sabbia? Mi sembra perfetto.»

Tutti risero mentre prendevano posto. «Ci è permesso inserire tre richieste, ma non c'è alcuna garanzia che accetteranno» gli ricordò Trigger.

Lucky ascoltò attentamente mentre discutevano i pro e i contro della protezione degli atleti e la logistica dell'allestimento del Villaggio Olimpico. Gli impianti delle competizioni erano piuttosto sparsi, a causa della natura diversa dei vari sport, e sarebbe stata una sfida escogitare un piano per proteggerli tutti. Anche se oltre alla polizia e ai servizi di sicurezza del Paese ospitante sarebbero state dispiegate parecchie squadre di forze speciali, era comunque un lavoro enorme.

Era assurdo che dovessero essere utilizzate le forze speciali in un evento così prestigioso come le Olimpiadi, ma come dimostrato in passato, i terroristi coglievano ogni opportunità per far pubblicità alla loro causa e diffondere paura e terrore.

Alla fine dell'incontro, la squadra aveva deciso per i tuffi e il pugilato come sport da seguire durante il tempo libero. Sapevano tutti che era quasi impossibile che la loro richiesta venisse effettivamente accettata, ma valeva la pena provare.

Un paio d'anni prima avevano lavorato alle Olimpiadi invernali ed era stato educativo oltre che emozionante. Una cosa molto diversa dalle solite missioni.

«Ora che abbiamo finito di parlare di roba divertente... concentriamoci su Shahzada» disse Trigger. «È scomparso un altro collaboratore. Adesso non si può più dire che sia una semplice possibilità che le persone si stanchino del lavoro e se ne vadano, come qualcuno ha suggerito.»

«Sul serio?» domandò Grover. «C'è davvero chi pensa che uno va a lavorare nel bel mezzo dell'Afghanistan e poi all'improvviso decide che non gli piace e prende e se ne va?»

«Sì, è esattamente ciò che pensano. Soprattutto quando spariscono anche tutte le loro cose» replicò Trigger cupo.

«È proprio una stronzata» ribatté Brain.

«Cosa stanno facendo al riguardo?» chiese Oz. «Andarsene così, senza dire niente a nessuno, non è normale. Soprattutto quando lo ha fatto più di una persona. È molto sospetto.»

«Sono d'accordo, e anche il comandante. Ora sta trattando con il generale della base per cercare di collaborare con gli investigatori privati assunti dalle società appaltatrici per trovare i loro dipendenti scomparsi» li informò Trigger.

«Cazzo» disse Brain frustrato. «E siamo sicuri che tutto questo si ricolleghi a Shahzada?»

«Purtroppo sì. I servizi segreti credono che stia pianificando qualcosa di grosso e che i collaboratori scomparsi siano stati appositamente presi di mira.»

«Perché?» chiese Grover.

«Questo è il grande interrogativo. Nessuno lo sa. Ma ciò di cui *sono* sicuri è che i suoi seguaci sono diventati più aggressivi ed espliciti dall'ultima volta che siamo stati lì. Il generale ha proibito ai soldati di andare nella città vicina perché non è sicura. Stanno fortificando la base nel miglior modo possibile, ma è difficile sapere esattamente cos'abbia pianificato Shahzada, soprattutto quando non esistono immagini chiare dell'uomo» disse Trigger con un'espressione preoccupata.

Lucky sentì Grover inspirare bruscamente. «Che c'è?» chiese al suo amico.

«Ha preso Sierra» rispose.

«Non puoi saperlo» replicò Oz.

«Penso che lo sappiamo *tutti*» ribatté con foga.

«È sparita da un po'» concordò Lefty cauto.

«Ed è una donna» disse Doc.

«Esatto» disse Grover.

Sierra era scomparsa da mesi. Sapevano tutti che se era stata rapita da Shahzada, le probabilità di ritrovare viva la piccola rossa erano praticamente nulle.

Il team rimase in silenzio per un momento prima che Trigger continuasse snocciolando informazioni sull'Afghanistan e ciò che i servizi segreti avevano scoperto.

Per quanto Lucky cercasse di concentrarsi completamente sulla riunione, parlare della scomparsa di Sierra gli fece pensare a Devyn.

Avrebbe voluto uccidere Spencer per averle messo le mani addosso. Razionalmente, poteva capire ciò che gli aveva detto riguardo ai fratelli e alle sorelle che litigavano senza cattiveria, ma il fatto che lei si fosse ritrovata con un brutto livido, cambiava le cose.

Era consapevole che volesse molto bene a suo fratello e fosse preoccupata. Però anche Lucky lo era. Se Spencer era coinvolto con uno strozzino che non ci avrebbe pensato due volte a dare l'esempio ad altri clienti che non lo pagavano, avrebbe potuto trovarsi in guai seri.

Finché l'altro non avesse portato Devyn a fondo con sé, Lucky non avrebbe potuto fare molto, ma l'avrebbe supportata in qualunque cosa avesse avuto bisogno.

D'altro canto, se Spencer avesse provato a metterle di nuovo le mani addosso, se ne sarebbe pentito.

La giornata sembrava trascinarsi, ma alla fine conclusero le riunioni e arrivò l'ora di tornare a casa. Grover si avvicinò a lui mentre stava uscendo. «Posso parlarti un secondo?»

Salutò gli altri compagni di squadra e si voltò verso il suo amico. «Che c'è?»

«So che i problemi di Devyn hanno a che fare con Spencer. So anche che lo sta evitando e che dopo aver ricevuto la sua chiamata quando eravamo a casa di Oz le cose non sono migliorate. Non sono ancora riuscito a contattare mio fratello, quindi non so cos'abbia combinato... ma voglio che tu sappia che non prenderò le parti di nessuno, a prescindere da ciò che pensa lei.»

Lucky le aveva promesso che non avrebbe interferito, quindi annuì. «Buono a sapersi. Non ho fratelli o sorelle di sangue, ma sono abbastanza certo che se li avessi, sarei protettivo nei loro confronti.»

«Esatto. Devyn è stata vulnerabile per tanto tempo. Fisicamente e mentalmente. Tutti pensavano che stesse andando alla grande quando ha iniziato a dedicarsi a tutte quelle follie come il bungee jumping e il paracadutismo, ma a me è sembrato che volesse solo sputare in faccia alla morte. Non sono nemmeno convinto che le piacesse farle, credo piuttosto che fosse estremamente spericolata solo per dimostrare che non era la ragazzina malaticcia che vedevamo noi.»

Pensò che avesse ragione e si limitò ad annuire.

«Anche se Spencer come età sta in mezzo a noi due, è sempre stato più immaturo. Voleva tutta l'attenzione di mamma e papà quando erano a casa, anche spingendo via fisicamente Devyn quando ne aveva bisogno. È solo che... non sarei sorpreso se stessero litigando. Come dicevo, non ho intenzione di prendere le parti di nessuno, quindi non deve preoccuparsi di questo.»

«Glielo farò sapere.»

Grover lo guardò. «Almeno ci sono andato vicino?» gli chiese.

Lucky sospirò. «Sì. Le dinamiche familiari sono sempre strane e immagino che lo siano ancora di più per voi a causa della malattia di Dev. Ma lei ti ama e non farebbe nulla per ferirti, penso che tu lo sappia.»

«Lo so. Ma non voglio che per proteggere me alla fine rimanga ferita *lei*. Non so se mi sono spiegato.»

«Sì» gli rispose. «Terrò d'occhio le cose. Nel frattempo, penso che abbia solo bisogno di sentirsi il più normale possibile. Stare insieme a tutti noi, passare del tempo con le ragazze, quel genere di cose.»

«Inizierà a lavorare a tempo pieno?» gli domandò.

«Non lo so.»

Grover sospirò. «Ok. Vorrei che lo facesse perché significherebbe che rimarrà qui. Per un po' ho pensato che sarebbe scappata da un momento all'altro. Comunque, ci vediamo domattina. Di' a Dev che le voglio bene.»

«Certo. Ci vediamo domani.»

Lucky andò verso il pick-up a passo svelto. Non aveva idea di cosa avrebbero preparato lui e Dev per cena, ma si sarebbero inventati qualcosa. Non importava se sarebbero stati degli hotdog o un filet mignon, avrebbe trascorso il tempo con lei e ciò era sufficiente a rendere perfetto il finale della giornata.

Per la prima volta nella vita, non stava analizzando troppo come voleva che andasse qualcosa. Se lui e Devyn avessero fatto l'amore, benissimo. Se lei avesse avuto una giornata dura al lavoro e voluto solo parlare e dormire tra le sue braccia, bene lo stesso.

Ciò gli fece capire che quello era amore. Non sentiva il bisogno di affrettare le cose semplicemente per spassarsela. Amava Dev e avrebbe accettato il suo ritmo. Finché avesse avuto modo di passare del tempo con lei, sarebbe stato soddisfatto.

Provava un profondo senso di contentezza ogni volta che la vedeva. Si era reso conto da poco cosa fosse quel sentimento, e sperava che lo provasse anche Devyn, perché lo avrebbe devastato se per lei fosse stata solo un'avventura. Se avesse rotto con lui, Lucky non avrebbe potuto continuare a incontrarla ai ritrovi con il team. Lo avrebbe ucciso.

Doveva fare tutto ciò che era in suo potere per assicurarsi che Dev sapesse quanto significava per lui. Quanto la apprezzava. Non sarebbe stato difficile. Meritava tutto e lui era pronto a darglielo.

CAPITOLO DIECI

«CI VEDIAMO DOMANI!» disse Margaret, un'altra assistente veterinaria, mentre Devyn andava verso la porta. Ricambiò con un cenno della mano, ma tenne gli occhi su Lucky, che poco prima le aveva mandato un messaggio per farle sapere che era nel parcheggio della clinica ad aspettarla.

Non aveva ancora detto al suo capo di voler lavorare a tempo pieno, non sapeva perché stesse esitando, forse non era ancora del tutto convinta che le cose tra lei e Lucky avrebbero funzionato.

Oh, *voleva* che funzionassero, ma per qualche motivo, quando pensava che andasse tutto bene, c'era sempre qualcosa che andava storto nella sua vita. L'ultima cosa che voleva era mettere in difficoltà i suoi colleghi e il veterinario se la loro storia fosse finita male. Non sarebbe riuscita a rimanere lì e vederlo tutto il tempo. Non poteva assolutamente sopportare di guardarlo uscire con qualcun'altra.

Era per quello che stava esitando. Era codardo da parte sua, ma non si sentiva ancora abbastanza a suo agio con la situazione per buttarsi del tutto. Devyn sperava che quella notte avrebbe potuto cambiare i suoi sentimenti. Che fare quell'ultimo passo avrebbe potuto consolidare nella sua mente il fatto che avevano una relazione seria, così da convincersi a rimanere in Texas.

«Ehi» la salutò Lucky con quel tono basso e profondo che la faceva sempre eccitare.

«Ciao» rispose, mentre saliva sul pick-up.

«Passato una buona giornata?»

«Sì. Ho coccolato una cucciolata di adorabili gattini. Oh, e ho tenuto in braccio un cucciolo di levriero. Sono come gli unicorni.»

«Ah sì?»

«Mm-mm. Non ce ne sono molti in giro. Voglio dire, ce ne sono, ma non ne portano molti dai normali veterinari. Dato che sono usati nelle corse, la maggior parte vengono allevati con la loro cucciolata per oltre un anno, mentre quelli al di fuori dei circuiti spesso li allevano come cani da esposizione.»

«Quindi non ci sono cuccioli al di fuori delle corse?» le chiese.

Quella era un'altra cosa che amava di lui. Sembrava sempre molto interessato a qualunque cosa avesse da dire, non la snobbava mai. «Certo che ci sono. Gli allevatori amatoriali che vogliono fare soldi velocemente allevano cani di ogni razza. I levrieri non sono molto richiesti come animali domestici, quindi ci sono meno cuccioli, ma avresti dovuto vedere quel piccoletto, era davvero simile a quelli di altre razze ed è difficile credere che sviluppino quelle zampe lunghe e diventino così alti.»

«Ami ciò che fai» dichiarò Lucky.

«Come, scusa?» gli chiese sorpresa.

«Ami ciò che fai» ripeté. «È evidente. Ti illumini quando parli degli animali e mostri così tanta tenerezza verso di loro, che potrei ascoltarti parlare dei tuoi clienti a quattro zampe per tutto il giorno.»

Devyn, come sempre, non riuscì a fare a meno di arrossire. «È solo che... gli animali hanno un'immensa capacità di amore e perdono; ne ho visti di maltrattati e trascurati leccare e coccolare le stesse persone che li avevano picchiati. E l'avrai notato tu stesso con Angel e Whiskers. Gli umani non si fidano così facilmente quando sono stati feriti.»

«E tu?»

«Io?» chiese, fingendosi confusa per prendere tempo.

«Sì, tu. Stamattina non l'hai detto, ma so che ti fa soffrire che tuo fratello ti abbia presa di mira per spillarti soldi per alimentare la sua dipendenza. Ha intaccato la tua fiducia? Ti ha resa più diffidente nei confronti delle persone in generale? Te lo sto chiedendo perché non ti conoscevo prima che arrivassi in Texas e sto cercando di capire la tua personalità, cosa ti appassiona, ti motiva... e quanto dovrò lavorare duramente per convincerti a fidarti di me.»

«Mi fido di te» disse Devyn, ed era sincera. «Non ti avrei raccontato di Spencer se così non fosse.»

«Questo significa tanto per me, tesoro» disse Lucky, prendendole la mano e posandola sul bracciolo tra di loro. Intrecciò le dita con le sue e strofinò il pollice sulla sua pelle in modo rassicurante.

«Per rispondere alla tua domanda, non proprio. In fondo sono un'ottimista. Ho la tendenza a pensare che le persone siano buone... a meno che non mi dimostrino il contrario. Sono sicura che non sia molto intelligente, e probabilmente dovrei proteggere di più il mio cuore, ma non mi va di pensare che tutti vogliano prendermi di mira, o che siano bugiardi e traditori.»

«Che ne dici se in questa relazione sarò io il cinico? Quello che pensa male della gente e che ti copre le spalle quando necessario. Tu puoi essere la metà allegra e spensierata, e io quella cupa e musona.»

Devyn rabbrividì di piacere sentendolo parlare di loro come coppia, ma rise. «Non sei cupo o musone.»

Lucky le sorrise. «Mi piaci esattamente come sei, Dev. Non voglio che cambi. Mi dispiace che tuo fratello ti stia tormentando e ti aiuterò a convincerlo a fare marcia indietro, e anche a chiedere un aiuto professionale, se non altro perché so che ti tranquillizzerebbe.»

«Grazie» sussurrò. Wow... che uomo. Era letale, ma le stava rendendo facile decidere di fare l'amore con lui.

Lo desiderava. Voleva sperimentare a letto il suo modo di focalizzare l'attenzione, perché sapeva che sarebbe stata altrettanto intensa di quando chiacchieravano, come in quel momento.

«Cosa ti andrebbe per cena?»

Cibo? Non riusciva a pensare a nient'altro che a poter finalmente vedere da vicino il tatuaggio che aveva sulla spalla destra. L'aveva notato quando si erano trovati tutti nella nuova casa di Grover qualche tempo prima; si era tolto la maglietta perché faceva troppo caldo, mentre stava demolendo un vecchio fienile con il resto dei ragazzi. Sapeva che era in bianco e nero, ma non cosa rappresentasse.

Le venne quasi l'acquolina in bocca al pensiero di esplorare il suo corpo. Poteva anche non essere molto sicura del proprio sex appeal, ma aveva la sensazione che quando avrebbe sentito la pelle di Lucky contro la sua, si sarebbe completamente dimenticata del proprio aspetto.

«Dev?» la chiamò, con un sorrisetto d'intesa sul volto. «Cena?»

«Non mi interessa» rispose. «Va bene qualsiasi cosa.»

«Qualsiasi cosa?» Il sorrisetto si allargò.

Devyn fece del suo meglio per tenere sotto controllo il desiderio. Non poteva saltargli addosso nel momento in cui sarebbero entrati in casa. Angel e Whiskers dovevano essere accudite, nutrite e lei aveva bisogno di una doccia e di cambiarsi. Aveva peli di cane e gatto sul camice e probabilmente puzzava come un canile.

«Non so cos'hai in casa e comunque non ho molta fame. Che ne dici di qualcosa saltato in padella?»

«Penso di avere verdure sufficienti. Con il riso?»

«Assolutamente. So che in questo momento c'è la tendenza a mangiare pochi carboidrati, ma mi piacciono. Inoltre, non mi farebbe male un po' di imbottitura.» Si indicò il petto imbarazzata.

«Non ti stai sminuendo, vero?» le chiese.

Lei scrollò le spalle. «Non sono esattamente Dolly Parton.»

«Meno male, cazzo» disse Lucky, stringendole la mano. «Te l'ho già detto, ma è ovvio che te ne sei dimenticata. Mi piaci così come sei, Dev. Sei alta e slanciata e mi ecciti così tanto che il mio cazzo è duro da quelli che ormai sembrano mesi. Ti muovi come se fossi totalmente in sintonia con il tuo corpo. Se i tuoi seni fossero più grandi, sarebbe troppo per la tua corporatura. Inoltre, ridi quando qualcosa è divertente, ti emozioni quando vedi uno di quegli annunci della protezione animali che mostrano maltrattamenti. Sei perfetta, quindi non pensare mai che io voglia qualcosa di diverso. Sono impaziente di vedere intimamente ciò che ho sognato per mesi. Non ho dubbi che surclasserai ogni mia fantasia. Quindi, se vuoi il riso, è ciò che avrai.»

Devyn fece un lungo sospiro. Le sarebbe piaciuto avere registrato tutto, così da poterlo riascoltare quando si fosse sentita insicura riguardo al suo corpo. «Ok» fu tutto ciò che riuscì a dire.

«Ok» concordò Lucky. «*Rimani* stanotte, vero?»

«Se per te va bene» rispose timidamente.

«Mi va più che bene» disse subito. «E solo per toglierci di mezzo questa parte imbarazzante, ho i preservativi. Li ho comprati due giorni fa. Non per metterti fretta, ma perché volevo essere preparato in modo da farti sentire al sicuro.»

«Sono protetta. Faccio l'iniezione contraccettiva ogni tre mesi.» Si sentiva un po' a disagio a parlarne, ma comunque sollevata che avesse tirato fuori la questione.

«Stai bene?» le chiese.

Devyn aggrottò la fronte, confusa. «Bene?»

«Sì. So che non esci con nessuno, e alcune donne usano i contraccettivi per tenere sotto controllo le mestruazioni abbondanti o i dolori forti, o per le cisti ovariche e cose del genere. Quindi, stai bene?» le chiese di nuovo.

«Sto benissimo. Ho iniziato a fare l'iniezione più o meno a venticinque anni perché pensavo fosse una cosa responsabile da fare a quell'età, con una vita sessuale attiva. L'ultima cosa di cui avevo bisogno era una gravidanza indesiderata. Mi piace sapere quando mi arriverà e quanto durerà il ciclo. È diventato parte della mia routine.»

Lucky le strinse la mano. «Ok. Non sto con una donna da mesi prima del tuo arrivo. Sono pulito; veniamo regolarmente testati dall'esercito. Posso mostrarti i risultati del mio ultimo controllo.»

Devyn ricambiò la stretta. «Non ho bisogno di vederli. Mi fido di te.»

Le sorrise. «Significa tantissimo per me, ma te li mostrerò comunque.»

«Anch'io sono pulita. Devo trovare un nuovo dottore qui in Texas, ma faccio controlli annuali.»

«Ottimo.»

Era indecisa se dire ciò che le stava passando per la mente, ma alla fine lo fece con un po' di titubanza. «Quindi... se siamo entrambi puliti... e io prendo il contraccettivo... sono necessari i preservativi?»

Quando lui non rispose subito, si sentì stupida. «Sì, probabilmente è la cosa migliore. Voglio dire, nessun contraccettivo è efficace al cento per cento, ed è meglio andare sul sicuro.»

Erano ormai arrivati a casa e Lucky si fermò nel parcheggio di fronte alla sua porta. Spense il motore e si voltò verso di lei. Portò una mano dietro il suo collo e la attirò a sé. Senza dire nulla, la baciò.

Fu un gesto possessivo e prese il completo controllo del bacio.

Devyn si sentì girare la testa e riuscì solo a tenersi aggrappata a lui mentre le divorava la bocca. Quando si tirò indietro, lo sguardo intenso che le rivolse la fece rabbrividire.

«Non ho mai fatto l'amore senza preservativo» disse, scioccandola.

«Mai?» sussurrò.

«Non mi sono mai fidato abbastanza di una donna da farlo. Sinceramente, non ne ho nemmeno sentito il bisogno. Ma con te? Ucciderei per penetrarti senza. Però non voglio che tu me lo offra a meno che non sia sicura di volere una relazione a lungo termine. So già che mi rovineresti e non potrei mai più provare interesse per altre donne.»

Dio. La stava uccidendo. «Lo voglio» disse dolcemente. «Voglio te. Solo te.»

Lucky chiuse gli occhi come se stesse soffrendo, ma li riaprì subito. «Sono tuo. Andiamo, dobbiamo far uscire Angel e Whiskers, poi devo farti mangiare. Se non esco dall'auto entro i prossimi dieci secondi, ti prenderò proprio qui.»

Devyn ridacchiò. «Non l'ho mai fatto in macchina» scherzò.

«Cazzo, mi stai facendo impazzire. Abbi pietà, donna». Si sporse in avanti e le diede un bacio duro e breve, che non aveva lo scopo di sedurla, prima di voltarsi per scendere dal pick-up.

Saltò giù anche Devyn, con un enorme sorriso. Stare con qualcuno non era mai stato così facile come con Lucky. Non poteva negare di sentirsi maggiormente a suo agio ora che avevano parlato della contraccezione. Non gli aveva detto che non era mai stata con un ragazzo senza preservativo. Certo, non che fosse andata a letto con così tanti uomini, ma aveva la sensazione che lui non avrebbe voluto sentire nulla al riguardo.

Da quel punto di vista era un tipico maschio alfa, ma andava bene così, nemmeno Devyn era interessata a conoscere la sua passata vita amorosa.

Una parte di lei non riusciva a credere che fosse davvero arrivato il momento. Desiderava Lucky dalla prima volta che lo aveva incontrato, tenendo però quei sentimenti per sé.

Quella sera sarebbe stato finalmente suo. O lei sarebbe stata sua? Non lo sapeva, ma alla fine non importava. Non aveva idea di come sarebbe andata a finire, ma avrebbe fatto tutto il necessario per tenerselo stretto. Riconosceva un brav'uomo quando ne vedeva uno e Lucky era uno dei migliori.

Sorridendo tra sé e sé, prese la sua mano e si avviarono verso la porta.

CAPITOLO UNDICI

LUCKY NON RIUSCIVA A SMETTERE di fissare Devyn. Sapeva di essere un po' inquietante, ma non poteva farci niente. Quella notte sarebbe stata sua... e ogni notte da lì in avanti.

Aveva avuto una mezza erezione per tutta la sera; durante la breve passeggiata con Angel e Whiskers; mentre ridevano insieme preparando la cena; mentre si rilassavano sul divano. Sapeva che nel momento in cui avesse lasciato andare un po' l'autocontrollo, gli sarebbe diventato duro come una roccia, pronto a cominciare.

Però gli piaceva passare il tempo con Devyn in quel modo, parlando delle persone con cui lei lavorava, degli animali che aveva visto quel giorno e di quello che lui poteva raccontarle dei suoi compiti. Non aveva bisogno di spiegarle quanto fosse legato a Trigger, a suo fratello e agli altri ragazzi. Lo sapeva già.

Avevano parlato della gravidanza di Aspen e Riley, scherzando su quanti figli avrebbero finito per avere. Oz non aveva nascosto di desiderare una grande famiglia, sembrava che da quando aveva ottenuto la tutela dei suoi nipoti si fosse reso conto di quanto fossero fantastici i bambini, e ora ne voleva il maggior numero possibile... il più velocemente possibile.

Era ovvio che Riley avrebbe dovuto tenerlo a freno, e Lucky amava la facilità con cui riusciva a scherzare su quella situazione con Devyn. Si era inserita così bene nel loro gruppo che era come se ci fosse sempre stata.

«Grover è davvero felice che tu sia qui» le disse.

Lei si rannicchiò al suo fianco sul divano e annuì. «Lo so. Sono arrivata all'improvviso e lui avrebbe potuto risentirsi per il fatto di essermi praticamente infilata nella sua cerchia, invece mi ha accolta a braccia aperte. Da bambini non gli dava fastidio se lo seguivo quando usciva con i suoi amici. So che lo prendevano in giro per questo, ma a lui non importava. Gli voglio un bene dell'anima e mi piacerebbe che trovasse una donna che lo apprezzi per quello che è.»

«E che possa essere tua amica.»

Sospirò. «Sì. Non vorrei che finisse con una a cui non piaccio. O a cui non piacciate voi ragazzi, se è per questo. Voglio dire, non credo che lo sopporterebbe, ma l'amore può far fare cose strane alle persone.»

«Ho fiducia in lui. Sa quello che vuole.»

«E cosa vorrebbe?» gli chiese, alzando la testa per guardarlo.

«Una compagna che lo supporti a prescindere. Che lo guardi come se il sole sorgesse e tramontasse con lui, ma che allo stesso tempo conosca il proprio valore. Una donna indipendente che sappia badare a se stessa e ai loro figli, se dovessero averne, quando lui va in missione. Dovrebbe avere senso dell'umorismo e non prendersi troppo sul serio. Ma, soprattutto, penso che Grover abbia bisogno di una donna forte. Estroversa. Che non abbia paura di affrontare lui o chiunque altro pensi di poterle mettere i piedi in testa.»

Devyn annuì. «Hai ragione. Può diventare piuttosto prepotente, e se non ne trova una che riesca a tenergli testa, la calpesterà in men che non si dica.»

«Esatto. Ed è bravo in ciò che fa, ma tende a pensare sempre al lavoro.»

«Credi che la troverà?»

«Sì.»

Lei ridacchiò. «Hai risposto piuttosto in fretta.»

«Penso che stavamo tutti andando avanti per inerzia, felici di avere storie senza impegno. Poi Ghost e il suo team − un'altra squadra Delta della base − hanno iniziato a innamorarsi uno dopo l'altro. Abbiamo partecipato ai loro matrimoni e notato quanto tutti fossero estremamente felici. Inoltre, sono riusciti anche a far funzionare le relazioni nonostante il loro lavoro. Credo che pensassimo un po' tutti di non poter avere una moglie finché fossimo stati Delta, quindi quei matrimoni ci hanno aperto gli occhi e ci siamo resi conto che stavamo anche invecchiando.»

«Poi Trigger ha incontrato Gillian» disse Devyn.

«Sì. E da lì è stato come un effetto domino» replicò Lucky con un sorriso.

«Pensi che le loro relazioni abbiano funzionato per via delle situazioni in cui le ragazze si sono trovate?» gli chiese.

«Cosa intendi?»

«Gillian e Trigger si sono incontrati in circostanze estreme. Kinley e Lefty hanno dovuto affrontare quella cosa della protezione testimoni. Aspen e Brain si sono ritrovati in missione insieme e lei è veramente un tipo tosto, senza contare che hanno dovuto superare tanti problemi quando lui è stato aggredito. E Riley e Oz hanno vissuto una situazione drammatica con i nipoti. La mia vita è decisamente noiosa rispetto alla loro e a ciò che hanno passato» spiegò, scrollando le spalle.

Lucky diede un'occhiata agli animali e vide che russavano entrambi nella soffice cuccia in un angolo della stanza. Si alzò, tirando su anche lei.

«Che c'è?» gli domandò, ma lui non rispose. Controllò invece la porta d'ingresso per assicurarsi che fosse chiusa a chiave, prima di condurla su per le scale e in camera, poi si sedette sul letto, la attirò a sé e la incoraggiò a mettersi a cavalcioni sulle sue ginocchia.

Ora avevano il viso allo stesso livello e le prese la testa tra le mani. «Ascoltami, Dev. Non me ne frega un cazzo di come i miei amici hanno incontrato le loro donne, sono solo contento che l'abbiano fatto. Non avevo bisogno di situazioni drammatiche per sapere che ti desideravo. Non serve che tu sia coinvolta in una sparatoria o che un pazzo terrorista cerchi di accoltellarti. Non deve accadere un evento tragico per sapere che ti amo. È così e basta. Perché sei *tu*. Sei riservata e cerchi di non correre rischi, ed è stato difficilissimo frenare la mia attrazione per te. Volevo che prima mi conoscessi, che vedessi che non ho intenzione di prendere il controllo della tua vita, di essere possessivo. Sei una donna adulta che sa gestirsi perfettamente da sola. Non mi crea problemi che le nostre vite siano noiose, non cambierà ciò che provo per te.»

La guardò deglutire e mordersi il labbro. «Mi ami?» sussurrò lei.

Le sorrise. Forse avrebbe dovuto essere un po' preoccupato di averlo spifferato, ma dato che non si era liberata dall'abbraccio e non sembrava inorridita dalla dichiarazione, fu come se qualcosa dentro di lui si fosse consolidato.

«Sì, Dev. È così. Come non potrei? Mi riterrei fortunato, come presuppone il mio soprannome, se provassi per me anche solo un quarto del sentimento che provo io per te.»

«Ti amo anch'io» sussurrò, come se avesse paura di dirlo ad alta voce.

Lucky stava sorridendo come uno scemo, ma non poteva farci niente. «Scusa, non ho sentito. Puoi ripetere?»

Devyn si acciglò. «Mi hai sentita.»

«No. Credo che tu debba ripeterlo. Sono *più* vecchio di te e a causa delle esplosioni in cui mi sono ritrovato coinvolto il mio udito non è più quello di una volta.»

«Hai sentito Angel mugolare l'altro giorno dalla camera. Ti sei precipitato giù per vedere quale fosse il problema e hai capito che il giocattolino che le avevi dato era finito sotto il divano e non riusciva a raggiungerlo» lo accusò.

«Mmm, mi sa che ti sbagli, non posso averla sentita» le disse, continuando a sorridere.

Devyn arricciò il naso e invece di dirgli ciò che lui *voleva* risentire, gli fece il solletico sui fianchi.

Lucky strillò come una ragazzina e iniziò subito a ridere. Non aveva mai detto a nessuno che soffriva moltissimo il solletico, eppure la sua donna sembrava sapere esattamente dove toccarlo per renderlo impotente.

Cercò di divincolarsi, ma lei non cedette, continuando senza pietà.

«Basta!» gridò Lucky, cercando di spostarsi. «Mi arrendo!»

«Ammetterai che il tuo udito è a posto?» chiese, facendo scivolare le dita sotto la maglietta per accentuare la tortura.

«Sì! Ammetterò qualsiasi cosa! Per favore, ti prego, fermati!»

«Porca vacca, e ti definisci un soldato Delta?» gli domandò, fermandosi.

Chiuse gli occhi sollevato. Era sdraiato, con lei ancora a cavalcioni e con le dita sotto la sua maglietta.

«Il solletico non faceva parte dell'addestramento alla tortura» rispose debolmente.

Devyn ridacchiò, poi scoppiò a ridere in modo incontrollato. Lucky colse l'occasione per girarsi e intrappolarla sotto il proprio corpo, ma lei non si calmò. Non gli importava che stesse ridendo di lui; chi aveva mai sentito di un operatore delle forze speciali che veniva sconfitto con il solletico in meno di un minuto?

Avrebbe potuto guardarla ridere per ore. Quando finalmente riprese il controllo, aveva le lacrime agli occhi. «È stato divertentissimo» disse.

«Ti amo» sussurrò Lucky. «Porti gioia nella mia vita e non l'ha mai fatto nessun'altra donna. Ero felice e contento e mi dicevo che non ero affatto solo, poi ti sei trasferita qui e ho capito quanto fosse noiosa la mia esistenza. Non posso perderti, Dev. Dimmelo subito se dovessi fare una cazzata, così che possa scusarmi e sistemarla. Se non dovessi passare abbastanza tempo con te o se ti sentissi ignorata, per l'amor di Dio, dimmelo. Per favore. Non sopporterei se mi lasciassi perché ho fatto qualcosa a cui avrei potuto rimediare.»

«Ti amo anch'io» ripeté. «Vale lo stesso per me. Cerco di non farmi risucchiare dai problemi personali, ma se dovesse succedere, fammelo notare. Non voglio che tu ti senta messo in secondo piano nella nostra relazione. Se parlo troppo di lavoro o non mi prendo abbastanza tempo libero, ti do il permesso di rapirmi.»

«Qui nessuno rapirà nessuno» le disse, poi le scostò una ciocca di capelli dalla fronte. «Mi permetterai di fare l'amore con te? Di mostrarti quanto significhi per me?»

«Se te lo *permetto*? No. Stavo per pregarti di sbrigarti e di scoparmi subito.»

Lucky sorrise. Accidenti, era la donna perfetta per lui. «Ti piace farlo veloce e duro?» chiese, oscillando i fianchi contro di lei.

«Ho la sensazione che con te mi piacerà in qualsiasi modo.»

«Ottima risposta.» Fece una risatina. «Che ne dici se non pianifichiamo e vediamo come va?»

«Buona idea. Ma... prima devo lavarmi i denti. E fare pipì. E magari togliermi i vestiti.»

«Che donna pratica» scherzò.

Devyn scrollò le spalle. «Non ho mai capito come le persone nei libri e nei film romantici riescano a spogliarsi stando distesi. È molto più complicato di quanto lo facciano sembrare. È più facile togliersi tutto prima di andare a letto.»

«Giusto. Anche se, prima o poi, voglio toglierti personalmente un indumento alla volta. È dannatamente sexy scoprire il premio centimetro dopo centimetro.»

«Ci sto. Fintantoché posso ricambiare il favore.»

La fissò a lungo senza dire una parola.

«Che c'è?» chiese un po' imbarazzata.

«Sto solo memorizzando questo momento.»

Gli sorrise con tenerezza, poi disse: «Se non ti muovi, ti farò di nuovo il solletico.»

Si allontanò di scatto da lei. «Sadica» borbottò.

Devyn rise. «Voglio baciarti e vederti nudo, ma non voglio avere l'alito che puzza quando facciamo l'amore per la prima volta.»

«Non ti puzza l'alito» le disse.

Lei sollevò un sopracciglio.

«Aspetta, a me puzza?» chiese con orrore.

Non gli rispose, ma sorrise e andò verso il bagno.

Lucky scosse la testa mentre lei scompariva all'interno, ma corse in quello degli ospiti per lavarsi i denti. Era ovvio che quando c'era lei avrebbe dovuto cercare di non perdere la testa. Amava che le piacesse scherzare; non aveva mai sorriso così tanto con una donna.

Nel giro di due minuti tornò in camera, si tolse la maglietta e i pantaloni cargo, e un po' a disagio si mise accanto al letto ad aspettare che lei tornasse. Forse era per quello che alcune persone preferivano spogliarsi mentre erano a letto; era imbarazzante stare lì in attesa mezzo nudo.

Poi lei tornò in camera. Se l'era aspettata avvolta in un asciugamano o in reggiseno e mutandine, invece lo sconvolse uscendo dal bagno completamente nuda. Si avvicinò a lui... e gli venne l'acquolina in bocca.

Un rossore divampò dal petto di Devyn salendo fino a infiammarle le guance, forse perché la stava fissando, ma non riusciva proprio a staccare gli occhi dal suo corpo. I suoi seni erano piccoli e i deliziosi capezzoli erano già inturgiditi. I capelli biondi li sfioravano e desiderò sentire quelle ciocche contro il proprio corpo mentre era a cavalcioni su di lui. Nonostante fosse snella, aveva una leggera pancetta, che per Lucky era dannatamente sexy. Aveva bellissime gambe lunghe, e non poté fare a meno di immaginarle avvolte intorno ai propri fianchi, i talloni premuti sul suo sedere mentre lui si spingeva in profondità dentro al suo corpo.

Quel pensiero gli fece ricordare che avrebbe potuto prenderla senza preservativo, il che glielo fece diventare ancora più duro. Senza quasi rendersene conto, si sfilò i boxer liberando il cazzo, che oscillò come in segno di saluto.

Il sorriso e il sollievo sul volto di Devyn valsero il disagio provato mentre la aspettava. «Vieni qui» la esortò, tendendole una mano.

Si avvicinò subito, aggrappandosi alle sue dita come se fossero un'ancora di salvezza. Voleva esserlo per lei. Sempre.

«Che coraggiosa» le disse.

«In realtà non lo sono affatto, ma ho pensato che sarebbe stato più strano uscire con un asciugamano addosso... soprattutto dopo aver mostrato tutta quella spavalderia.»

«Non ci sarà mai niente di strano tra di noi. Fai sempre ciò che ti senti di fare.» Poi la attirò a sé. Lucky era contento che la luce fosse ancora accesa, voleva vedere tutto di lei mentre la prendeva.

Sentirla così pelle a pelle per la prima volta, fece sparire l'ansia per ciò che stava per accadere. Ebbe la sensazione che tenerla tra le braccia fosse... giusto. Fece scorrere la mano sulla sua schiena, amando la sua pelle soffice e setosa. Erano così diversi; lui duro e ruvido, lei morbida e liscia.

«È un teschio» disse Devyn sorpresa.

Lucky vide che stava fissando il tatuaggio sulla sua spalla. «Sì.»

«Non ero ancora riuscita a capire cosa fosse. Pensavo a un disegno tribale.»

«L'ho fatto dopo essermi unito al team. Mi sembrava appropriato. I teschi rappresentano la mortalità ed è un promemoria sul fatto che non sono immortale. Posso anche essere un Delta, ma non sono invincibile. Mi ricorda di stare sempre all'erta per non fare la fine dei terroristi a cui diamo la caccia. Però è un po' macabro, quindi non lo metto spesso in mostra.»

«Mi piace. Ti si addice» ribatté, facendo scorrere le dita sul disegno.

Non avrebbe dovuto sentirsi così sollevato che non odiasse il tatuaggio, ma non poté fare a meno di ricordare la reazione inorridita di un'altra donna quando l'aveva visto. Non era stata una che aveva frequentato, ma una tipa incontrata durante una partita di pallavolo alla base. L'aveva sentita dire alle sue amiche quanto fosse orrendo, che non poteva credere che avesse rovinato il suo corpo facendosi tatuare una cosa così brutta.

In seguito era sempre stato attento a chi aveva di fronte quando si toglieva la maglietta, ma il fatto che Devyn non ne fosse disgustata e il modo in cui si stava leccando le labbra mentre lo osservava, come se quel tatuaggio la eccitasse, bastò a cancellare le parole dell'altra donna.

«Hai intenzione di guardarmi la spalla tutta la notte o ci diamo da fare?» la prese in giro.

Sollevò gli occhi. «Hai fretta?»

«In realtà, sì» le disse, spingendo i fianchi contro di lei. Dal suo cazzo era fuoriuscito del liquido preseminale e sapeva che lei poteva sentirlo sulla pancia. Era felice di non dover contorcere il corpo per fare l'amore con lei. Erano perfettamente allineati. Non sarebbe stato difficile prenderla in piedi, contro la parete, sotto la doccia... gemette, mentre quelle immagini erotiche gli passavano per la mente.

Come se sapesse a cosa stava pensando, Devyn sorrise e sollevò una gamba, avvolgendola intorno alla sua coscia e aprendosi a lui.

«Ora basta. Andiamo a letto» dichiarò Lucky, sollevandola e gettandola sul materasso.

Lei rise e si spostò indietro, facendogli spazio. Le si avvicinò stando carponi, senza fermarsi finché non fu sopra di lei. «Volevo prima leccarti» disse serio, «ma non credo di riuscire ad aspettare.»

Devyn infilò la mano tra di loro e la avvolse intorno al suo cazzo. Lucky inspirò bruscamente mentre lo accarezzava. «Potrei farti un pompino» si offrì.

Il pensiero delle sue labbra intorno a lui lo fece gemere. Si sollevò sulle ginocchia e le spinse via la mano, sì afferrò l'uccello alla base e strinse per evitare di venire subito. «Porca puttana, donna. Non puoi farmi questo.»

«Che cosa? Offrirmi di succhiartelo?» lo stuzzicò.

«Sì. Almeno non prima di essere venuto dentro di te un paio di volte. Forse poi riuscirò a controllarmi di più, ma temo che sarà sempre così con te» le disse con sincerità.

«Se pensi che questo mi farà passare la voglia, sappi che non è così. Non capisco perché i ragazzi si preoccupino tanto di dover durare per ore. Francamente, dopo un po' tutto quello spingere dentro e fuori fa male. Preferisco una bella scopata veloce.»

«Vieni con facilità?» le chiese, alla disperata ricerca di

tutte le informazioni possibili per far sì che fosse un'esperienza bellissima per entrambi.

Arrossì di nuovo, ma annuì. «Di solito uso un vibratore piuttosto potente. Posso venire entro un minuto se non mi accarezzo.»

«Mi piacerebbe vederlo.»

«Be', non stasera, dal momento che non me lo sono portata dietro.»

Se ne sarebbe occupato lui. Le allargò le gambe avanzando un po'.

Gli sorrise. Amando il desiderio che vide nei suoi occhi, Lucky portò la mano sulla sua fica. Temeva di non riuscire a resistere se l'avesse leccata, ma poteva assicurarsi che venisse prima di farla sua.

Strofinò subito il pollice sul clitoride, osservando le sue reazioni mentre imparava quale tocco la eccitasse di più.

«Oh, sì, più forte» lo incoraggiò.

Lucky aveva uno stupido sorriso stampato in faccia, ma non poteva farci niente. Sentiva l'odore della sua eccitazione e ciò rese quel momento ancora più carnale. La luce sopra di lui gli permise di vedere quanto fossero rosa le sue pieghe, e usò i suoi umori per lubrificarsi il dito continuando ad accarezzarla.

Devyn iniziò a spingere piano i fianchi verso di lui mentre la portava sempre più vicina all'orgasmo. Inserì con delicatezza un dito nel suo sesso, muovendolo più forte quando lei lo strizzò e iniziò a scopargli la mano.

«Ci sono vicina!» ansimò.

Non serviva che glielo dicesse; il modo in cui il suo petto si infiammò e il tremolio delle sue cosce glielo fecero capire. Era bellissima così, distesa davanti a lui in preda al desiderio. Il fatto che fosse *lui* che le stava procurando tutto quel piacere, lo gonfiava d'orgoglio. Voleva chinarsi e prendere in bocca un capezzolo. Voleva baciarla. Voleva tutto. Ma in quel momento aveva bisogno di vederla perdere il controllo, di guardarla mentre la mandava in estasi.

«Vieni per me, amore» disse in tono roco, mentre lei cercava di allargare di più le gambe e di spingersi più forte contro il suo dito.

«Aaah!»

Il verso che fece venendo fu adorabile. Senza avvertirla, Lucky si prese il cazzo in mano e fece scivolare la punta dentro di lei mentre tremava per l'orgasmo.

«Di più» gli ordinò, afferrandogli il sedere e attirandolo a sé.

La sensazione del suo corpo caldo e bagnato che cercava di strizzarglielo fu travolgente. Non aveva mai provato niente di così straordinario. Si spinse del tutto dentro, senza pensare a ciò che avrebbe provato lei. Non poteva aspettare. Gli serviva troppo quel contatto pelle a pelle ed era già pronto a esplodere.

Le sue palle erano tese e sapeva che avrebbe perso la lotta con l'autocontrollo. Avrebbe voluto restare dentro di lei per sempre. Sentire il suo sesso stringersi e accarezzargli la pelle sensibile del cazzo. Gli sembrava di essere alla sua prima volta; non aveva alcuna padronanza di sé.

«Devo muovermi» riuscì a dire con voce roca.

«Sì, di più» sussurrò Devyn.

Avrebbe voluto andare piano, per assaporare ogni secondo di quel dono che gli stava facendo: il suo corpo e la fiducia per avergli permesso di prenderla senza protezione. Ma, appunto, non poteva. La prima volta che si tirò fuori, il pensiero di andarci piano volò dalla finestra.

Il modo in cui il suo cazzo scivolò tra gli umori della sua eccitazione gli fece provare una sensazione mai sentita prima; il suo calore gli penetrò fin nelle ossa.

Lucky si spinse dentro di lei per ripetere l'esperienza. I piccoli seni di Devyn ondeggiarono con il colpo e sentì i suoi muscoli stringergli l'erezione mentre tirava indietro i fianchi.

Non aveva idea di quanto tempo andò avanti, sapeva solo di essere in paradiso. Quando la sentì sollevare le gambe e strofinare le cosce contro le sue per affondare i talloni nel suo sedere, fu spacciato.

La prese come se quella fosse l'ultima volta che sarebbe stato dentro a una donna: in modo duro, veloce, con frenesia. Quando gli avvolse la mano intorno a uno dei bicipiti stringendolo con forza, sapendo che avrebbe portato addosso i segni delle sue unghie, Lucky esplose di piacere.

Un attimo prima la stava scopando come un pazzo e quello dopo affondò il più possibile, lasciandosi andare.

Si svuotò dentro di lei e pensò di non essere *mai* venuto così intensamente. Sentì i loro umori mescolarsi e ciò gli causò un secondo piccolissimo orgasmo. Anche le sue palle erano bagnate, un'altra cosa nuova ed eccitante.

«*Cazzo*» sussurrò, gli tremavano le braccia mentre faceva del suo meglio per tenersi sospeso su di lei ed evitare di schiacciarla.

Ma Devyn lo abbracciò e disse: «Sdraiati. Non mi farai male.»

Così lo fece. Lei mantenne le gambe intorno alla sua vita, mentre lui era ancora mezzo duro dentro il suo corpo. Si rese conto di non doversi alzare subito per occuparsi del preservativo; non c'erano barriere ed erano già completamente bagnati. Era erotico e sexy... e un caos. Le sorrise tra i capelli.

«Perché diavolo stai ridendo?» gli chiese, un po' sconcertata.

Sollevò la testa senza spostare il corpo di un centimetro. «Stavo solo pensando che dovremmo fare il bucato.»

«Sul serio? Il bucato? Che problemi hai?»

Lucky non riusciva a smettere di sorridere. «Stiamo sporcando tutto» le disse, muovendo i fianchi per farle capire.

«Oh.»

«Già, oh. Non ci avevo pensato.»

«Se pensi che sia sporco ora, aspetta solo che esca tutto ciò che hai rilasciato dentro.»

«Esce?» domandò.

Devyn scoppiò a ridere. «Sì! Cosa pensavi che facesse? Che il mio corpo lo assorbisse?»

Scrollò le spalle.

«Notizia flash, amico. Non funziona così. Non sono una spugna. Ciò che entra, alla fine esce. Non l'ho sperimentato in prima persona perché ho sempre usato il preservativo, ma ho sentito dire spesso che le sveltine sono un disastro per le donne. Per gli uomini è dentro-fuori-fatto-grazie, ma noi dopo dobbiamo sopportarne la fuoriuscita per un po'.»

«Voglio vedere.»

«Cosa? No! Lucky, no» protestò, nel momento in cui usciva lentamente e si inginocchiava per guardare tra le sue gambe.

«Dio, è così imbarazzante» disse lei, mentre gliele allargava per vedere il suo seme fuoriuscire.

«No, non lo è. È sexy da morire.» Fece scorrere un dito

tra le sue pieghe, raccogliendone un po', poi lo usò per accarezzarle il clitoride. Devyn sobbalzò.

«Vedo che non avremo bisogno di lubrificante per il prossimo giro» disse con un sorriso.

«Non voglio dormire sul bagnato.»

«Sono d'accordo. Allora... che ne dici di rifarlo ora che ho superato il momento critico?»

«Di nuovo?» chiese incredula.

«Sì. Forza. Mettiti carponi, Dev.»

———

Devyn si girò rapidamente. Non si era mai trovata in una situazione simile prima. Non era mai stata con un uomo che riuscisse a farselo alzare due volte in una sera. Be', non aveva mai avuto nemmeno due orgasmi di seguito, ma aveva la sensazione che con Lucky avrebbe sperimentato delle prime volte in moltissime cose.

Nel momento in cui si mise in posizione, lui gemette. «Porca puttana, vorrei che tu potessi vederti.»

«Passo, grazie» borbottò contro il cuscino. Sentiva gli umori colarle sull'interno delle cosce; se l'abbondante quantità di seme era un'indicazione, era chiaro che fosse stato *molto* eccitato di prenderla senza preservativo.

«Scusa, ma è così sexy.» Le afferrò un fianco con una mano, poi sentì la punta del suo cazzo spingere di nuovo contro le sue pieghe gonfie.

Sembrava ancora più grande in quella posizione e Devyn non si preoccupò di trattenere un gemito mentre affondava dentro di lei. Quando si ritrasse, il rumore causato dai loro corpi bagnati la fece ridere, e fu il turno di Lucky di gemere.

«Dio, quando ridi lo sento tutto intorno al cazzo.»

Devyn si rese conto in quel momento che non aveva mai riso facendo sesso. E le piaceva. «Aspetta di sentirmi ridere mentre ti ho in bocca» mormorò. Non aveva idea da dove fosse arrivata quella frase sconcia.

«Cazzo» imprecò, facendola ridere di nuovo.

Iniziò a scoparla con foga. Il rumore della pelle che sbatteva risuonava forte nella stanza. Lei si spinse indietro mentre la prendeva, desiderando di più. Desiderando tutto.

«Toccati» le ordinò. «Voglio sentirti venire intorno a me.»

Obbedì subito perché era troppo eccitata e non vedeva l'ora di avere un altro orgasmo. Gli sfiorò l'uccello con le dita mentre lui entrava e usciva dal suo corpo, e adorò sentirlo gemere perso nell'estasi.

Le sue cosce cominciarono a tremare per lo sforzo, ma Lucky le avvolse un braccio intorno alla pancia per aiutarla a tenersi su.

«Così, Dev. Ci siamo quasi. Ti sento contrarti. Dio, non hai idea di che sensazione bellissima sia! Vieni, tesoro. Non posso resistere ancora molto.»

Dopo altre due spinte forti, Devyn esplose. Emise una specie di grugnito misto a un gemito, e per un secondo tutto diventò bianco. Quando tornò in sé, sentì l'inguine di Lucky appiccicato al sedere, mentre veniva anche lui. Poi rimase fermo lì per un lungo momento.

Le sembrava che il suo cuore le stesse uscendo dal petto e non aveva energia per fare altro che rimanere ferma, sostenuta dalla forza di Lucky. Gemette quando lui si tirò fuori lentamente.

«Sul serio... è maledettamente sexy» ripeté, prima di

farla stendere e sistemarsi dietro di lei, scendendo con una mano lungo il suo corpo per posargliela sulla fica. Giocherellò pigramente con le dita sulle pieghe bagnate, ma lei non riuscì a trovare la forza di imbarazzarsi.

«Ti amo» le disse.

«Ti amo anch'io.»

«La nostra relazione funzionerà» dichiarò, come per sfidarla a contraddirlo.

«Va bene» mormorò.

«È così. Non ho intenzione di lasciarti andare, e non solo perché sono dipendente dalla tua fica. È che sono davvero felice per la prima volta in vita mia. Ora lo capisco. Capisco cosa intendevano tutti riguardo ad avere qualcuno con cui vuoi passare ogni minuto del tuo tempo.»

Le sue parole davano una bella sensazione. Meravigliosa. «Mi sento allo stesso modo.»

Sorrisero entrambi.

Poi, un po' a disagio per l'intensità dei sentimenti che stava provando, gli disse: «Non dormirò sul bagnato, non serve a niente adularmi.»

Lo sentì ridacchiare contro la sua schiena e poi spostarsi, mettendosi supino per farle usare la sua spalla come cuscino. Devyn gli posò una gamba sopra la coscia e un braccio intorno alla pancia.

«Va meglio così?» le chiese.

«Sì. Però devo alzarmi per fare pipì; aiuterà a non sporcare ancora di più.»

«Più tardi. Adesso voglio godermi questo momento.»

Anche lei lo voleva. «Lucky?»

«Sì, amore?»

«Grazie.»

«Per cosa?»

«Per essere te.»

Ridacchiò. «Prego?»

Avrebbe dovuto spiegargli bene cosa stava provando, ma decise di lasciar perdere. Le parole non avrebbero mai potuto fargli capire appieno quanto era grata che lui fosse così straordinario. Doveva solo fare del suo meglio per *mostrargli* quanto la rendeva felice.

Si rilassò, più contenta di quanto non fosse stata da mesi. Lucky era tutto ciò che aveva sempre desiderato in un uomo... e non l'avrebbe lasciato andare. In passato si era preoccupata per suo fratello Fred, ma questo era diverso. Se fosse successo qualcosa a Lucky, non si sarebbe mai ripresa. Ma lui amava il suo lavoro, era davvero bravo in ciò che faceva, e Devyn avrebbe fatto in modo di essere la miglior partner che avesse mai avuto. Se Gillian, Kinley, Aspen e Riley potevano affrontare l'incertezza derivata dal frequentare un uomo delle forze speciali, avrebbe potuto farlo anche lei.

«Smettila di rimuginare» sussurrò Lucky. «Dormi.»

E lei si addormentò.

———

Spencer camminava avanti e indietro nella camera del motel che aveva pagato con quei pochi soldi che era riuscito a racimolare. Il mese precedente lo avevano sfrattato dal suo appartamento e da allora aveva dormito in macchina o approfittato del divano dei pochi amici che gli erano rimasti; si fermava qualche notte, poi passava a quello di qualcun altro. Era anche stato con i suoi genitori per un po', ma non sopportava di vedere la delusione e la preoccupazione sui loro volti quando lo guardavano.

Lo odiava. Voleva che fossero orgogliosi di lui, come lo erano degli altri figli. Ma lo sarebbero stati. Doveva solo vincere una grossa somma e sarebbero stati felicissimi per lui. Avrebbe regalato loro un po' di quei soldi in modo che potessero ristrutturare il seminterrato come da tempo dicevano di voler fare.

Ma prima doveva estinguere il prestito con Rocky.

Non sapeva il suo vero nome, ma solo come lo chiamavano in giro. Molti dei giocatori d'azzardo che conosceva lo avevano avvertito che non era un uomo con cui scherzare, ma Spencer era stato alla disperata ricerca di denaro.

E ora che aveva più bisogno di aiuto, non riusciva a ottenerne. Devyn era l'unica a cui poteva chiedere e gli aveva voltato le spalle. Sì, aveva commesso degli errori in passato, l'aveva derubata, ma adesso era diverso; c'era in gioco la sua *vita*!

Sentendo dei rumori all'esterno, Spencer si avvicinò alla finestra per sbirciare da dietro la tenda. Un uomo e una donna stavano attraversando il parcheggio buio ridendo, probabilmente era una prostituta con un cliente. Il motel non era di certo il Four Seasons. Affittavano le camere a ore. Era imbarazzato di aver dovuto ricorrere a un posto del genere.

Gli servivano solo cinquemila dollari. Era troppo difficile per Devyn darglieli se in cambio gli avrebbe salvato la vita? Pensava di no. Aveva avuto una dritta su una scommessa sicura che gli avrebbe fruttato quarantamila dollari facili. Avrebbe potuto darli a Rocky e successivamente restituirgli il resto che gli doveva.

Ma aveva *bisogno* di quei cinquemila dollari.

Forse se fosse andato da Devyn a chiederglieli di persona, sarebbe riuscito a convincerla ad aiutarlo.

Se avesse visto quanto era disperato, gli avrebbe dato i soldi che gli servivano. Lo sapeva. Avrebbe dovuto inventare una scusa sul motivo della sua presenza in Texas, ma poteva trovarne una senza problemi. Fred sarebbe stato felice di vederlo, forse lo avrebbe persino ospitato nella sua nuova casa.

Per non parlare del fatto che lasciare la città in quel momento sarebbe stato positivo, dato che Rocky lo stava cercando per riavere i suoi soldi.

Una volta presa quella decisione gli sembrò di essersi tolto un peso dalle spalle.

Sarebbe riuscito a risolvere il problema; avrebbe ottenuto i soldi da Devyn, usandoli per farne abbastanza da togliersi di dosso Rocky, poi sarebbe andato avanti con la sua vita. Non era dipendente dal gioco, come continuava ad accusarlo sua sorella. Poteva smettere di giocare quando voleva, ma perché farlo quando *sapeva* di essere sul punto di fare il colpaccio? Sarebbe stato stupido smettere ora quando l'enorme vincita che stava cercando da anni era proprio dietro l'angolo.

Doveva resistere ancora per un po', poi avrebbe dimostrato che non era il perdente che tutti pensavano fosse.

Si sdraiò sul letto e fece un sospiro di sollievo. Ora che aveva un piano, poteva dormire. Doveva trovare un po' di soldi per la benzina e il cibo per andare in Texas, poi sarebbe partito. E... chi lo sapeva? Forse il gioco d'azzardo nel sud sarebbe stato più redditizio. Doveva solo trovare dei casinò o delle case da gioco illegali da provare.

Forse, dopotutto, non avrebbe avuto bisogno dell'aiuto della sua sorellina.

CAPITOLO DODICI

«PENSO che dovrei ricevere una percentuale per quella scommessa che avete fatto su me e Lucky» disse Devyn alle amiche la settimana successiva. Si trovavano a casa di Grover che aveva attirato lì il gruppo con la promessa di preparare Margarita per le donne; per quelle incinte e per Logan e Bria ovviamente cocktail analcolici. Mentre le ragazze sedevano sotto il portico a parlare, gli uomini, con i bambini al seguito, erano impegnati a costruire una nuova rimessa. Sarebbe stata molto più piccola del fienile che avevano abbattuto, ma amavano quella sfida.

«Lo sapevo!» strillò Aspen. «È stato incredibile?»

Sospirò. «Molto.»

«Allora... ho una confessione da fare» ammise.

«Quale?»

«Ho mentito. Non c'è stata nessuna scommessa. Sarebbe stato antipatico, ma volevo darti un incentivo.»

«Sei tremenda» replicò con una risata.

«Ma se vuoi ringraziarmi, dopo che avrò dato alla luce

questa palla da bowling che mi porto in giro, sarò felice di accettare un paio di drink.»

«Ci sto.»

«Non posso credere che tu ci sia cascata» disse Gillian ridendo.

«Zitta tu» borbottò Devyn, lanciandole un tovagliolo appallottolato.

Tutte risero.

«Sul serio, però, siamo felici per voi» commentò Kinley con un sorriso. «Vi mangiavate con gli occhi da mesi, è bello che vi siate decisi a fare qualcosa.»

«Vi state frequentando o vi vedete solamente?» chiese Riley.

«C'è differenza?» domandò, arricciando il naso confusa.

«Vedersi significa che le cose non sono serie. Vi piacete, ma siete aperti alla possibilità di uscire con altre persone. Frequentarsi significa che avete un rapporto esclusivo, che pensate a un futuro insieme, magari anche a sposarvi un giorno» rispose in tono pratico.

«Non credo esistano queste definizioni» disse Gillian. «Te le sei appena inventate?»

«Forse. Ma voglio comunque saperlo.»

Devyn ridacchiò. Dio, amava quelle donne. «Stando alle tue definizioni, ci stiamo frequentando. Lui mi piace molto e questa cosa mi fa quasi paura.»

Alle sue amiche si illuminarono gli occhi.

«Che c'è? Perché all'improvviso avete quell'espressione da pazze?» chiese.

«Siamo solo felici per te» rispose Aspen.

«La mia paura vi rende felici?»

«No. Ma significa che tieni davvero a Lucky. E ci siamo passate tutte» la rassicurò Gillian. «Vuoi un consiglio?»

«Ho scelta?» domandò con un enorme sorriso, per farle capire che la stava prendendo in giro.

«No, stronza, quindi stai zitta e ascolta» scherzò la sua amica. Poi si sporse in avanti facendosi seria. «Non mettere in discussione la relazione, assecondala. I nostri uomini sono impetuosi e procedono in fretta, ma lo fanno perché non sopportano il pensiero di non averci al loro fianco. È quasi come se ci "reclamassero" per non rischiare che qualcun altro attiri la nostra attenzione. Quello di cui non si rendono conto è che per noi *non* c'è qualcuno migliore di loro, che non vogliamo assolutamente nessun altro. Però è bello lasciarli fare tutto il possibile per dimostrare quanto sono presi da noi.»

Devyn annuì. «Ma se succede il contrario? Se dovesse trovare un'altra donna a cui non può resistere? Voglio dire, Gillian e Kinley, i vostri uomini vi hanno incontrate durante una missione, se a Lucky capitasse di salvare una bella ragazza dalle grinfie di un terrorista e si innamorasse perdutamente di lei, mi distruggerebbe. Non potrei mai competere, non sono coraggiosa. Quando le cose si fanno pesanti, scappo. È per questo che sono venuta in Texas, per avere vicino mio fratello. Sapevo che Fred mi avrebbe sostenuta se ne avessi avuto davvero bisogno, ma quando sono arrivata qui ero troppo spaventata anche solo per dirgli il vero motivo per cui avevo lasciato il Missouri.»

«Respira, Dev» cercò di calmarla Riley.

Si rese conto di aver detto più di quanto avrebbe voluto, ma ogni volta che rivelava qualcosa di più a qualcuno, le sembrava che il peso sulle sue spalle diminuisse.

«Primo, da quando vi siete conosciuti, Lucky ha avuto occhi solo per te» continuò la sua amica. «Da quel momento, sono stati in diverse missioni e lui è infatuato di te adesso come allora. Inoltre, io non ho incontrato Porter durante un'operazione, era il mio vicino; non credo che ci sia qualcosa di più noioso. E a volte, scappare *è* la cosa più intelligente da fare.»

«Sì, è praticamente ciò che ho fatto io» ammise Kinley.

«Entrare nella protezione testimoni non è la stessa cosa» ribatté Devyn con uno sbuffo.

«Sai che se vuoi parlarne siamo qui» disse Gillian con dolcezza.

«Lo so. E lo apprezzo.» Diceva sul serio, quelle donne erano le persone più aperte e amichevoli che avesse mai incontrato. A volte aveva difficoltà a credere che l'avessero accettata subito nel loro gruppo.

«Oh!» Aspen ansimò.

Tutte si voltarono a guardarla.

«Che c'è?»

Aveva gli occhi spalancati ed era impallidita. «C'è... c'è qualcosa che non va.» Si piegò, tenendosi la pancia.

«Il bambino?» chiese Gillian con urgenza.

Aspen annuì. «È troppo presto, manca ancora un mese circa, ma... o mi si sono rotte le acque o sto sanguinando.»

Devyn sussultò quando Gillian si portò le dita alla bocca e fece un fischio assordante. Tutti gli uomini voltarono la testa e si affrettarono verso la casa. Oz aveva preso in braccio sua nipote e Logan correva accanto a loro, facendo del suo meglio per tenere il passo.

«Che succede?» chiese Trigger mentre si avvicinava al portico.

«Il bambino di Aspen sta per nascere» disse Kinley.

«Aspen?» Brain salì due gradini alla volta per raggiungerla. «È troppo presto!»

«Lo so» replicò. Era ovvio che fosse spaventata, ma

stava facendo il possibile per mantenere la calma. «È presto, ma non troppo perché ci sia il rischio che non sopravviva.»

Devyn non sapeva se era peggio avere le conoscenze mediche di Aspen, acquisite grazie all'addestramento da soccorritore militare e paramedico, o essere all'oscuro di ciò che stava accadendo.

«Vado a prendere la Expedition» li informò Oz, mentre si voltava e correva verso i veicoli parcheggiati nel vialetto.

«Non ho nessuna delle mie cose qui» disse Aspen, mentre Brain l'aiutava ad alzarsi.

«Te le portiamo noi» la rassicurò Gillian.

«La borsa è già pronta.» Si piegò in due a causa di una contrazione. Nei pochi secondi da quando si era alzata, la macchia rosso scuro sui suoi pantaloni si era allargata ulteriormente.

«Prendila» ordinò Doc.

Brain obbedì e prese in braccio la moglie. «Andrà tutto bene» le disse. «Per entrambi.»

Aspen annuì e appoggiò la testa sulla spalla del marito.

«Vengo con te» disse il suo amico.

«Anch'io» ribatté Gillian.

«Ci incontreremo tutti all'ospedale» affermò Kinley.

«Va tutto bene, sono sicura che è un...» Le sue parole furono interrotte da un lungo gemito.

«Andiamo» disse Brain, mentre si dirigeva con cautela verso le scale. Trigger lo prese per il gomito per guidarlo e assicurarsi che non cadesse con lei in braccio.

Gillian e Riley erano subito dietro di loro, e tutti i presenti li guardarono mentre si sistemavano nell'auto di Oz, che un attimo dopo fece retromarcia così velocemente che quasi urtò un veicolo che stava svoltando nel vialetto.

Sterzò intorno alla Buick LeSabre grigia e accelerò con uno stridio di gomme.

«Oh, merda» disse Fred.

Devyn non riusciva a staccare gli occhi dal nuovo veicolo. Sapeva benissimo chi c'era dentro.

«Ha chiamato prima che arrivassero tutti dicendo che era in Texas» la informò il fratello in tono dispiaciuto. «Non ha un posto dove stare, così gli ho detto che poteva dormire da me.»

Avrebbe voluto dirgli che era una pessima idea, che avrebbe dovuto mettere sottochiave ogni oggetto di valore in modo che Spencer non lo rubasse per impegnarlo. Non era il momento di fare quella conversazione, ma era ovvio che avrebbe dovuto fare due chiacchiere con lui al più presto.

«Dobbiamo andare» li esortò Lefty.

«Andate avanti. Saluto mio fratello e gli spiego ciò che sta succedendo, poi verrò in ospedale.»

«Tutto ok, Dev?» domandò Lucky sottovoce, circondandole la vita con un braccio.

Lei scosse la testa, come per scrollarsi dalla trance in cui era entrata nel momento in cui aveva visto l'auto del fratello. «Sto bene» rispose.

«A quanto pare stavate organizzando di andarvene» disse Spencer con un sorriso enorme, mentre si avvicinava al portico. «Ho interrotto qualcosa?»

«Guida con prudenza, Grover» gli intimò Lucky, portando Devyn verso il pick-up e facendo in modo di evitare il nuovo arrivato.

Lei sentì Fred salutarlo e dire: «È bello vederti, fratello, anche se il tuo tempismo fa schifo.»

«Respira, Dev» le disse Lucky mentre avviava il motore.

Buttò fuori il fiato che aveva trattenuto. «Non posso credere che sia qui.»

«Ci occuperemo di lui dopo» dichiarò, mettendosi in strada.

Annuì. Aveva la brutta sensazione che fosse lì per i cinquantamila dollari che gli servivano per ripagare lo strozzino, ma non aveva davvero tutti quei soldi. Non sapeva cos'avesse intenzione di fare, ma molestarla per estorcerglieli non avrebbe funzionato. Al punto in cui erano, non era sicura che glieli avrebbe dati nemmeno se li avesse avuti. E si sentì la sorella peggiore del pianeta.

«Guardami» le ordinò.

Devyn si voltò verso di lui. Aveva il viso sporco di terra e i capelli sparati in ogni direzione. Si era rimesso la maglietta correndo verso la casa di Fred, ma anche quella era tutta macchiata.

All'improvviso le venne in mente che ogni uomo della squadra si era precipitato alla minima percezione di pericolo. Era orgogliosa di Lucky, proprio come lo era di tutti gli altri.

«Ci occuperemo di Spencer insieme. Non devi pensare a lui in questo momento.»

«Lo so, è solo che... se ruberà qualcosa a Fred mi sentirò malissimo per non averlo avvertito!»

Lui scosse la testa e divise la sua attenzione tra lei e la strada. «Penso che questa sia un'ottima occasione. Grover non è un idiota, se ne accorgerà se combinerà qualcosa. Così potrai parlargli dei suoi debiti di gioco e ti toglierai quel peso. Ma ripeto, niente di ciò che riguarda tuo fratello è una *tua* responsabilità, capito?»

«Facile a dirsi, ma non altrettanto crederci.»

«Lo so. Ma non sei più sola. Se mi vuoi lì quando parlerai con Grover, io ci sarò.»

«Grazie. Lucky?»

«Sì, amore?»

«Voglio che questa cosa tra noi duri.»

Sbatté le palpebre sorpreso. «Bene, perché lo voglio anch'io.»

«Volevo solo che lo sapessi. So che mi ci è voluto un po' per darti una possibilità, ma non credo di aver mai incontrato un uomo migliore di te.»

Lui sorrise, togliendole quasi il fiato.

«Non ti lascerò andare. Voglio dire, se dovessi decidere che mi odi e che non vuoi più stare con me, non sarò uno di quegli uomini che dicono che se non posso averti io, non potrà averti nessuno... ma mi ucciderà, e non credo che potrei uscire con qualcun'altra per molto tempo. Ma finché vorrai stare con me, non ho intenzione di mandare tutto a puttane. Sono tuo, Dev. Per sempre.»

Gli sorrise. «Quando siamo diventati così sdolcinati?» chiese.

«Dev'essere colpa di Angel e Whiskers. Giuro che non ero così prima di adottarle» le disse con un sorriso.

«Sì, certo, dai la colpa al cane e al gatto che non possono difendersi» scherzò. Era difficile da credere, ma Devyn si sentiva mille volte meglio rispetto a pochi minuti prima. In qualche modo Lucky riusciva sempre a farla concentrare su ciò che era più importante. Era ancora preoccupata che Spencer si fosse presentato all'improvviso, soprattutto dopo che le aveva detto che se non avesse rimediato i cinquantamila dollari gli avrebbero fatto del male, ma avrebbe trovato una soluzione insieme a Lucky.

Non avrebbe più tenuto nascosto quel segreto. L'unica

possibilità per suo fratello di guarire era portare alla luce il suo problema. E il primo passo era dirlo a Fred, poi ai loro genitori e infine alle sorelle. Se tutti avessero saputo e fatto pressione su Spencer, si sarebbe deciso a farsi aiutare.

Doveva farlo. Non poteva continuare in quel modo.

Quando entrarono nel parcheggio del pronto soccorso, i pensieri di Devyn virarono ad Aspen. Sperava che il bambino stesse bene. Lei e Brain aspettavano con impazienza da mesi la nascita del loro figlio, non riusciva a immaginare quanto fossero spaventati in quel momento.

Lucky parcheggiò, lei scese e girò intorno al veicolo per incontrarlo. Gli prese la mano e si diressero verso la sala d'attesa. Non si chiesero quanto avrebbero dovuto aspettare per avere notizie, sarebbero rimasti lì per i loro amici a prescindere.

Lucky passeggiava avanti e indietro nella sala d'attesa. Erano stati condotti in una stanza separata e più piccola mentre aspettavano di sentire come stavano Aspen e il suo bambino. Non era l'unico a sentirsi in ansia. Gillian, Kinley, Riley e Devyn erano raggruppate in un angolo, parlavano a bassa voce cercando di tenersi alto il morale a vicenda. Oz e Doc stavano camminando avanti e indietro come lui, mentre Trigger, Lefty e Grover erano seduti lungo la parete in massima all'erta, gli sguardi incollati alla porta.

Erano lì da due ore e nonostante fosse preoccupato per i suoi amici, era anche incazzato per il fatto che Spencer fosse in Texas. Per fortuna non si era presentato all'ospedale con Grover, ma lo innervosiva sapere che era lì e che

Devyn era turbata per la sua improvvisa apparizione. Avrebbe voluto prendere da parte il suo amico e raccontargli tutto, avvertirlo di tenere Spencer lontano dalla sorella, ma aveva fatto una promessa.

Odiava avere segreti per Grover, andava contro il suo modo di essere, contro tutto ciò che la loro squadra rappresentava, ma per Devyn avrebbe infranto qualsiasi regola perché lei era davvero importante per lui.

L'ultima settimana era stata una delle migliori della sua vita. Ora gli sembrava di essere completo. Aveva un lavoro che amava e quando tornava a casa la sera, si rilassava e rideva con una donna che lo faceva sentire magnificamente. Per non parlare delle notti, quando poteva fare l'amore con lei e dormire tenendola tra le braccia.

Quel giorno era iniziato alla grande. Gli piaceva passare il tempo con i suoi compagni di squadra in un'atmosfera rilassata. Lavoravano bene insieme, sia sul campo di battaglia sia nel tempo libero. Quando aveva osservato le ragazze divertirsi nel portico di Grover, qualcosa dentro di lui si era... consolidato; non c'era una parola per descrivere come si era sentito vedendo Devyn sorridere e ridere con alcune delle migliori donne che conosceva.

Nel momento in cui era risuonato il fischio di Gillian, avevano tutti istintivamente capito che qualcosa non andava, così erano corsi verso la casa; non si erano aspettati di vedere il sangue sui pantaloni di Aspen, ma l'ex soccorritore militare non era andata in panico e il team aveva fatto ciò che faceva sempre: aveva lavorato in sincronia prendendo in mano la situazione.

Poi Spencer era arrivato nel mezzo del caos; un ospite inatteso e sgradito.

Come se gli avesse letto nel pensiero, Grover si alzò e

gli si avvicinò. «Quando Spence ha chiamato questa mattina dicendo che sarebbe arrivato in città entro qualche ora, mi ha colto alla sprovvista. Se avesse risposto alle mie chiamate, gli avrei detto che non era un buon momento per venire e avrei fatto in modo che mi dicesse cosa diavolo sta succedendo tra lui e Devyn. Non ho fatto in tempo ad acconsentire che stesse da me una volta arrivato qui, che mi ha ringraziato e ha riattaccato.»

«Avresti dovuto avvisarla.»

Grover sospirò. «Lo so, ma quando siete arrivati tutti l'ho scordato. Non riesco a togliermi dalla testa l'espressione che aveva quando l'ha visto.»

Lucky annuì. L'aveva notata anche lui; shock, tradimento... e paura. L'ultima era la cosa che odiava di più. Aveva sentito le storie del periodo ribelle di quando aveva poco più di vent'anni, tutte le cose spericolate che aveva fatto. La sua Dev non aveva paura di niente. Ma nel momento in cui aveva visto il fratello scendere dalla macchina, era stata terrorizzata.

«Penso che tu debba fare una chiacchierata a cuore aperto con Spencer» disse Lucky nel modo più diplomatico possibile.

«Sì, ho in programma di farlo.»

«Quanto tempo rimarrà qui?»

«Non lo so. Non l'ha detto.»

«Ho promesso a Devyn che non mi sarei intromesso, che avrei tenuto le cose tra di noi, ma se tuo fratello dice o fa *qualcosa* per ferirla... le cose si metteranno male» lo avvertì.

Invece di arrabbiarsi, Grover replicò con calma: «L'ho detto prima e lo ripeto, mi piace che tu e mia sorella stiate insieme. Ti conosco meglio di chiunque altro e so che farai tutto il necessario per proteggerla... anche dalla sua stessa famiglia, me compreso.»

Poi gli diede una pacca sulla spalla e andò a sedersi di nuovo.

Lucky rimase sorpreso, ma ripensandoci... forse non troppo. Grover era un brav'uomo e nonostante amasse la sua famiglia, niente gli avrebbe impedito di fare ciò che era giusto. Un'altra ragione per cui doveva persuadere Devyn a parlargli. Suo fratello avrebbe capito e si sarebbe assicurato che Spencer smettesse di molestarla. Dev aveva bisogno che lui stesse dalla sua parte, e Lucky doveva convincerla a condividere i suoi fardelli.

«È un maschio!» esclamò Brain irrompendo nella stanza. Indossava un camice ospedaliero e aveva un sorriso che andava da un orecchio all'altro.

Tutti gli si avvicinarono subito e cominciarono a parlare.

«Silenzio!» esclamò Gillian. «Fatelo parlare!»

«Grazie, Gillian» disse Brain, continuando a sorridere. «Hanno portato subito Aspen a fare il taglio cesareo e Chance Kane Temple è nato senza grossi problemi. È sottopeso, dato che ha deciso di venire al mondo con un mese di anticipo, ma i suoi polmoni sono a posto. Rimarrà in terapia intensiva neonatale per un po', ma i medici dicono che non si aspettano complicazioni a lungo termine.»

Sospirarono tutti di sollievo e si congratularono con lui.

«E Aspen?» chiese Devyn. «Come sta?»

«Sta bene. Il dottore ha detto che l'emorragia è stata causata dalla placenta che copriva l'apertura della cervice.

Non conosco tutti i dettagli, ma in sostanza non rischia nemmeno lei di avere problemi.»

«Quando possiamo vederla?» chiese Riley.

«Non lo so ancora, quello che so è che sarà elettrizzata di sfoggiare Chance» rispose.

«Lo *sarà* davvero?» domandò Doc.

Tutti risero. La notizia che madre e figlio stavano bene aveva alleggerito l'atmosfera nella stanza. Lucky andò da Devyn e le mise un braccio intorno alla vita. Fu felice quando si appoggiò subito a lui, dimostrando che non la preoccupava toccarlo di fronte ai loro amici e rendere evidente quanto fossero presi l'uno dell'altra.

«Tutto bene?» le chiese in un sussurro, mentre si chinava per darle un leggero bacio.

Lei annuì, ma rispose: «No.»

«Vuoi restare o tornare a casa mia?»

Lo guardò. «Sono sicura che vuoi rimanere qui per Brain.»

«Non è ciò che ho chiesto, amore.»

Lo fissò a lungo. «Devo dire che mi piace il fatto che te ne andresti se fosse ciò che desidero, ma non voglio rubarti questo momento. Brain è il primo dei tuoi amici ad avere un bambino, so che vuoi esserne partecipe.»

«Prima o poi ne arriveranno altri, e sono sicuro che entro una settimana saremo tutti stufi di sentire quanto Chance sia intelligente» disse Lucky sorridendo, per farle capire che stava scherzando. «Al momento sono più preoccupato per te. So che la presenza di Spencer ti ha sconvolta e voglio essere sicuro che stai bene.»

Devyn sospirò. «Non posso fare nulla per lui e penso che se tornassimo a casa tua mi stresserei chiedendomi cosa sta combinando. Non ho dubbi che questo viaggio non sia un semplice "magari vado in Texas a trovare mio fratello e mia sorella". Ha bisogno di molti soldi ed è probabile che abbia in mente qualcosa per ottenerli, ma per ora voglio festeggiare la nascita del bambino dei nostri amici. Ok?»

«Certo, ma se a un certo punto volessi andartene, non esitare a dirmelo.»

«Lo farò. Lucky?»

«Sì?»

«Grazie.»

«Non devi ringraziarmi per essermi preso cura di te, Dev. Il piacere è mio» le disse in tono roco. La baciò sulla fronte e le diede una piccola spinta verso le altre donne. «Vai a fare le tue cose. Ci sarà tempo più tardi per le preoccupazioni.»

«Ti amo» gli sussurrò, dopo aver fatto un passo indietro.

«Ti amo anch'io.» E adorò anche il piccolo sorriso che gli rivolse prima di voltarsi per raggiungere le amiche.

CAPITOLO TREDICI

«Vuoi dei figli?» gli chiese Devyn all'improvviso quella sera.

Erano a letto, entrambi troppo stanchi per fare qualcosa di più che stare abbracciati, mentre cercavano di rilassarsi dopo quella giornata intensa. Era stata impegnativa, a partire dal lavoro duro di Lucky per aiutare a costruire la rimessa che non erano riusciti a finire, alla tensione provocata dall'arrivo di Spencer, fino alla preoccupazione per Aspen e il bambino. Erano rimasti fino a tardi in ospedale per chiacchierare con Brain ed entrare a turno per visitare la neomamma.

Una volta tornati a casa, nessuno dei due aveva avuto l'energia per fare qualcosa di più che preparare una cena semplice e veloce, coccolare un po' gli animali e buttarsi a letto.

Ovviamente, nel momento in cui si era sdraiata, Devyn era stata travolta da un turbinio di pensieri che le avevano impedito di addormentarsi.

«E tu?» ribatté Lucky.

Devyn ridacchiò. «Ti ho preso alla sprovvista, vero? Vuoi la verità?»

«Sempre.»

Lo strinse e lui fece lo stesso. Amava stare così, accoccolati a parlare. Il sesso con Lucky era fantastico. Fuori dal mondo. Il migliore che avesse mai avuto. Ma ciò non significava che volesse farlo tutte le sere. Aveva bisogno anche di quel tipo di connessione, forse addirittura di più. «Non lo so. Voglio dire, ho avuto una grande famiglia mentre crescevo e a volte era una rottura di palle. I soldi erano sempre pochi e spesso provavo la sensazione di non poter avere un rapporto stretto con i miei genitori perché troppo impegnati con uno dei loro tanti lavori. So che mi amano e farebbero qualsiasi cosa per me, ma io e mamma non siamo... amiche. Capisci cosa intendo?»

«Sì» la rassicurò.

«D'altra parte, mi piaceva avere sempre qualcuno con cui giocare, ovviamente dopo che la malattia è andata in remissione. Non scambierei la mia relazione con Fred con niente al mondo, ma ci sono momenti in cui penso di riuscire a malapena ad avere la mia vita sotto controllo; come diavolo potrei avere un bambino? Non so come essere una mamma e temo che potrei rovinare mio figlio; forse la mia paura è colpa dei tanti programmi di cronaca nera che ho guardato.»

Sentì Lucky ridacchiare sotto la sua guancia. Devyn sapeva di essere ridicola, ma il pensiero di essere madre era spaventoso. «Però, quando oggi ho guardato il piccolo Chance, ho pensato a quanto sarebbe stato straordinario portare una vita in questo mondo. Sì, potrebbe essere complicato, ma credo che le ricompense supererebbero gli svantaggi.»

«Quindi, me l'hai chiesto così che prenda la decisione per entrambi?»

«Forse?» rispose facendo una smorfia, mentre inclinava la testa indietro per guardare l'uomo che sospettava già di amare più di quanto credeva possibile.

Lui sorrise e si chinò per baciarle il naso. «A essere sincero, non ci ho pensato molto. Sono un uomo, noi non ci fermiamo a chiederci se il nostro orologio biologico sta ticchettando, e sono stato così concentrato sulle missioni e sul lavoro, che non ho mai avuto un'opinione su quest'argomento.»

Passò un momento di silenzio tra loro.

«E adesso?» gli chiese dopo un po'.

«Onestamente? Mi trovo nella tua stessa situazione, sono indeciso. A questo punto e in questo momento, mi piace che siamo solo noi due. Mi riempi così tanto la vita che mi sento egoista e ti voglio tutta per me per il prossimo futuro.»

Lei annuì e strinse il braccio intorno alla sua pancia.

«Mi piaceva essere figlio unico. Sono sorpreso di non essere stato irrimediabilmente viziato, ma a volte mi sentivo solo. Se avremo dei figli, ne vorrei due, abbastanza vicini tra loro. In questo modo avranno qualcuno con cui giocare e non sarà uno sconvolgimento per loro o per noi.»

Devyn ridacchiò. «Vuoi pianificare anche di che sesso devono essere?» scherzò.

«Prima un maschio e poi una femmina» rispose subito. «Non che le ragazze non possano essere protettive, ma voglio insegnare a mio figlio cosa significa prendersi cura delle persone più giovani e meno forti di lui.»

«E se nostra figlia finisse per essere più alta e più estroversa?» ribatté lei. «Non voglio insegnare loro a conformarsi a ruoli sessisti.»

Lucky rise, facendo sussultare la testa di Devyn sulla sua spalla.

«Che c'è?» gli chiese, sollevandosi un po' per guardarlo.

«Siamo ridicoli. Stiamo parlando di bambini che magari potremo non avere o volere.»

Sorrise a sua volta. «Siamo pazzi, vero?»

Le accarezzò i capelli. «Ti amo, Devyn. Anche se non siamo giovanissimi, abbiamo ancora tempo per decidere cosa vogliamo dalla vita. Normalmente non sfiderei la fortuna dicendo questo, perché credo nel karma, ma è vero, adoro averti tutta per me. Poterti scopare sul divano al piano di sotto, se mi va, senza preoccuparmi che qualcuno possa sorprenderci. Amo tornare a casa ed essere accolto dal tuo sorriso e dalla tua energia senza dover fare da arbitro a dei bambini che litigano. Mi piace guardarti con Angel e Whiskers, e sapere che sono uscite dal guscio solo perché le hai accudite con amore. Quando saremo sposati da qualche anno, potremo tornare su questo argomento, ok?»

Devyn inarcò le sopracciglia, sorpresa. «Ci sposeremo?»

«Sì» rispose senza nemmeno irrigidirsi. «Non domani. Ci frequentiamo da poco, ma so già che voglio passare il resto della vita con te, voglio averti accanto quando mi sveglio alla mattina e vado a letto la sera, e parlare di com'è andata la nostra giornata.»

«Ehm, wow. Ok.»

«Merda. Ti sto spaventando, vero?» le chiese.

«Un po'. Ma in positivo. Non mi aspettavo di ricevere una proposta di matrimonio dopo solo un paio di settimane di frequentazione.»

«Be', in mia difesa posso dire che ti desidero da un anno. E non mi sono esattamente proposto. Ti ho solo fatto capire che questa relazione non è un'avventura. Non per me. Voglio il per sempre. A meno che tu non sia spaventata perché non è ciò che vuoi.»

Questa volta lo sentì irrigidirsi sotto di lei.

«Ti amo, Lucky. Non vado in giro a dirlo a uomini a caso se non voglio un rapporto duraturo» gli disse in fretta, volendo rassicurarlo.

«Meno male» borbottò, passandosi una mano sulla fronte come per asciugarsi il sudore.

Lei sorrise e fu sollevata di sentirlo rilassarsi.

«Sono felice per Aspen e Brain. E anche per Riley e Oz.»

«Anch'io» concordò Lucky. Dopo un momento, disse: «Ti va di parlare di tuo fratello?»

Devyn sapeva che non intendeva Fred, così scosse la testa. «No. Sono comoda e rilassata in questo momento. Non voglio innervosirmi pensando a Spencer e ai suoi propositi nascosti. Possiamo rinviare la conversazione?»

«Certo. Ma prima voglio dirti una cosa.»

Sospirò e annuì contro di lui.

«Devi parlarne con Grover. So che non vuoi danneggiare la relazione che ha con Spencer, ma ha capito che è successo qualcosa di serio. Se è qui in cerca di soldi, merita di saperlo dato che sta a casa sua.»

«Lo so» ammise. Ed era così. Fred si sarebbe sicuramente arrabbiato per il fatto che non gliene avesse parlato prima, anche se lo aveva fatto per evitare di creare problemi in famiglia.

Lucky le baciò la testa. «Qual è il tuo programma per la settimana?» le chiese.

Felice che avesse cambiato argomento, rispose: «Domani lavoro dalle dieci alle tre, il giorno dopo ho il turno di mattina, poi ho tre giorni liberi.»

«Maledizione. Abbiamo un'esercitazione notturna e dovremo lavorare giorno e notte, proprio durante i tuoi giorni liberi.»

«Senza mai tornare a casa? Possono farlo? Cioè, lavorare ventiquattr'ore su ventiquattro?»

Lucky ridacchiò. «L'esercito può fare ciò che vuole. In realtà, di recente abbiamo avuto un bel po' di tempo libero. E con Brain in congedo di paternità abbiamo un uomo in meno. Dovremo prepararci per l'esercitazione il giorno prima, poi attuarla sul campo con una compagnia di fanteria. Il giorno successivo dovremo fare rapporto e impostare un nuovo addestramento in base a com'è andato quello della notte precedente, poi ripeteremo l'esercitazione, questa volta con un'altra squadra Delta e un battaglione di fanteria.»

«Non riesco mai a ricordare la differenza tra squadre, brigate, plotoni, battaglioni e compagnie» si lamentò Devyn.

«Alcuni sono più grandi di altri» replicò con indifferenza.

«Non è che mi interrogherai sull'argomento, vero?» scherzò.

«Cazzo, no. Non mi importa se sai poco sull'esercito. È quasi piacevole che tu non abbia idea di come sia strutturato il tutto. Comunque, ritornando alla tua domanda di prima, sì, l'esercito può farci lavorare con qualunque orario. Alla fine non è molto diverso rispetto a quando siamo in missione.»

«È brutto sapere che sarai qui, ma è come se fossi via» borbottò, facendo il broncio.

«Lo so, ma il punto è che non ho idea se riuscirai a trovare un momento per parlare con tuo fratello.»

«Merda. Provo a vedere se riesco a farlo nei prossimi due giorni.»

«Voglio esserci quando gli parlerai.»

«Perché?»

«Perché? Me lo stai davvero chiedendo?»

Devyn si acciglò confusa e annuì. «Sì.»

«Perché voglio coprirti le spalle. Devo esserci per tenerlo a freno nel caso dovesse perdere la testa. Non sopporto il pensiero che tu sia turbata e so che ti sconvolgerebbe se reagisse male, quindi voglio essere lì per supportarti. Merda, Dev, non posso credere che tu me l'abbia chiesto.»

«Scusa» disse, e si raddrizzò a sedere, fissandolo. «È solo che... ho dovuto affrontare da sola Spencer e la sua dipendenza per così tanto tempo, che anche se hai detto che saresti venuto con me, mi sembrava comunque una cosa di cui avrei dovuto occuparmi da sola.»

«Voglio essere coinvolto in tutti gli aspetti della tua vita, a prescindere che siano grandi o piccole decisioni. Aspetta... forse *non* vuoi che ci sia perché sono problemi di famiglia?»

«No, non è quello» lo rassicurò, odiando che l'avesse pensato anche solo per un secondo. «Ci tengo che tu ci sia, ma siamo all'inizio della nostra relazione e non voglio fare qualcosa che ti possa far ricredere o che mi faccia sembrare debole ai tuoi occhi.»

«Non sei debole. Dannazione, donna, non ho nemmeno idea del perché pensi di esserlo. Vieni qui» disse, attirandola di nuovo tra le sue braccia. «Ok, faremo il possibile per trovare il tempo di fare due chiacchiere con Grover prima dell'esercitazione. Se Spencer cerca di parlarti prima, ignoralo. Sappiamo entrambi che ti chiederà quei soldi, e penso che quando Grover saprà cosa sta succedendo, gli impedirà di approfittarsi di te.»

«Lo spero. Amo mio fratello, ma mi uccide sapere che si sta distruggendo la vita con il gioco d'azzardo. So che è una dipendenza e non può farne a meno, ma il fatto che lui non se ne renda conto e non stia facendo nulla per risolverlo, fa male.»

«Faremo in modo di aiutarlo, amore. Te lo prometto.»

Devyn aprì la bocca per replicare, ma fu interrotta da un enorme sbadiglio. «Scusa» mormorò.

«Sei stanca. Dormi, ne riparleremo domani mattina.»

«Ok. Ti amo, Lucky.»

«Ti amo anch'io.»

«Lucky?»

Lui ridacchiò. «Pensavo che stessi per metterti a dormire.»

«Infatti, ma ho un'altra cosa da chiederti... ti dà fastidio che ti chiami Lucky e non Troy?»

«No, per niente.»

«Fred ha sempre parlato tanto dei suoi compagni di squadra e nella mia mente eri Lucky già prima di incontrarti. Mi farebbe strano chiamarti in un altro modo.»

«Sarebbe strano anche per me. Non mi sento un Troy, solo i miei genitori mi chiamano così, e in un certo senso quando lo sento mi fa ancora pensare di essere nei guai.»

«Bene. Volevo solo esserne sicura.»

«C'è altro di cui devi parlare proprio in questo momento?»

«No. Penso di essere a posto.»

«Qui sei più che a posto. Ora dormi.»

Devyn inspirò profondamente e buttò fuori il fiato, godendosi la sensazione del corpo di Lucky accanto a lei. Si era messa una canottiera e un paio di mutandine, mentre lui indossava solo i boxer. Amava che fosse così caldo, sentire la sua pelle contro la propria. Posò la guancia sul tatuaggio del teschio, e la dicotomia tra quello e la delicatezza delle sue dita che giocherellavano con i suoi capelli la fece sorridere.

Lucky era uno spietato soldato della Delta Force, ma era anche gentile e amorevole. Adorava ogni aspetto di quell'uomo e aveva la sensazione che avrebbe amato qualsiasi altra cosa avrebbe imparato su di lui con il passare del tempo. Sapeva che non era perfetto e che entrambi avrebbero scoperto cose dell'altro che li avrebbero infastiditi, ma sospettava che alla fine non avrebbero avuto importanza.

Ciò che importava era come la faceva sentire... e lei si sentiva apprezzata e amata. Ci sarebbero stati momenti in cui il suo lavoro avrebbe avuto la precedenza sulla loro relazione, portandolo via da lei, ma Devyn sapeva che Lucky avrebbe rimediato in tanti altri modi.

Le andava bene essere la compagna di un soldato. Aveva quasi trent'anni ed era stata indipendente per gran parte della vita. Sapeva falciare l'erba e cambiare le lampadine. Aveva persino imparato a sostituire un water quando quello nel suo ultimo appartamento si era rotto e il padrone di casa aveva detto che sarebbe passata una settimana prima di riuscire a far andare gli uomini della manutenzione. Non aveva voluto aspettare così a lungo e si era arrangiata da sola.

No, non le dava fastidio che Lucky fosse così coinvolto con l'esercito, soprattutto sapendo che lei sarebbe potuta andare da Gillian, Kinley, Aspen o Riley. Sarebbero rimaste unite, anche perché c'erano i bambini; Riley avrebbe avuto bisogno di aiuto con Logan e Bria, e con il figlio che stava per nascere, così come Aspen con il piccolo Chance. Il loro mondo stava crescendo e Devyn non poteva esserne più felice.

«Ti amo» mormorò, mezza addormentata.

Sentì le labbra di Lucky contro la tempia, poi le infilò la mano calda e confortante sotto la canottiera, sulla parte bassa della schiena, attirandola di più contro di sé. «Ti amo anch'io.»

CAPITOLO QUATTORDICI

ALLA FINE, Devyn non ebbe la possibilità di parlare con il fratello prima che Lucky e il suo team Delta Force dovessero presentarsi alla base per l'esercitazione notturna. Era arrivato il momento di salutarlo ed era nervosa e irritata per aver dovuto rimandare la conversazione, dato che era ansiosa di mettere fine a quella faccenda.

Il giorno dopo la nascita del bambino di Aspen, era rimasta al lavoro fino a tardi e quando in seguito aveva chiamato Fred, lui e Spencer stavano bevendo e non voleva parlare con loro se non erano completamente sobri.

Poi, uno degli altri assistenti veterinari si era ammalato, così si era offerta di lavorare un giorno intero per coprire il suo turno. La sera aveva chiamato di nuovo Grover che l'aveva informata che Spencer era fuori e non sapeva quando sarebbe tornato. Avrebbe potuto andare a parlargli allora, ma Devyn aveva deciso che voleva ci fossero entrambi. Voleva che Spencer ammettesse i suoi problemi.

Ora, tutta la squadra non sarebbe stata raggiungibile almeno per le successive quarantotto ore. Era una seccatura dover rimandare la discussione, ma non c'era altra scelta.

«Sei sicura che ti vada bene stare qui a casa mia?» le chiese Lucky quella mattina, prima di andare alla base.

«Sì. È più semplice per Angel e Whiskers se resto qui. È meno traumatico che lasciarle sole tutto il giorno. Piuttosto, *tu* sei sicuro che vada bene che rimanga quando non ci sei?» gli chiese.

Le sorrise. «Per quanto mi riguarda, puoi stare qui tutto il tempo che vuoi.»

Lo guardò storto. «È il tuo modo virile di chiedermi di trasferirmi da te?»

«No. *Significa*: Devyn, sei padrona di trasferire tutta la tua roba quando vuoi. Tanto so che la maggior parte è ancora dentro le scatole nel tuo appartamento. Ti amo e ti vorrei qui sempre, ma se non ti senti ancora sicura, va bene lo stesso. Io, Whiskers e Angel saremo qui quando sarai pronta.»

Scosse la testa. «Sei pazzo. Lo sai, vero?»

«Pazzo di te? Sì.»

«Dio, che sdolcinato.»

Lucky la prese e la strattonò contro di lui. Devyn emise uno sbuffo quando si scontrò con il suo petto, poi la sollevò e la fece ruotare in cerchio.

«Smettila, sto per vomitare!» disse ridendo.

Si fermò subito e si scostò preoccupato. «Davvero?»

«No» rispose con un sorriso. «Ma ti ha fatto smettere.»

«Già, ma sul serio, mi piace averti qui. Le serrature sono ottime e so che sarai al sicuro. Non voglio metterti fretta, ma hai già una chiave. Per quanto mi riguarda, se quando torno trovassi qui tutte le tue cose, sarei al settimo cielo.»

«Mi... mi piace stare qui, ma non sono sicura di essere ancora pronta per trasferirmi ufficialmente» disse titubante.

«Tranquilla. Ti sto facendo pressione e lo so, ma non posso farne a meno. Sono solo pronto a passare il resto della vita con te.»

Che cosa dolce. Devyn si alzò in punta di piedi e lo baciò con foga.

Avevano fatto l'amore quasi con disperazione quella mattina. Non sarebbero rimasti separati a lungo, ma si rese conto che le sarebbe mancato. Si era abituata a svegliarsi con lui la mattina e a stare tra le sue braccia tutta la notte.

Sapeva che si stava prendendo in giro dicendo che non era ancora pronta a trasferirsi ufficialmente, ma le sembrava un passo davvero grande. Stare lì ogni notte, avere lo shampoo e il balsamo nella sua doccia, alcuni indumenti nell'armadio e le mutande mischiate nel bucato, non *sembrava* una progressione veloce nella loro relazione... ma lo sarebbe stata chiudere il contratto di affitto e trasferire tutti i suoi averi. Non aveva senso, ma apprezzava che non le facesse pressione.

Lucky fece scivolare una mano sotto l'orlo della maglietta e la premette contro la sua schiena. Lo faceva sempre e adorava che non riuscisse a tenere le mani lontane da lei. La baciò, le loro lingue duellarono, e quando si tirò indietro stavano entrambi ansimando.

«Merda, ora mi tocca andare al lavoro con un'erezione» si lamentò.

«Potrei aiutarti con quella» si offrì, trascinando le mani lungo il suo petto verso l'allacciatura dei pantaloni dell'uniforme.

Lui le afferrò, bloccandone la discesa. «Se te lo lasciassi

fare poi vorrei ricambiare e anche scoparti, e arriveremo entrambi in ritardo» disse con rammarico. «Tornerò tra due giorni.»

«Lo so» borbottò Devyn, mettendo il broncio.

Lucky ridacchiò. «È bello sapere che ti mancherò.»

«Ovvio che mi mancherai.»

«Fai attenzione e non viziare troppo le bambine» la avvertì, parlando di Angel e Whiskers.

«Chi, io?» chiese, con gli occhi spalancati e uno sguardo innocente.

«Sì, tu. Penso che siano più attaccate a te che a me.»

«Certo che sì.»

Rise. «Vai all'ospedale a vedere Chance dopo il lavoro?»

«Oggi no. Ci andrà Gillian, e domani è il turno di Kinley. Io andrò a casa di Brain e Aspen a fare le pulizie e Riley verrà a farmi compagnia.»

«Mi piace come vi aiutate tra voi» le disse.

«È ciò che fanno gli amici» replicò con un'alzata di spalle.

«Già. Ok, devo proprio andare. Goditi i tuoi giorni di riposo.»

«Lo farò. Oggi ho in programma di portare le ragazze a fare una lunga passeggiata se me lo permetteranno, poi farò un pisolino, leggerò e forse farò un bagno.»

«Mi pare un ottimo piano. Ti amo.»

«Ti amo anch'io» ribatté, segretamente elettrizzata che avessero già una tradizione quando si trattava di scambiarsi quella dichiarazione d'amore.

Lucky la baciò ancora una volta, poi la salutò con un cenno del mento e si avviò verso la porta. Si fermò per dire ad Angel e Whiskers di fare le brave con "mamma", poi se ne andò.

La casa sembrava già troppo tranquilla e vuota senza di lui, ma Devyn spinse quel pensiero in un angolo della mente. Non le pesava stare da sola, almeno era stato così prima di incontrare Lucky. Tuttavia, era felice di avere qualche giorno per rilassarsi. Le piaceva il suo lavoro alla clinica veterinaria, anche se era duro, ed era passato un po' dall'ultima volta che aveva fatto dei turni completi.

Però doveva decidere cosa fare. Voleva continuare a lavorare part-time o passare a tempo pieno? All'inizio era convinta del cambio, ma adesso ci stava ripensando. Guadagnare più soldi sarebbe stato bello, ma avrebbe passato meno tempo con Lucky e gli altri.

Era davvero ridicolo. La maggior parte delle persone lavorava a tempo pieno, ma lei se la stava cavando bene anche solo con l'orario part-time. E se si fosse trasferita da Lucky, avrebbe avuto meno bollette da pagare.

Scosse la testa. No, non sarebbe andata a vivere con lui solo per risparmiare. Quella era la ragione sbagliata per trasferirsi da qualcuno.

Accantonando anche quell'argomento, si voltò verso la scatola di ciambelle che le aveva comprato la sera prima. Le aveva prese per lei, per aiutarla a tirare avanti mentre lui non c'era. Si trovava nello stesso Stato, persino nella stessa città, ma in un certo senso sembrava che fosse a un milione di chilometri di distanza. Devyn sapeva che se ci fosse stata un'emergenza e ne avesse avuto davvero bisogno, avrebbe potuto convincere Gillian o una delle altre a contattare il suo comandante, e che lui avrebbe potuto mollare l'esercitazione e tornare a casa velocemente, ma non pensava sarebbe stato necessario. Sarebbe riuscita a gestire qualsiasi cosa la vita avesse avuto in serbo per lei nei giorni successivi.

———

Quel pomeriggio, dopo la passeggiata e mentre era nel bel mezzo di un capitolo bollente del libro che stava leggendo, suonò il campanello.

Devyn non aveva idea di chi potesse essere. Aveva già parlato con Gillian e Kinley e mandato un messaggio ad Aspen e Riley; era tutto a posto, anche se erano un po' di cattivo umore per aver dovuto salutare i loro uomini. Nonostante fossero sollevate di non doversi preoccupare per la loro vita come quando andavano in missione, era comunque brutto non vederli per due giorni.

Mise da parte il libro e andò alla porta. Inspirò bruscamente quando guardò attraverso lo spioncino.

Era Spencer.

Non si aspettava che si presentasse a casa di Lucky. Si chiese come diavolo facesse a sapere dov'era. Fred non gli avrebbe mai dato l'indirizzo, quindi... doveva averli seguiti.

Sospirò. Non voleva parlare con lui, ma nemmeno lasciarlo lì sui gradini d'ingresso, così aprì la porta.

«Ehi, sorella» la salutò quando la vide.

«Ciao» rispose lei.

«Possiamo parlare?»

Avrebbe voluto rifiutare, ma si scostò per farlo passare. Spencer entrò e si diresse verso la zona giorno di fronte alla cucina.

Si voltò e prima che potesse avvertirlo che non gli avrebbe mai più dato dei soldi, le disse: «Scusa.»

Lo fissò stupita. «Cosa?»

Spencer si passò una mano tra i corti capelli scuri e ripeté: «Ti chiedo scusa.»

«Per cosa, esattamente?» Era contenta di sentire le sue

scuse, ma se stava cercando di ammorbidirla prima di chiedere altri soldi, non ci sarebbe cascata.

Si sedette sul bordo del divano e lei lo imitò.

«Sono venuto in Texas con l'intento di chiederti ancora soldi» ammise.

Devyn si irrigidì. Lo sapeva, ma sentirglielo ammettere era comunque sorprendente.

«Sapevo che non mi avresti permesso di stare con te, soprattutto perché l'ultima volta che ci siamo visti ti ho fatto del male, così ho chiamato Fred, quasi aspettandomi che mi mandasse a fanculo. Non gliel'hai detto, vero?»

«Del problema con il gioco? No.»

«Perché? Voglio dire, te ne sono riconoscente, ma non capisco. Voi due siete molto uniti.»

Sospirò. «L'ultima cosa che voglio è creare scompiglio nella nostra famiglia... di nuovo.»

«Di nuovo?»

«Sì, quando ero malata, le cose non andavano molto bene a casa. Mila e Angela erano piene di risentimento perché mamma e papà trascorrevano un sacco di tempo con me in ospedale, nemmeno tu eri molto entusiasta di essere ignorato, e i nostri genitori hanno quasi divorziato.»

«Non sono un esperto e ti ho detto alcune cose piuttosto orribili in passato, ma penso che niente di ciò che è successo sia stata colpa tua. Non hai chiesto di ammalarti di leucemia e penso che una situazione del genere metterebbe a dura prova anche le relazioni migliori.»

«Suppongo di sì. Ma a prescindere da tutto... ciò che volevo era che ti facessi aiutare, Spencer. Poi, se un giorno fosse uscito l'argomento, avresti potuto dire agli altri: "Ho avuto un problema, ma ora sto meglio". *Stai* meglio ora?» non poté fare a meno di chiedere.

Spencer abbassò lo sguardo. Per la prima volta notò quanto fosse stanco, aveva le occhiaie e non era sicura se i suoi vestiti fossero stati lavati di recente.

«Spence? Stai bene?»

«No» mormorò. «Non volevo farlo... ma era troppo allettante.»

Quando non spiegò ulteriormente, gli chiese: «Cosa non volevi fare?»

«Fred era al lavoro e il tempo stringeva per me. Ha uno di quei barattoli... sai, dove butti gli spiccioli. Ne avevi uno anche tu. Be', c'erano anche delle banconote. Le ho prese tutte... oltre ad alcuni DVD. Sapevo che non ci avrei fatto molto, ma li ho impegnati comunque.»

Sollevò lo sguardo e Devyn vide la disperazione nei suoi occhi.

«Sono andato in una sala da gioco clandestina. Sapevo che se ne avessi avuto la possibilità, avrei potuto vincere i soldi puntati e anche di più, e almeno abbastanza per dare a Rocky un acconto di ciò che gli devo.»

Le si strinse lo stomaco. Aveva avuto una piccola speranza che suo fratello avesse finalmente capito quanto fosse distruttivo quel vizio, ma a quanto pareva non era così. «Rocky è lo strozzino del Missouri?»

Spencer annuì. «Sì. Ma non ho vinto. *Di nuovo*. Non so perché continuo a pensare che la mia fortuna cambierà. Sono in guai grossi, sorella. So che te l'ho già detto al telefono, ma devo un sacco di soldi a Rocky e sta diventando impaziente. Non so cosa fare.»

«Be', ti dirò cosa *non* fare» disse Devyn, in tono un po' più duro di quanto intendesse. «Non rubare altri soldi a Fred. Il gioco d'azzardo è ciò che ti ha messo in questo pasticcio; non recupererai ciò che devi buttando via altri soldi.»

«Non capisci» mormorò Spencer. «*So* di potercela fare, ma dal momento che il gioco d'azzardo nei casinò è illegale quaggiù in Texas, ho dovuto accontentarmi di un circuito clandestino di serie B. Sono sicuro che gestiscono un racket. Fanno in modo che i giochi falliscano.»

«Spencer, sono *tutti* predisposti a favore della casa. Ovunque! Non *vincerai mai*. E se succederà, saranno solo pochi dollari qua e là, quel tanto che basta per farti pensare di essere stato baciato dalla fortuna e spingerti a scommettere ancora.»

Suo fratello scosse la testa. «Non capisci...» iniziò.

«No» lo interruppe, ora arrabbiata. «*Tu* non capisci. Pensavo che essere in debito con questo strozzino e in pericolo di vita ti avrebbe aiutato a svegliarti! Hai bisogno di *aiuto*. Il gioco è una dipendenza, proprio come la droga. Non puoi affrontarlo da solo, e anche se io ti costringessi a entrare in riabilitazione non funzionerebbe, non finché *tu* non sarai pronto a cambiare la tua vita.»

Spencer voltò la testa e la fissò per un lungo momento. Le sue spalle erano curve e il suo aspetto era quello di uno che aveva toccato il fondo. Poi disse: «Devo ripagare Fred. Mi puoi aiutare? A questo punto *qualsiasi cosa* aiuterebbe.»

Devyn avrebbe voluto piangere. «Per cosa ti stavi scusando quando ti sei seduto?» Aveva bisogno di saperlo, dato che prima non le aveva risposto.

«Per averti fatto del male l'ultima volta. Non volevo spingerti così forte.»

«E?»

«Basta.»

Le si chiuse la gola, così si alzò per andare in cucina in

modo che suo fratello non la vedesse piangere. Aveva pensato che si stesse scusando per averle chiesto così tanti soldi. Anche se apprezzava che fosse dispiaciuto per averla spinta, non era ciò che voleva. Voleva indietro il suo vecchio fratello. Quello protettivo e che si prendeva cura di *lei*, non quello che cercava di spillarle soldi.

Da quando era arrivato non le aveva mai chiesto come stava, se le piaceva il Texas. E nemmeno di Lucky. Sapeva che lo frequentava, dato che era andato lì per trovarla, ma era come se non gli importasse.

Era egoista come sempre.

Fin dal momento in cui era entrato in casa, Angel gli era stata alla larga, ma andò in cucina mentre Devyn cercava di ricomporsi.

«Cosa devo fare, sorella?» Spencer l'aveva seguita, appoggiandosi all'altro lato dell'isola.

«Riguardo a cosa?» gli chiese, facendo del suo meglio per riprendere il controllo delle emozioni.

«Con Rocky. Vuole indietro i suoi soldi.»

«Non lo so» rispose, chinandosi per accarezzare la testa di Angel; era appoggiata alle sue gambe e Devyn aveva bisogno di quel conforto quanto ne aveva il cane del suo. Era incredibile che non fosse scappata su per le scale quando Spencer era entrato. Nelle ultime due settimane era diventata sempre più protettiva verso di lei, e anche se era ancora ombrosa e scostante, era adorabile che volesse rimanere al suo fianco pur avendo paura.

«Non è un brav'uomo» continuò suo fratello.

«Non ho mai pensato lo fosse» ribatté, raddrizzandosi per guardarlo negli occhi. «Dovrai parlargli. Spiegagli che gli darai i soldi, ma che potrebbe volerci un po'. Hai bisogno di un lavoro, Spence. Dovrai guadagnarteli alla vecchia maniera.»

«Ma sono *cinquantamila* dollari» disse spalancando gli occhi. «Non riuscirò mai a trovare un lavoro che paghi tanto.»

«Cosa vuoi che dica?» gli chiese, stanca dell'idiozia del fratello. «Non è che possa tirare fuori dalla tasca cinquantamila dollari per salvarti. Nessuno può. Nemmeno Fred, o mamma e papà, Mila o Angela. Non che lo chiederesti a *loro*, vero? No, perché poi dovresti spiegare per quale motivo ne hai bisogno e ciò ti metterebbe in imbarazzo, ma non hai problemi a venire da *me*, perché ovviamente non te ne frega un cazzo di tua sorella. Hai voluto la bicicletta, Spencer, adesso pedala.»

«Mi farà del male» proseguì, per nulla toccato dal suo discorso.

«Io. Non. Ho. Quei. Soldi» enunciò Devyn. Dio, avrebbe voluto che ci fosse Lucky. Non che avesse bisogno che combattesse quella battaglia per lei, ma sarebbe stato bello averlo come supporto. «Non voglio che ti facciano del male, ma non ho davvero una soluzione per te. Cercare di ottenere prestiti non è la risposta, è chiaro che non ha funzionato in passato e non funzionerà ora.»

Spencer curvò le spalle. «Allora non sorprenderti quando ti chiameranno per identificare il mio cadavere» borbottò.

«Non farlo» replicò con furia. «Non osare far leva sui sensi di colpa. A essere sincera, non so davvero cosa pretendi da me.»

«Cinquecento» replicò Spencer disperato. «Posso trasformarli in qualche migliaio e darli a Rocky. Mi farà guadagnare un po' di tempo!»

Dio. Si tornava sempre a quello. Non importava quante volte gli avesse detto di non avere fondi, lui non smetteva mai. «No.»

«Questa volta è diverso...» iniziò, ma Devyn sollevò la mano, fermandolo.

«No» ripeté.

Fratello e sorella si fissarono per un lungo momento.

«Quindi è tutto?» chiese.

«È tutto» confermò. «*Forse,* se fossi disposto ad ammettere di avere un problema e a chiedere aiuto, potrei comportarmi diversamente. Potrei venire a supportarti mentre parli con Fred. Magari potremmo vedere cosa fare per cercare di raccogliere parte dei soldi che devi a questo tizio. Ma perché dovrei toglierti dai guai – perché dovrebbe farlo *qualcuno* di noi – quando hai intenzione di fare di nuovo la stessa cosa?

Finché non ammetti di avere un problema, sarai sempre in debito con qualcuno. Spence, devi dei soldi anche a *me*. Immagino che tu ti sia dimenticato dei duemila dollari che ti ho dato prima che me ne andassi dal Missouri. Mi sono trasferita per colpa *tua*. Perché non potevo più sopportare che venissi a implorarmi. Perché hai fatto ricorso alla violenza l'ultima volta che ti ho visto! Capisco che non volessi spingermi così forte, ma mi hai fatto davvero *male*. Almeno ti importa?»

Vide per la prima volta il rimorso negli occhi di suo fratello. «Sì, mi sono anche scusato. È per quello che sono venuto qui.»

«No, sei venuto perché volevi i soldi» disse con tristezza.

A quel punto Spencer si arrabbiò. «È una stronzata! Pensavo che in famiglia ci si aiutasse!» urlò.

Alzò la voce anche lei. «È così, e ti *ho* aiutato. Non ti ho nemmeno domandato per cosa ti servivano quando hai iniziato a chiedermeli. Te li ho dati senza esitare, ma non è bastato. Non basterà mai. Non lo capisci?»

«Uno di questi giorni vincerò una fortuna e non condividerò *nulla* con te» sbraitò, sbattendo con rabbia la mano sul piano di lavoro.

Angel guaì e si rannicchiò contro il fianco di Devyn, e ciò la fece incazzare ancora di più. «L'hai già detto, Spencer, ma notizia flash: non vincerai una fortuna, finirai per essere un senzatetto che chiede l'elemosina per strada per poi andartela a giocare. Potresti anche buttare i soldi nel cesso e ancora non lo capiresti!»

«Meglio buttarli via che essere avari» replicò Spencer. «D'altra parte, adesso ti stai scopando Lucky. Stai provando a vivere di rendita con i soldi dell'esercito, ammettilo.»

Devyn stava per perdere le staffe. Tutte le lacrime che aveva versato si erano asciugate da tempo. «Cresci, Spencer» sibilò. «Non hai la minima idea di quale sia la mia relazione con Lucky. Arrivi in città con l'intenzione di chiedere altri soldi e vieni qui a insultarmi? Sei ridicolo. *Patetico.*»

Spencer si raddrizzò e fece un passo di lato, come se stesse per girare intorno al bancone per avvicinarsi a lei, ma proprio in quel momento qualcuno bussò.

Si sentiva frustrata e un po' spaventata da suo fratello, quindi fu contenta di avere una tregua; non aveva idea di chi ci fosse alla porta, ma andare ad aprirla avrebbe dato loro una pausa da quella conversazione intensa.

Fece il giro dell'isola e andò all'ingresso. Senza preoccuparsi di guardare attraverso lo spioncino, aprì.

Non sapeva chi fossero i due uomini che avevano bussato, non li aveva mai visti prima.

«Posso aiutarvi?» chiese.

«Spencer è qui?» domandò uno.

Devyn si acciglò, confusa. Come diavolo facevano a sapere che suo fratello era lì? Lo avevano seguito? «Posso sapere chi siete?»

«No» rispose l'altro. Poi alzò il braccio e le tirò un pugno. Devyn vide tutto nero mentre provava un dolore intenso sul viso, e quella fu l'ultima cosa che ricordò prima di svenire.

«Cazzo, è pesante» disse Bruce per la milionesima volta, mentre lui e Darrell camminavano in mezzo al bosco alla ricerca del posto perfetto per nascondere la donna che avevano rapito.

«Zitto. Sono stufo di sentirti lamentare» gli intimò il fratello.

«Allora forse dovresti portarla *tu*» ribatté.

«Ho la catena, la pala e la borsa con il resto.»

Bruce borbottò sottovoce. Era stufo di quella roba. Voleva andare a casa a bere una birra. O quindici. La giornata era già stata molto lunga. Lui e suo fratello Darrell, erano stati contattati da un conoscente che conosceva un tizio, che conosceva un altro tizio, che aveva bisogno che svolgessero un lavoro. E loro erano sempre pronti a fare soldi facili. In quel caso avrebbero guadagnato ben duemilacinquecento dollari in un solo giorno. Un lavoretto semplice, un gioco da ragazzi.

Avevano lasciato il Texas orientale quella mattina

presto e si erano diretti a Killeen, aspettando fuori dalla bisca clandestina dove avevano individuato il loro bersaglio. Poi lo avevano seguito fino a una casa a schiera, dove avevano fatto la loro mossa.

Mettere fuori combattimento la sua ragazza, o chiunque fosse, non era stato nei piani, ma pazienza. E Bruce si era divertito a pestare a sangue il loro obiettivo; aveva urlato e piagnucolato implorandolo di smetterla. Che mammoletta. Mentre era semi-cosciente sul pavimento, avevano chiamato il loro contatto per informarlo della presenza inaspettata della donna, che a sua volta aveva chiamato chiunque avesse ordinato il lavoro. Un rapimento non era nell'accordo, ma dato che il tizio avrebbe raddoppiato il pagamento, da duemilacinquecento a cinquemila dollari se avessero preso la tipa, non avevano potuto rifiutare.

Dopo aver trasmesso il messaggio al loro obiettivo, l'avevano presa e se ne erano andati.

Avevano dovuto drogarla dato che stava per risvegliarsi mentre tornavano nella parte orientale dello Stato, ma per fortuna non aveva mai ripreso completamente conoscenza. L'ultima cosa che volevano era che si svegliasse e fosse in grado di identificare loro, la macchina o qualsiasi altro dettaglio del viaggio.

Quella camminata nella foresta nazionale Davy Crockett era una rottura. Avevano dovuto scegliere un'area remota in modo che nessuno la trovasse per sbaglio. Il che significava addentrarsi tra i rovi e il sottobosco, invece che percorrere un sentiero escursionistico. Per non parlare che non era affatto in forma e non gli piaceva fare attività fisica.

«Dai, fratello, siamo almeno a cinque chilometri dalla

strada sterrata in cui abbiamo lasciato la macchina. Qui è abbastanza lontano.»

Darrell scosse la testa e smise di camminare.

Sospirando di sollievo, Bruce scrollò subito le spalle facendo scivolare giù la donna; non la lasciò cadere a terra, ma non fu nemmeno gentile con lei. Perché avrebbe dovuto? Era un mezzo per raggiungere un fine. Un fine da cinquemila dollari.

«Bene. Inizia a cercare un albero. Dev'essere grande a sufficienza affinché le sue mani non si tocchino quando saranno avvolte intorno al tronco.»

«È alta» commentò Bruce.

«Lo vedo, stronzo» rispose l'altro, schiaffeggiandolo sulla testa.

Il fratello lo spinse. «Smettila!»

«*Smettila*» lo prese in giro, ridendo. «E così facile farti innervosire.»

«Vaffanculo!»

Darrell si limitò a ridere. «Dai, aiutami a trovare un cazzo di albero così ce ne andiamo. Sei sicuro che sia ancora incosciente?»

«Sì. È stata un peso morto per cinque chilometri, penso che me ne sarei accorto se si fosse svegliata. Fidati, non l'ha fatto.»

«Bene. Dio, adoro quelle droghe da stupro, rendono tutto molto più semplice» rifletté Darrell.

Bruce guardò la donna a terra. Non aveva idea di come si chiamasse, ma non importava. «È piuttosto carina. Abbiamo un po' di tempo...» Lasciò le parole in sospeso.

Suo fratello sbuffò. «È senza tette, mi piace che le mie donne abbiano le curve, ma comunque non abbiamo tempo per divertirci» disse con rammarico. «La mia signora mi sta aspettando.»

«Maledizione.» Avrebbe voluto almeno spassarsela un po' visto che aveva trasportato la stronza per chilometri attraverso la maledetta foresta.

«Dai, andiamo a controllare laggiù. Gli alberi sembrano un po' più fitti» ordinò Darrell.

Bruce annuì e lo seguì. Prima avrebbero finito, prima sarebbero potuti tornare a casa. Sarebbe andato al solito bar e avrebbe trovato una troia da scopare.

Poi un pensiero gli balzò nella mente. «Merda... hai il GPS, vero?»

Suo fratello si bloccò e lo guardò con gli occhi sbarrati. «Pensavo lo avessi *tu*.»

«*Cazzo*. No, hai detto che l'avresti preso *tu*! Io mi sono occupato della ragazza, tu avresti dovuto prendere tutto il resto!» urlò in preda al panico.

Darrell lo fissò per un lungo momento, poi scoppiò a ridere. Si piegò in due, dandosi una pacca sulla gamba come se fosse la cosa più divertente del mondo. «Accidenti, avresti dovuto vedere la tua faccia! Avrei voluto avere una macchina fotografica» disse, quando riuscì a parlare.

«Vaffanculo! Sei proprio uno stronzo.»

«Certo che ho quel dannato GPS» ribatté, continuando a ridacchiare. «Altrimenti non avremmo le coordinate da trasmettere al nostro uomo. E per niente al mondo farei cinque chilometri per andare all'auto a prenderlo, tornare qui e poi di nuovo alla macchina. Dieci chilometri in un giorno sono più che sufficienti, non credi?»

«Sì» mormorò Bruce. Si sarebbe arrabbiato di più con suo fratello se non fosse stato così sollevato. Se avessero dimenticato il GPS, Darrell lo avrebbe costretto ad andare a prenderlo, e visto che lo conosceva bene, gli avrebbe dato le chiavi senza quella di accensione perché sapeva che avrebbe avuto la tentazione di sparire.

«Grande. Cerca... ehi... che ne dici di quello?» chiese Darrell.

Bruce in quel momento sarebbe stato d'accordo con qualsiasi cosa avesse suggerito, solo per andarsene da lì, ma quando vide l'albero che stava indicando, capì che sarebbe stato perfetto.

I fratelli lavorarono in fretta per srotolare la catena. Dato che era stanco e non voleva più trasportare la donna, Bruce l'afferrò per le braccia e la trascinò attraverso il sottobosco fino al punto che avevano preparato. Non ci volle molto per appoggiarla con la schiena contro lo spesso tronco e avvolgerla con la grossa catena, fissandola con un lucchetto dietro l'albero. Poi le tirarono le braccia indietro, le chiusero un paio di manette ai polsi, fissandole agli anelli.

Bruce sorrise mentre indietreggiava e osservava la donna indifesa. Legata così era impossibile che potesse scappare. La sua testa ciondolava da un lato e sarebbe caduta se non avesse avuto le braccia intorno all'albero.

Darrell armeggiò con il GPS per un momento, poi annuì soddisfatto. «A posto» disse. «Invierò queste coordinate al nostro uomo quando saremo di nuovo in viaggio.» Poi guardò la donna svenuta. «Ha un aspetto un po' patetico» notò senza alcuna emozione.

«Le lasciamo l'acqua che abbiamo portato?» chiese Bruce.

L'altro sbuffò. «No. Non ho intenzione di sprecarla. E poi, con le braccia legate non sarebbe comunque in grado di bere. Se il suo uomo non tira fuori quei soldi, non durerà a lungo. Le do quattro giorni al massimo. Sempre se qualche creatura affamata non la trova prima. Andiamo, ci aspetta una lunga camminata per tornare alla macchina e dopo questa giornata ho bisogno di birra, cibo e di una bella scopata. In quest'ordine.»

Bruce acconsentì e voltò le spalle alla donna che avevano rapito, trasportato attraverso lo Stato, trascinato nei remoti boschi della foresta nazionale e incatenato a un albero; non era più un suo problema. In realtà non lo era mai stato. Veniva pagato per fare un lavoro e quel lavoro era stato portato a termine. Era pronto a scopare anche lui, ma a differenza di Darrell aveva un intero bar pieno di donne tra cui scegliere; al poverino invece, gli toccava la stessa ogni notte.

Be', non era esattamente vero. Bruce sapeva che suo fratello pagava spesso per fare sesso, ma non era la stessa cosa che avere la fica gratis.

Immerso nei pensieri su quante volte avrebbe potuto scopare più tardi, seguì Darrell fuori dalla fitta foresta verso la macchina. Non provava alcun rimorso per le sue azioni. Vivevano in un mondo spietato e avevano il diritto di fare soldi, proprio come tutti gli altri.

Devyn riprese lentamente conoscenza, ma tenne gli occhi chiusi cercando di analizzare la situazione, prima di far capire che era sveglia a chiunque potesse essere lì vicino. Era una cosa che le aveva insegnato Fred. Aveva riso in quel momento, dicendo che non si sarebbe mai trovata in quel tipo di situazione, ma lui aveva semplicemente scosso la testa affermando che non si poteva mai prevedere cos'avesse in serbo la vita, ed era meglio essere preparati per ogni evenienza.

L'unica cosa che sentiva era il rumore del vento e il cinguettio degli uccelli in lontananza. Le facevano male le braccia e lo stomaco. E anche il viso. Ricordava vagamente di aver aperto la porta di Lucky, poi il nulla. Arricciò il naso e si trattenne a malapena dal piangere per il dolore. Il viso le faceva davvero *tanto* male.

Quando sentì qualcosa strisciarle sul braccio, non riuscì più a fingere di essere priva di sensi. Aprì gli occhi di scatto e guardò in basso, strillando quando vide un ragno. Cercò di scuoterlo per far cadere il piccolo bastardo, ma si fermò di botto quando qualcosa fece un forte rumore metallico nella quiete intorno a lei.

Confusa, dimenticò il ragno e tentò di nuovo di muoversi, rendendosi conto di non riuscirci. Le sue braccia erano contorte dietro di lei, avvolte attorno a un grande albero.

«Che cazzo?» disse, più per sentire la propria voce che altro. Si guardò intorno e notò di essere seduta per terra nel mezzo di un bosco. Non aveva idea di dove si trovasse e nemmeno come ci fosse arrivata.

«Ehilà?» gridò, cominciando a farsi prendere dal panico. Non sapeva se sarebbe stato meglio stare zitta e non far sapere a chi l'aveva portata lì che era cosciente, ma non le piaceva stare da sola. Non le era mai piaciuto. Le ricordava troppo quando si svegliava in ospedale spaventata e sofferente... e non c'era nessuno lì a confortarla. I suoi genitori le erano rimasti accanto il più possibile, ma con altri quattro bambini a casa, non potevano dormire sempre con lei.

«C'è nessuno?» gridò.

Non sentì nient'altro che silenzio.

Devyn strattonò le mani, sentendo di nuovo quel rumore metallico... catene. Guardando in basso, vide i grossi anelli avvolti intorno alla sua vita, li seguì con gli occhi il più possibile fin dove sparivano dietro l'albero. Tastò con le dita e sentì quelle che pensava fossero delle manette ai polsi. Andò ancora più nel panico e tirò le catene più forte che poté, cercando di liberarsi.

Dopo diversi minuti, però, era riuscita solo a farsi più male. I polsi pulsavano ed era ancora bloccata in quella posizione scomoda, le spalle erano doloranti per via delle braccia tirate indietro, l'albero alle sue spalle era fastidioso ed era seduta su una radice esposta.

Esausta, appoggiò la testa contro la corteccia e guardò in alto. Non aveva idea di che ora fosse, ma era quasi sera visto che il sole stava tramontando, e presto sarebbe stato buio. Qualcuno l'avrebbe trovata prima di allora? Il pensiero di dormire all'aperto, incatenata e indifesa, era orribile. Non che volesse che i suoi rapitori tornassero, ma sarebbe stato comunque meglio che essere completamente sola.

Devyn iniziò a piangere. Voleva essere forte, ma era terrorizzata. Era così che si era sentita Gillian su quell'aereo dirottato? O Kinley quando era stata aggredita e data per morta? Non aveva mai compreso davvero cosa avessero passato... fino a quel momento. Nonostante le lacrime, sapeva che ciò che stava subendo non era brutto quanto quello che avevano vissuto le sue amiche. Era ovvio che fosse stata colpita in faccia, ma non pestata a sangue come Kinley. E non c'era nessuno che le puntava una pistola alla testa, minacciandola di spararle e di buttarla fuori da un aereo come se fosse spazzatura.

Tuttavia, essere lasciata sola nel bosco, legata e inerme, era sufficiente a chiuderle la gola e a renderle difficile respirare. Chiunque l'avesse incatenata a quell'albero avrebbe dovuto tornare a un certo punto... vero?

«Aiuto!» urlò. Poi, più forte: «C'è qualcuno là fuori? Ehi? Aiutatemi! Ho bisogno di aiuto!»

Non ricevette risposta, tranne quella di alcuni uccelli che volarono via dai rami.

Devyn gridò finché la sua voce non diventò roca e lo stomaco le fece male per lo sforzo.

Quando alla fine si rese conto che nessuno sarebbe arrivato ad aiutarla, pianse di nuovo; enormi singhiozzi che le scossero il corpo.

Non poteva credere che stesse succedendo.

«Per favore, qualcuno mi aiuti» sussurrò. Le sue parole si persero nella leggera brezza che soffiava tra gli alberi.

Quando cadde l'oscurità, iniziò a tremare, rendendosi conto che per la prima volta nella vita era veramente e completamente sola. Niente infermiere, né dottori, né fratelli o amici. Niente genitori.

Né Lucky.

Era terrorizzata... ma sentì un cambiamento nel profondo di lei.

Non era pronta a morire. Non in quel momento. Non quando aveva finalmente trovato un uomo con cui voleva trascorrere il resto della vita. Voleva rivedere Lucky. E Fred. Anche Spencer. Era in quella situazione a causa sua... ma il pensiero di cosa potevano aver fatto quegli uomini a suo fratello dopo che l'avevano messa fuori combattimento, la perseguitava. Era arrabbiata con lui, ma non lo voleva morto. Desiderava solamente aiutarlo in modo che potesse tornare ad essere il fratello che conosceva e amava.

La sua determinazione a voler sopravvivere aumentò. Non aveva idea di come sarebbe uscita da quella situazione, ma avrebbe fatto qualsiasi cosa. Non era ancora pronta a strapparsi un braccio, ma se fosse stato necessario... lo avrebbe fatto. Devyn non voleva morire in quella foresta.

Anche se la voglia di vivere si era consolidata fin nell'anima, ciò non significava che non fosse spaventata a morte. Le lacrime continuarono a scenderle lungo le guance mentre guardava il cielo. La luce stava calando rapidamente; presto sarebbe stato buio pesto. «Per fortuna sei in Texas e non nel Maine» disse. Ma le balzò alla mente un altro pensiero. Non era sicura di trovarsi ancora in Texas. Poteva essere ovunque. Non sapeva quanto tempo era rimasta priva di sensi.

«No, sono ancora in Texas. Probabilmente nella Hill Country. Forse da qualche parte intorno ad Austin» rifletté.

Cercando di usare la spalla per asciugarsi il viso, sospirò frustrata quando non ci riuscì. Fece un enorme respiro e cercò di riprendere il controllo. «Lucky ti sta cercando» disse ad alta voce. «E anche Fred. E il loro team. Ti troveranno. Devi solo avere fede.»

CAPITOLO QUINDICI

LUCKY ERA ESAUSTO. L'esercitazione notturna era stata brutale, ma anche eccellente. Avevano provato diversi scenari e, anche se i plotoni con cui si stavano addestrando sapevano che erano nascosti là intorno nell'oscurità per cercare di infiltrarsi nella finta città, la sua squadra era comunque riuscita a entrare nell'edificio in cui tenevano "l'ostaggio" senza venire scoperti.

Quel tipo di addestramento era essenziale per mantenere sempre all'altezza le abilità dei team Delta Force, ma aiutava anche i soldati con cui si esercitavano. Lucky era riuscito a dormire solo poche ore qua e là ed era pronto a crollare sul letto.

Ma era impaziente di vedere Devyn, per sapere com'erano andati gli ultimi due giorni. Come li aveva trascorsi. Aveva voglia di vedere Angel e Whiskers. In poche parole, era solo felice di essere a *casa*. Prima di allora, non aveva mai considerato la sua abitazione una vera casa; per quanto gli piacesse, era sempre stato solo un posto dove far riposare la testa, ma con la presenza di Devyn, Angel e

Whiskers era diventata molto di più. Gli spazi un tempo vuoti, ora pullulavano di vita ed energia e ciò faceva la differenza. Lucky non aveva mai pensato di essere solo, ma si era reso conto che nel profondo aveva sempre avuto quella sensazione.

Aprì la porta, accigliandosi quando vide che non era chiusa a chiave. Aveva chiesto a Devyn di assicurarsi di farlo sempre, perché non voleva che nessuno potesse sfondarla con facilità mentre lei era all'interno.

Entrò e gridò: «Dev? Sono a casa!»

Lo accolse il silenzio.

«Devyn?» chiamò di nuovo. La sua Mini Cooper era parcheggiata nel solito posto. Non riusciva a ricordare se quel giorno avesse dovuto lavorare, ma pensò che magari una delle altre ragazze fosse passata a prenderla per andare da qualche parte.

Gettò le chiavi sul bancone della cucina e andò al frigorifero. Lo aprì e tirò fuori una bottiglia d'acqua. Aveva bevuto un sacco negli ultimi due giorni, ma era assetato più del solito dopo una missione o un allenamento intenso.

Voltandosi, Lucky avvicinò la bottiglia alla bocca e bevve un lungo sorso mentre si appoggiava contro il bancone. Quando finì abbassò lo sguardo... e si irrigidì.

C'erano escrementi di cane sul pavimento. E una pozza di urina.

Non se n'era accorto subito, intento a cercare Devyn e a bere qualcosa.

«Angel?» gridò, posando la bottiglia d'acqua e uscendo dalla cucina. Non c'era traccia degli animali. Non erano nella loro soffice cuccia nell'angolo della stanza e nemmeno rannicchiati sul divano sotto la coperta preferita di Devyn.

Vide altri escrementi vicino alla porta che conduceva al cortile.

«Whiskers? Angel?» chiamò di nuovo, con un po' più di ansia.

Fece le scale due alla volta e andò nella camera da letto principale. Quando entrò, capì subito che qualcosa non andava; l'odore di urina e feci era quasi opprimente.

Entrò in bagno e gli si spezzò il cuore.

Angel, che guaiva piano, e Whiskers erano rannicchiate tremanti dietro al water. Cazzo. Non facevano così dal giorno in cui le aveva portate a casa. Non sapeva cosa fosse successo, ma erano spaventate a morte. Si vedevano le loro piccole impronte in tutta la stanza dove avevano camminato sopra i loro bisogni. Il tappeto era appallottolato in un angolo e se l'odore che emanava era un'indicazione, lo avevano usato per fare pipì.

«Oh, le mie povere piccoline. Cos'è successo?»

Trascorse i minuti successivi a cercare di farle uscire dal loro nascondiglio. Angel fu la prima a muoversi, avvicinandosi a lui trascinandosi sulla pancia.

«Ecco brava, vieni qui. Non ti farò del male. Non te ne farei mai» disse in tono calmo e tenero. Il terrier tremava in modo incontrollabile e provò di nuovo una fitta al cuore.

Quando finalmente appoggiò la testa sul suo ginocchio, Lucky vide ciò che sembrava sangue sulle sue zampe anteriori.

«Cos'è successo?» sussurrò. Erano chiaramente traumatizzate e all'improvviso ebbe un pensiero orribile. «Dov'è Devyn?» chiese.

Angel lo guardò e piagnucolò.

«Merda.» Avrebbe dovuto accudire le sue ragazze e

pulire la casa, ma prima doveva trovare lei. Diede loro un'altra carezza, poi si alzò e corse giù per le scale. Prese il telefono e compose il suo numero.

Suonò... e gli si gelò il sangue; squillava nell'auricolare, ma sentì la suoneria provenire dal soggiorno. Entrò nell'altra stanza e vide il cellulare di Devyn sul tavolino accanto al divano.

«*Cazzo*.» Chiuse la chiamata e telefonò subito a Grover. Mentre aspettava che rispondesse, si guardò intorno e una macchia scura sul pavimento attirò la sua attenzione.

«Ehi? Ti sono mancato così tanto che hai dovuto chiamare venti minuti dopo che ci siamo lasciati?» rispose Grover invece di salutare.

«Devyn è a casa tua?»

«No, perché? Non è da te?» gli chiese, passando a un tono preoccupato.

«No. I miei animali sono spaventati e sembra che non escano da almeno un giorno. Forse di più. L'ho chiamata ma il suo telefono è qui.»

«Non farti prendere dal panico. Forse è tornata nel suo appartamento.»

«Non avrebbe mai lasciato Angel e Whiskers, e la sua macchina è qui.»

«Ok, dobbiamo chiamare il team. Forse una delle altre donne aveva bisogno di aiuto e si è ritrovata coinvolta. Tu chiama Oz, io chiamo Trigger.»

«Grover, fidati, qui è successo qualcosa. C'è una macchia sul mio tappeto e...» tornò verso la porta ricordandosi che non l'aveva trovata chiusa a chiave. «Oh, merda.»

«Cosa? Lucky.... che c'è?» chiese Grover con impazienza.

«Schizzi di sangue appena oltre la porta» sussurrò.

«Non farti prendere dal panico» ripeté il suo amico, suonando lui stesso ansioso. «Esci da lì in modo da non contaminare il posto.»

«Non lascio Angel e Whiskers» disse con fermezza. Stava per perdere la testa. Era ovvio che fosse successo qualcosa in casa sua, mentre lui non c'era, ma non avrebbe abbandonato i due animali che lui e Devyn amavano tanto. Avevano già attraversato un brutto inferno emotivo.

«Va bene, vai a prenderle e portale a casa mia. Io sento gli altri, ma se nessuno ha sue notizie, chiamerò la polizia. Vieni qui il prima possibile.»

«Ok.»

Era confuso. Dov'era Devyn? Cos'era successo?

Non riusciva a capacitarsi. Non aveva nemici. Qualcuno aveva preso di mira casa sua per derubarlo? Forse Dev si era trovata nel posto sbagliato al momento sbagliato? Se sì, dov'era in quel momento?

Non si faceva illusioni; le era successo qualcosa di terribile. Non avrebbe abbandonato Angel e Whiskers, non sarebbe andata via senza telefono e avrebbe chiamato il comandante Robinson se fosse stato davvero necessario.

A meno che non avesse avuto scelta e fosse stata costretta a lasciare la casa.

Fece un respiro profondo per cercare di calmarsi e si girò per afferrare il trasportino che aveva sistemato nell'angolo della stanza perché le cucciole potessero rifugiarsi quando avevano bisogno di sentirsi al sicuro. Odiava usarlo per trasportarle, ma non le avrebbe lasciate lì.

Ci volle più tempo di quanto avrebbe voluto per convincerle a entrare. Sapeva che avrebbe dovuto dar loro da mangiare, dato che molto probabilmente non lo avevano fatto da quando Devyn se n'era andata, anche se non sapeva da quanto, ma non era nemmeno sicuro che lo avrebbero fatto; erano troppo spaventate.

Grover aveva richiamato per fargli sapere che nessuna delle altre donne aveva notizie. Le avevano solo parlato brevemente e non era sorpreso che nessuno fosse riuscito a contattarla. Eppure, prendere e sparire non era un comportamento da Devyn. «Riley ha detto che ieri aveva provato a chiamarla ma non ha risposto» gli aveva riferito il suo amico. «Pensava che fosse occupata o che l'avessero richiamata al lavoro nel suo giorno libero. Non ci ha dato molto peso.»

Era stata come una coltellata al cuore sapere che Devyn era scomparsa da almeno ventiquattro ore. Era consapevole che più ore passavano, minori erano le possibilità di trovarla.

«Per favore, fa che stia bene» sussurrò, mentre si dirigeva verso il pick-up con il trasportino. Tuttavia, pronunciare quelle parole ad alta voce non le avrebbe fatte avverare. Odiava essere pessimista, ma quella situazione non prometteva niente di buono.

Avrebbe dovuto chiamare lui stesso la polizia, farli andare a casa sua a cercare indizi, ma aveva bisogno di stare con la sua squadra. Gli serviva il loro supporto. E non aveva dubbi che avrebbero fatto tutto il possibile per aiutarlo a rintracciare Devyn.

Non poteva vivere senza di lei. L'aveva appena trovata. Non era giusto.

Lucky guidò troppo veloce verso la casa di Grover. Si scusò con Angel e Whiskers per le curve brusche e le accelerazioni improvvise ai semafori. Ogni secondo che impiegava era uno in più in cui Devyn poteva essere ferita e sofferente, in attesa che lui la ritrovasse.

Accelerò lungo il vialetto di Grover e vide che la maggior parte dei ragazzi erano già lì. Provò un'immensa gratitudine verso di loro. Grazie a Dio. Notò anche il veicolo di Brain; il fatto che si fosse allontanato dalla moglie e dal bambino per aiutarlo, significava tutto per lui.

Quando salì le scale del portico e aprì la porta, vide che non era arrivata solo la sua squadra. C'erano anche tutte le donne, tranne Aspen che si stava ancora riprendendo dal parto.

Gillian allungò subito le mani verso il trasportino. «Lascia che le prenda io.»

Lucky glielo consegnò.

«Oh, povere piccole» cantilenò attraverso la griglia. Poi, guardando Lucky, chiese: «Sono ferite?»

«Non credo. Solo spaventate a morte. Probabilmente anche affamate. Angel ha del sangue sulle zampe, ma non penso sia suo.» Il solo fatto di pronunciare quelle parole gli fece salire di nuovo l'ansia.

«Me ne occupo io. Non preoccupatevi, voi ragazzi fate le vostre cose. Angel e Whiskers staranno bene» disse con voce un po' tremante.

«Grazie.»

Gillian annuì e si diresse con Kinley e Riley verso il retro della casa.

Si chiese dove fossero Logan e Bria, ma pensò che avessero trovato qualcuno che si prendesse cura dei bambini per un po'.

Grover stava per chiedere ai suoi compagni di squadra come organizzarsi per cercare di capire dove fosse andata Devyn, ma proprio in quel momento la porta dietro di Lucky si aprì.

Tutti e sette i Delta si voltarono per vedere chi fosse arrivato.

Spencer.

Era messo malissimo.

Qualcuno lo aveva picchiato a sangue. Aveva gli occhi gonfi, tanto da essere quasi chiusi, e il labbro spaccato. Il naso era storto e aveva sangue nei capelli e su tutta la maglietta, e zoppicava.

«Che cazzo?» disse Grover andando verso suo fratello.

Ma Spencer sollevò una mano. «Hanno preso Dev ed è colpa mia» disse in fretta, con voce tremante. «Non voglio più cercare di nascondere quanto sono testa di cazzo. Ho pensato che sarebbe venuto a cercare me... invece ha preso *lei*. Mi dispiace. Mi dispiace tanto!»

A Lucky non fregava un cazzo di quanto fosse dispiaciuto. Ora tutto aveva un senso.

Fece un passo verso l'uomo, pronto a costringerlo con la forza a dirgli tutto, ma Grover arrivò per primo.

«Di cosa stai parlando, Spence? Che colpa? *Chi* ha preso Devyn e perché?»

Doc afferrò il braccio di Lucky e lo trattenne.

«Lasciami andare» ringhiò, cercando di scrollarselo di dosso.

«Lo uccideresti e abbiamo bisogno di risposte» replicò con calma.

Probabilmente aveva ragione. Avrebbe voluto mettergli le mani addosso, picchiarlo senza sosta, ma ciò non li avrebbe aiutati a trovare Devyn.

«Sono abbastanza sicuro che sia viva... almeno per ora» disse Spencer, rifiutandosi di guardare il fratello, che li sorprese tutti tirandogli un pugno in faccia.

L'altro cadde come un sacco di patate, afflosciandosi a terra senza nemmeno cercare di alzarsi o difendersi.

Grover si chinò e lo tirò in piedi, posò le mani sulle sue spalle e lo guardò negli occhi. «Qualunque cosa sia successa, la sistemeremo. Ma devi dirci *tutto*.»

«Lo farò. È arrivato il momento. Non posso più andare avanti così. Dev ha sempre avuto ragione, ho bisogno di aiuto e se dovesse morire per ciò che ho fatto, non me lo perdonerei mai.»

«Ci preoccuperemo del perdono più tardi. Per ora, abbiamo bisogno di informazioni.»

Spencer annuì.

«Ho chiamato la polizia, saranno qui a momenti. Nel frattempo, vediamo di trovarti un impacco di ghiaccio e un asciugamano bagnato.»

Lucky avrebbe voluto protestare. Scrollare il bastardo finché non avesse detto loro ciò che sapeva. Chi aveva preso Devyn. Conosceva il motivo, ma non le altre informazioni.

Per quanto gli facesse piacere che si fosse finalmente reso conto di aver bisogno di aiuto per la sua dipendenza, era troppo poco e troppo tardi. Devyn era in pericolo. Lo sentiva fin nel profondo della sua anima.

Doveva trovarla. Era là fuori da qualche parte, ferita, forse morente. Quel pensiero lo stava lacerando e si sentì completamente impotente. Aveva bisogno di informazioni. Subito.

———

Trenta minuti dopo, Spencer era seduto sul divano con un impacco di ghiaccio sul viso, circondato da sette operatori della Delta Force molto minacciosi e due detective del dipartimento di polizia di Killeen. Gillian, Kinley e Riley avevano fatto il bagno ad Angel e Whiskers e ora stavano in disparte ad ascoltare. Trigger aveva chiamato il loro comandante, il colonnello Robinson, e anche se non era lì, aveva detto loro che qualunque cosa fosse servita l'avrebbe procurata.

A Lucky non fregava un cazzo se ci fosse stata tutta Killeen ad ascoltare, aveva solo bisogno che Spencer spiegasse tutto.

«Cos'è successo oggi?» gli chiese il detective.

«Non è stato oggi. Sono passati due giorni» rispose lui a bassa voce.

Sospettava che Devyn mancasse da un po', ma sentirglielo confermare gli fece ribollire il sangue. Strinse i pugni lungo i fianchi.

«Sono andato a trovarla. Sapevo che frequentava Lucky e l'avevo già seguita il giorno prima mentre tornava dal lavoro, quindi conoscevo l'indirizzo. Sono andato lì il pomeriggio stesso in cui siete andati alla base per l'esercitazione. Volevo scusarmi per ciò che era successo nel Missouri e...»

«Aspetta, cos'è successo nel Missouri?» chiese Grover.

Spencer sospirò. «Le ho fatto del male. Non volevo. Sai come siamo; ci inalberiamo facilmente. L'ho spinta e lei è caduta all'indietro sul tavolo. Credo si sia fatta un grosso livido, ma non era mia intenzione! Ero solo molto *arrabbiato*. Ed è stata lei a spingermi per prima» aggiunse, come se ciò lo giustificasse.

«Hai messo le mani addosso a nostra sorella?» ringhiò.

Lucky si rese conto che nonostante fosse incazzato con Spencer, forse avrebbero dovuto preoccuparsi più di

Grover in quel momento. Lanciò un'occhiata a Doc e Oz che annuirono, avvicinandosi al loro amico in modo da impedirgli di reagire di fronte agli agenti di polizia che avrebbero potuto farlo finire in prigione.

«Non volevo!» protestò di nuovo.

«Pensavo che quel livido glielo avesse procurato il suo capo» disse Lefty con la fronte aggrottata.

«Ha mentito» ribatté Lucky, senza aspettare che l'altro rispondesse. «Non voleva che Grover pensasse male di suo fratello, così si è inventata quella storia.»

«Allora perché ha lasciato il Missouri, se non è stato a causa del suo capo che ci provava con lei?» chiese Brain.

«Spencer?» lo sollecitò, guardandolo con un sopracciglio inarcato. Per nulla al mondo avrebbe raccontato i segreti di Devyn; spettava a suo fratello comportarsi da uomo maturo e ammettere ciò che aveva fatto.

«Se n'è andata a causa mia» confermò, gli occhi bassi per non incontrare lo sguardo di nessuno. «Continuavo a chiederle prestiti, ed è arrivata al punto di pensare che non l'avrei mai lasciata in pace, così è scappata.»

«Perché hai bisogno di soldi?» chiese Grover, con un tono basso e letale.

«Giuro che pensavo di poterli restituire quasi subito, ma non è andata così! Io... ho avuto dei problemi a ripagare i miei debiti» rispose.

«Smettila di girarci intorno e di' le cose come sono» ordinò Lucky con furia. «Più te ne stai seduto lì a parlare della tua patetica vita, più Dev è in pericolo, a causa *tua*.»

Spencer fece un respiro profondo e annuì. Poi guardò negli occhi suo fratello. «Sono dipendente dal gioco d'azzardo. Pensavo di poter recuperare ciò che avevo perso, invece ogni volta i debiti aumentavano. All'inizio Devyn mi ha dato dei soldi... ma si è insospettita perché gli importi diventavano sempre più alti e ha iniziato a fare domande. Alla fine ho ammesso il motivo per cui mi servivano e si è rifiutata di darmeli. Io mi sono arrabbiato, lei si è arrabbiata... e se n'è andata.»

«Mi stai prendendo per il culo?» chiese Grover.

«No» rispose abbattuto. «Non volevo chiederli a mamma e papà, e sapevo che Angela e Mila non avevano nulla da prestarmi.»

«E non li hai chiesti a me perché sapevi che ti avrei mandato a quel paese.»

Spencer annuì. «Dopo che Devyn si è trasferita, ho iniziato a chiederli in prestito a un tizio che conoscevo.»

«Qual è il suo nome?» chiese uno degli investigatori.

«Rocky.»

«Qual è il suo vero nome?»

«Non lo so. Si fa chiamare così. Non so altro, lo giuro. A ogni modo, ho continuato a perdere, e a un certo punto non me ne ha più dati perché voleva che restituissi i soldi che mi aveva già prestato. Ovviamente non li avevo e ha iniziato a minacciarmi. Ho pensato che sarebbe stato opportuno lasciare la città per un po'... per avere il tempo di riguadagnarli.»

«Così sei venuto qui per chiederne altri a Devyn?» domandò suo fratello, amareggiato.

«Non volevo, ma mi trovavo in una brutta situazione. Non capisci! Rocky ha la reputazione di ottenere sempre ciò che gli è dovuto. Mi serviva solo un po' di tempo.»

Grover scosse la testa disgustato.

Lucky sapeva tutto del vizio di Spencer, Devyn gli aveva raccontato dei cinquantamila dollari e lui aveva sospettato che il debito gli avrebbe portato guai, ma mai, nemmeno in un milione di anni, avrebbe pensato che Dev rimanesse coinvolta, visto che lo strozzino era nel Missouri. Con il senno di poi, era stata una supposizione stupida, che di conseguenza aveva finito per danneggiare la persona che amava di più al mondo. Se avesse saputo che la situazione era diventata così pericolosa, l'avrebbe detto a Grover e sarebbe stato tutto diverso.

Come se potesse leggergli nel pensiero, il suo amico si voltò a guardarlo.

«Non sapevo nulla di Rocky. Sapevo della dipendenza di Spencer, ma era un problema *suo*. Di certo non pensavamo che uno strozzino sarebbe venuto a cercare Dev. Non ha voluto dirti niente per paura di rovinare i vostri rapporti. Si sentiva in colpa per essere stata malata a lungo quando era piccola e credo lo vedesse come un rischio di dividere di nuovo la famiglia» gli spiegò.

«È una stronzata. Questo è un problema di Spencer, non di Devyn» disse Grover scuotendo la testa.

«Noi lo sappiamo, ma lei non la pensava così. Ha cercato di trovare il tempo per parlartene prima dell'esercitazione notturna, soprattutto perché lui stava da te.»

«Andrà tutto bene» s'intromise Riley con fermezza. «Magari non è qui in questo momento, ma io e Oz sappiamo per esperienza che non sempre le cose finiscono male.»

Aveva ragione. Quando Logan e Bria erano stati rapiti, tutti avevano pensato al peggio, ma per miracolo erano rimasti relativamente illesi. Doveva credere che quello fosse anche il destino di Devyn.

«Possiamo tornare a ciò che è successo l'altro giorno?» chiese il detective. «Lo strozzino voleva indietro i soldi che gli aveva prestato, lei non li aveva quindi è venuto in Texas. E poi cos'è successo?»

«Sono stato da Grover e quando è andato alla base per l'esercitazione, io...» abbassò di nuovo la testa. «Ho preso dei soldi e ho provato a guadagnarne abbastanza per placare un po' Rocky.»

«Hai preso dei soldi?» chiese il fratello. «Merda, questa cosa peggiora di minuto in minuto. Mi hai *derubato*, Spence?»

«Non era molto! Solo alcune banconote dal tuo barattolo degli spiccioli e dei vecchi DVD che avevi sul fondo dello scaffale, che ho impegnato. Sono sicuro che non li guardavi nemmeno più.»

Un muscolo della mascella di Grover si contrasse mentre lo fissava incredulo.

«Dovevo scrollarmi di dosso Rocky! Ho chiesto in giro e ho scoperto dove forse avrei potuto fare soldi facili» disse in fretta, cercando di difendere le sue azioni.

«Dove?» chiese il detective.

«Ehm...»

«Non pensare di non dirlo» sibilò Doc, che era stato tranquillo fino a quel momento. «Stiamo parlando di tua sorella. Devi dire alla polizia dov'è questa bisca clandestina, i nomi di tutti quelli che hai incontrato e su quali giochi hai puntato. È una cosa seria, Spencer. Molto seria.»

«Pensi che non lo sappia?» urlò. «Lo so eccome! Guardami! Questo è niente in confronto a quello che potrebbe succedermi se non trovo i soldi!»

«Guardare *te*?» lo derise Trigger. «Guarda Devyn. Oh, è vero, non possiamo, perché non sappiamo dove sia e ancora non ce l'hai detto! Smettila di blaterare e raccontaci cos'è successo a casa di Lucky. Abbiamo capito, sei dipendente dal gioco. È storia vecchia. Ora *parla* cazzo, prima che Grover o Lucky perdano la testa!»

Spencer incontrò lo sguardo di Lucky per una frazione di secondo prima di abbassare di nuovo gli occhi. Quando riprese a parlare, il suo tono era piatto. «Hai ragione. Ho fatto un gran casino. *Io* sono incasinato e ho coinvolto mia sorella. Ho provato a fare soldi, ma li ho persi. Così sono venuto a trovare Devyn, mi sono scusato per ciò che è successo in Missouri e ho cercato di farle capire quanto fosse grave la situazione, che Rocky mi avrebbe ucciso se non gli avessi dato i soldi che gli dovevo. Abbiamo litigato, senza arrivare alle mani» chiarì subito, percependo l'animosità nella stanza. «Qualcuno ha bussato alla porta e lei ha aperto. Uno degli uomini l'ha picchiata e messa fuori combattimento prima che riuscisse a fare o dire qualsiasi cosa. Dopo hanno cominciato con me e mi hanno fatto questo.» Si indicò il viso. «Poi se ne sono andati, portandosi via Devyn.»

«Hanno detto qualcosa?» chiese Lucky disperato. «Dove stavano andando o perché l'hanno presa?»

Spencer annuì. «Mi hanno informato che li aveva mandati Rocky e che mi avrebbe detto dove avrei potuto trovarla quando avesse avuto i soldi. Penso che credessero fosse la mia ragazza.»

«Fanculo, cazzo!» urlò Grover, girandosi e passandosi una mano tra i capelli.

«Che aspetto avevano?» chiese uno degli investigatori.

«Erano entrambi grossi, almeno centotrenta chili, e alti. Uno ha preso in braccio Devyn e se l'è messa sopra la spalla come se non pesasse nulla; aveva i capelli castani, l'altro neri.»

«E non li aveva mai visti prima?» continuò il detective. «Non erano nella bisca in cui è andato?»

«No» rispose Spencer, abbattuto.

Lucky era come paralizzato, vibrava di rabbia. Il suo peggior incubo si stava avverando e non c'era niente che potesse fare al riguardo. Solo il pensiero che Devyn fosse stata rapita era sufficiente a fargli perdere la testa; non riusciva a pensare, né a decidere cosa diavolo fare.

Per fortuna i suoi compagni di squadra e gli investigatori non avevano quel problema.

«Conosce i nomi degli uomini che l'hanno aggredita e preso sua sorella?»

«Darrell e Bruce, credo. Almeno, così li ho sentiti chiamarsi. Non li avevo mai visti prima» ripeté, quasi con disperazione.

«Che tipo di macchina guidavano?»

«Non lo so. Non l'ho vista. Non sono riuscito ad alzarmi da terra per un po' dopo che mi hanno picchiato» spiegò.

«Allora, dove sei stato finora?» chiese Lefty. «Perché non hai chiamato subito Grover per dirgli cos'era successo? O la polizia? Devyn è via da due giorni e tu non hai fatto un cazzo per aiutarla?»

Anche Lucky voleva conoscere la risposta. Fissò con furia Spencer, anche se l'altro non se ne accorse. Teneva gli occhi sulle mani in grembo. «Ero nel panico e stavo male. Dovevo pensare, cercare di capire cosa fare. Ho passato la notte in macchina.» Poi guardò di nuovo suo fratello. «So di aver combinato un gran casino. Ecco perché sono venuto qui. Ho bisogno di aiuto Fred, non solo per riavere Devyn, ma per fermare questa voce incessante nella mia testa che continua a dirmi che sono a una scommessa dalla grande vincita. Non ho mai voluto essere così! Il fallito della famiglia... invece eccomi qui. Ho bisogno di sistemare tutto. Farò qualsiasi cosa, *qualsiasi* cosa, per riavere Devyn.»

«Allora dicci esattamente cos'hanno detto gli uomini che ti hanno picchiato. A quanto ammonta il tuo debito e come dobbiamo portare i soldi a questo Rocky» disse Grover.

Lucky non sapeva se credergli. Una cosa era voler cambiare quando ci si trovava ad affrontare il giudizio della propria famiglia, un'altra era farlo una volta passato il momento. La voglia di giocare gli sarebbe rimasta; avrebbe dovuto lavorare duramente per sconfiggerla... e non era sicuro che ne avesse la forza.

«Pensavo di dovergli cinquantamila dollari, ma Darrell ha detto che con gli interessi e il fatto che abbiano dovuto rintracciarmi sono diventati sessanta» mormorò Spencer.

«*Sessantamila dollari?*» urlò Grover, spalancando gli occhi. «Cazzo, Spencer. Non ho tutti quei soldi!»

«Dove dovrebbe avvenire la consegna?» chiese uno degli investigatori.

«Devo chiamare Rocky e prendere accordi» spiegò.

«Possiamo localizzarlo» disse il detective al suo collega. «E seguirlo quando farà la consegna.»

«Se paghi, questo tizio ti dirà dove ha nascosto Devyn?» chiese Lucky, fregandosene della consegna. Gli interessava solo lei.

«Credo di sì» rispose.

«Rispetterà la sua parte dell'accordo?» domandò Lefty.

Spencer scrollò le spalle.

«Magari può chiamare Rocky e dirgli che ha i soldi, così

possiamo localizzarlo e farci dire dove hanno portato Devyn» suggerì Oz.

«Oppure possiamo pestarlo a sangue e costringerlo a dircelo» borbottò Doc.

«Ehm, che ne dite di lasciare il rintracciamento e la coercizione alla polizia» disse un detective.

I Delta lo ignorarono.

«Potremmo vedere se qualcuno dei tuoi vicini ha delle telecamere di sicurezza, per scoprire che tipo di macchina stavano guidando» propose Brain.

«Poi possiamo trovare i due tizi, Darrell e Bruce, e obbligarli a dirci cos'hanno fatto a Dev» incalzò Trigger.

Lucky armeggiò sul telefono mentre i suoi amici si scambiavano idee. Apprezzava ciò che stavano facendo, che cercassero di trovare il modo migliore di gestire l'operazione, ma lui aveva un solo obiettivo in mente, e non era rintracciare lo strozzino e nemmeno gli uomini che avevano preso la sua donna, anche se gli sarebbe piaciuto avere cinque minuti da solo con loro. Il suo unico obiettivo era Devyn. Lei era l'unica cosa che contava.

Quando finì di parlare al telefono, alzò lo sguardo e catturò quello di Grover. «Ne ho settemila nel conto.»

Dalla sua espressione capì che aveva compreso, dato che disse subito: «Io penso di averne quattro. Ne avrei avuti di più, ma li ho usati per la casa e per comprare i materiali per la rimessa.»

E poi intervennero anche gli altri uomini.

«Io ne ho sette e mezzo» dichiarò Trigger.

«Penso di averne tre. Mi dispiace che non siano di più. Abbiamo appena comprato tutta la roba per la nursery» aggiunse Brain.

Uno a uno, i compagni di squadra di Lucky e Grover

offrirono i loro sudati guadagni per cercare di racimolare i sessantamila dollari che servivano per salvare la vita a Devyn.

Sentì le lacrime agli occhi per la profonda devozione dei suoi amici. Sapevano tutti che forse non avrebbero mai più rivisto quei soldi, eppure li stavano offrendo comunque senza chiedere niente in cambio.

«Ne ho un po' anch'io» offrì Gillian.

«Anch'io» dissero all'unisono Kinley e Riley.

«Non credo che pagare questo tizio sia l'opzione migliore» sostenne uno degli investigatori.

«Esatto, pagare un rapitore significa che ti arrendi. Non c'è alcuna garanzia che sappia dove sia vostra sorella o se è ancora viva» confermò l'altro.

Lucky si voltò verso i due uomini. Era più che furioso, ma fece il possibile per mantenere la calma... per Devyn.

«Quello stronzo non chiede un miliardo di dollari. O un milione. Vuole ciò che gli spetta e nient'altro. Avrebbe potuto dire a Spencer che ne voleva duecentomila, o anche di più. Non mi fido di lui, nemmeno per un secondo, ma non abbiamo davvero altra scelta. Il tizio si trova in un altro Stato, non si sa dove i suoi scagnozzi abbiano nascosto la mia fidanzata. Forse in questo momento le stanno facendo del male, e non sono disposto a stare qui seduto ad aspettare che delle persone vengano interrogate e parta la ricerca, soprattutto quando non sappiamo nemmeno da dove cominciare. Devyn è scomparsa da due giorni. Darei *qualsiasi* somma a Rocky se ci fosse anche solo l'uno per cento di possibilità che stia dicendo la verità. In questo momento, è tutto ciò che abbiamo.»

«Ma...» iniziò il detective più anziano, ma Grover lo interruppe.

«Lucky ha ragione. Non piace nemmeno a me, ma per come stanno le cose al momento, Rocky ha tutte le carte in regola. E voglio rivedere mia sorella. Se saldare il debito di mio fratello è l'unico modo per farlo accadere, così sia.» Si rivolse a Spencer, congedando gli investigatori. «Quando avremo raccolto la somma necessaria, chiamerai Rocky, gli dirai che hai i soldi e chiederai dove si trova Dev.»

L'altro annuì subito. «Certo. Farò qualsiasi cosa.»

«Andrai anche in riabilitazione» gli disse con durezza.

La speranza negli occhi di Spencer svanì, ma annuì debolmente.

«Dico sul serio, Spence.»

«Lo so. Ti assicuro che so di aver fatto un'enorme cazzata, ma davvero, non ho mai pensato che avrebbero fatto del male a qualcun altro. Io ho preso in prestito i soldi, quindi ho pensato che Rocky avrebbe cercato *me*. Non sarei venuto qui se avessi pensato che avrebbe fatto qualcosa a uno di voi» disse a bassa voce. «Non riesco a togliermi dalla testa l'immagine di Devyn priva di sensi sul pavimento.»

La cosa assurda era che Lucky gli credeva. Avrebbe voluto odiarlo, ma sembrava davvero devastato per ciò che era successo.

Non avrebbe voluto che Grover scoprisse del problema di suo fratello in quel modo, ma non gli dispiaceva che alla fine fosse venuta a galla tutta la storia. Ora doveva solo ritrovare Devyn; la sua famiglia avrebbe dovuto affrontare la dipendenza di Spencer, ma almeno non avrebbe avuto più il peso di quel brutto segreto.

«Suppongo che Rocky non accetterebbe un assegno» disse Trigger strascicando le parole.

«Tratta solo in contanti» confermò Spencer.

«Ovvio.» Grover sospirò. «Se vogliamo farlo, dobbiamo andare a prelevare prima che le banche chiudano e ci incontreremo di nuovo qui il prima possibile.»

«Aspettate, dobbiamo finire di parlarne» protestò uno degli investigatori.

«Ecco, vi lascio le chiavi di casa mia» disse Lucky, lanciando il portachiavi al detective più vicino a lui. «C'è del sangue sul pavimento del soggiorno, dove presumo Spencer sia stato picchiato. Ci sono anche schizzi nell'ingresso, che credo sia il sangue della mia donna. I miei animali domestici erano in casa, quindi ci sono escrementi ovunque. Cercate di non calpestarli e portarli in giro, ok? Non ho avuto il tempo di ripulire prima di venire qui.»

Si era rotto di essere gentile e paziente. Apprezzava la presenza degli investigatori e il loro desiderio di aiutare, ma sapeva che ci sarebbe voluto troppo tempo. Dovevano trovare Devyn prima che fosse troppo tardi.

«Se c'è da compilare qualcosa per darvi accesso alla mia casa, lo farò. Ma non possiamo aspettare, me lo sento. Forse hanno già ucciso Devyn, forse no, ma non voglio correre il rischio.»

«Bene, quindi se smettiamo di parlare e andiamo in banca, forse possiamo trovarla prima che le succeda qualcosa» affermò Grover con impazienza.

Lucky si estraniò dalla conversazione e fissò Spencer; doveva averlo percepito perché sollevò lo sguardo.

«Se le hanno torto anche un solo capello, te ne pentirai» ringhiò.

«Sono *già* pentito. Per quel che vale, e so che non è molto, voglio bene a Devyn. È una rompipalle, come tutte le sorelle, ma farei qualsiasi cosa per lei. Non avrei mai voluto che succedesse una cosa del genere.»

«Ma è successo.»

«Già» disse, accasciandosi sconfitto.

Lo lasciò perdere, rimproverarlo non avrebbe aiutato a ritrovare Devyn; l'unica cosa che poteva farlo erano i soldi. Un sacco di soldi. Prima fossero riusciti a raccogliere i sessantamila dollari, prima Spencer avrebbe potuto chiamare Rocky per ottenere la posizione di Dev. Sperava solo che non fosse troppo tardi.

CAPITOLO SEDICI

«Quanto abbiamo?» chiese Grover a Kinley, mentre finiva di contare le mazzette di banconote davanti a lei.

Erano passate ore, il sole stava tramontando di nuovo e Lucky avrebbe voluto solo andare a cercare Devyn. Doveva essere terrorizzata. Accidenti, *lui* era spaventato a morte per lei.

«Sessantaduemilaquattrocento» rispose.

Sospirò di sollievo. Erano sufficienti. Meno male, cazzo.

«Dov'è Spencer?» chiese Lefty.

Lucky alzò lo sguardo sorpreso. Non si era reso conto che non ci fosse. C'erano molte persone che entravano e uscivano, quindi non era strano che lo avesse perso di vista. Lui stesso era uscito per un po' per andare in banca e passare dall'appartamento di Devyn. Non aveva idea in che condizioni l'avrebbero trovata, o dove, ma per esperienza sapeva che avrebbe avuto bisogno di un cambio di vestiti.

Una volta lo avevano fatto prigioniero e dopo essere stato salvato, la prima cosa che aveva voluto fare era stato lavarsi, togliersi i vestiti che indossava da troppo tempo e metterne di nuovi. Era una questione mentale oltre che fisica. La pulizia personale non interessava ai terroristi e si era pisciato addosso più di una volta durante l'interrogatorio. Lucky non aveva idea di dove fosse o cosa stesse passando Devyn, ma l'unica cosa che poteva fare per lei era assicurarsi di ridarle un po' di dignità quando l'avrebbero trovata. Un cambio di indumenti non avrebbe cancellato i ricordi di ciò che aveva subito, ma sapeva che avrebbe aiutato molto a migliorare le cose non appena fosse stata salvata.

Era passato dal preoccuparsi di trovarla troppo tardi a respingere quei pensieri e restare positivo. Quel Rocky voleva i suoi soldi e loro volevano Devyn; era convinto che una volta ottenuto ciò che Spencer gli doveva, l'uomo avrebbe detto loro il luogo in cui i suoi scagnozzi l'avevano nascosta.

«Cazzo, chi l'ha visto l'ultima volta?» chiese Doc.

«Non era qui quando sono tornato» dichiarò Brain. «E sono stato l'ultimo ad arrivare, dato che mi sono fermato in ospedale per controllare mio figlio e aggiornare Aspen su ciò che sta succedendo.»

«La dimetteranno presto?» chiese Oz. «Riley mi ha chiesto di lei quando l'ho riportata a casa in modo che si stendesse a riposare; il bambino la sta davvero stancando ultimamente.»

«Sì, ormai dovrebbe essere a casa. Gillian e la sua amica Wendy sono andate a prenderla insieme a Logan e Bria. Rimarranno con lei.»

Lucky ne fu sollevato. Per quanto fosse preoccupato per Devyn, era felice di sapere che c'era sempre qualcuno che si prendeva cura degli amici che ne avevano bisogno.

«Non ho visto Spencer quando sono tornato» disse Lefty.

«Neanch'io» aggiunse Trigger.

«Cazzo. Ok, prima era seduto al tavolo della cucina» rifletté Grover, «ma non l'ho visto quando sono tornato dalla banca.»

«La sua macchina non è nel vialetto» sbottò Lucky allarmato, mentre guardava fuori dalla finestra.

«Maledizione!» borbottò Grover, tirando un forte calcio alla sedia che scivolò sul pavimento e andò a schiantarsi sulla parete di fronte a lui, rompendosi. «Vado a cercarlo» disse a denti stretti. «Giuro su Dio che se ne pentirà, non mi interessa che sia mio fratello. È l'unico che ha il numero di Rocky. Cazzo, avremmo dovuto farcelo dare. Sono un completo idiota!»

«Calmati, Grover» disse Brain.

«Non posso! È colpa sua se mia sorella è là fuori chissà dove, spaventata a morte e probabilmente ferita. Non posso credere che sia scappato!»

«Sono qui.»

Tutti si voltarono a guardare la porta d'ingresso. Spencer era appena entrato e si avvicinò a loro. «Mi dispiace, non pensavo di stare via così a lungo.»

Aveva sempre un aspetto terribile. Si era cambiato e non aveva più la maglietta impregnata di sangue, ma il suo viso era ancora gonfio e pieno di lividi. Si trascinò zoppicando verso Kinley, che era ancora seduta al tavolo con il denaro che tutti avevano prelevato dai loro conti. Lefty si spostò per mettersi quasi davanti alla moglie, come per proteggerla se Spencer avesse fatto una mossa per prendere i soldi.

Ma invece di guardare i contanti con occhi avidi, si

protese in avanti e posò una mazzetta di banconote accanto alle altre. «So che non sono molti... ma è tutto ciò che sono riuscito a ottenere. Ho venduto la macchina, me ne hanno dati solo cinquecento, ma dovevo fare *qualcosa*.»

Lucky non poté fare a meno di esserne scioccato. Spencer Groves non sarebbe mai stato una delle sue persone preferite e non sarebbe stato invitato alla festa del Ringraziamento tanto presto, non dopo il suo comportamento che aveva portato al rapimento di Devyn, ma apprezzò comunque il gesto.

«Come sei tornato a casa?» gli chiese Grover.

Spencer indietreggiò dal tavolo e scrollò le spalle. «Ho fatto l'autostop.»

Nessuno gli disse che non avevano bisogno dei suoi soldi, visto che avevano già raccolto i sessantamila dollari che voleva lo strozzino; era ovvio che avesse voluto aiutare, anche se era troppo poco e troppo tardi.

«Abbiamo i soldi» lo informò Grover. «È ora di chiamare Rocky.»

«Dobbiamo avvisare gli investigatori?» domandò Doc.

«No» dissero all'unisono Lucky e Grover.

Lucky annuì al suo compagno di squadra. Erano sulla stessa lunghezza d'onda; sarebbero potuti finire nei guai per aver tenuto all'oscuro i poliziotti, ma se fosse stato necessario fare qualcosa di illegale per riavere Devyn, erano entrambi disposti a rischiare. Per non parlare del fatto che la consegna del denaro sarebbe stata complicata se la polizia fosse stata lì a guardare, perché era possibile che chiunque Rocky avrebbe mandato a ritirarli si sarebbe spaventato. E più tempo ci fosse voluto per far passare i soldi di mano in mano, più tempo sarebbe passato prima di poter recuperare Devyn da dove era stata nascosta.

Spencer si sedette lentamente su una sedia all'altra parte del tavolo rispetto a Kinley. Appoggiò il cellulare davanti a sé e premette alcuni pulsanti. Dopo pochi secondi il suono della chiamata riempì la stanza.

Lucky lo vide asciugarsi le mani sui jeans diverse volte; era ovvio che fosse nervoso. Com'era giusto che fosse. C'era molto in ballo in quella telefonata: la vita di sua sorella.

«Rocky» disse una voce profonda dall'altro capo del telefono.

«Sono Spencer.»

«Ah, Spence. È bello sentirti... soprattutto perché pare che tu sia fuori città. Non stavi cercando di evitarmi, vero?» gli chiese.

«No, certo che no» rispose nervosamente.

Lucky non riuscì a trattenersi; si chinò e si intromise nella conversazione. «Abbiamo i tuoi soldi. Rivogliamo Devyn.»

«E con chi ho il piacere di parlare?» chiese Rocky.

«Sono Lucky e lei è la mia ragazza.»

«Mi dispiace terribilmente che le cose siano arrivate fino a questo punto» disse in tono cordiale, «ma odio quando i clienti non mi prendono sul serio e si rifiutano di pagare ciò che mi devono.»

«Dov'è Devyn?» chiese a denti stretti.

«Non ti conosco e non mi fido di te. Senza offesa. Spencer è una spina nel fianco da un po' ormai. Gli ho prestato dei soldi in buona fede, conosceva le conseguenze se non me li avesse restituiti, eppure eccoci qua. Non mi piace ricorrere alla violenza, ma non posso nemmeno lasciare che i miei clienti mi derubino e la facciano franca. Se si venisse a sapere che mi sono ammorbidito, nessuno si preoccuperebbe di ripagarmi e non sarebbe una buona cosa per gli affari. Penso che capirai che si trattava esclusivamente di una transazione commerciale, giusto?»

«Quello che ho capito è che i tuoi scagnozzi hanno picchiato la mia ragazza fino a farle perdere i sensi e poi l'hanno rapita. Abbiamo i tuoi soldi e voglio sapere dov'è. Ora.»

«Mmm no, non è così che funziona e lo sai» disse Rocky, con voce un po' più dura. «Prima voglio i soldi, poi ti dirò dove puoi andare a prendere la donna. Spencer, sei ancora lì?»

«Sì.»

«Bene. Farai tu la consegna. Tu e *solo* tu. Se ci sarà qualcun altro, l'accordo sfuma, come pure se vengo a sapere che ci sono poliziotti o se fai qualcosa per innervosire i miei ragazzi quando vengono a prelevare il denaro. Sono passati un paio di giorni, quanto pensi possa resistere tua sorella senza cibo né acqua? Il tempo stringe.»

Senza cibo né acqua...

Cazzo, avrebbe voluto poter attraversare il telefono e uccidere quello stronzo.

«Capisco» disse Spencer sommessamente.

«Domani mattina alle dieci in punto ad Austin, nell'area di North Lamar. C'è un complesso di appartamenti chiamato Longspur Apartments. Ci sarà un senzatetto che fa l'elemosina, indosserà una maglia dei Dallas Cowboys e un cappellino da baseball nero. Ti avvicini a lui, metti i soldi nel contenitore dove li raccoglie e te ne vai. Quando torni a Killeen, mi chiami; per allora saprò se mi hai restituito l'intera somma e ti darò le coordinate GPS per trovare la ragazza.»

«Stasera. Faremo la consegna stasera» disse Lucky, non volendo aspettare un secondo in più.

«Non mi stai dando degli ordini, vero?» ribatté Rocky. «Sto già correndo un rischio e non mi fido per niente di te. Potresti essere un poliziotto per quel che ne so. Se volete rivedere quella donna, vi ho detto cosa dovete fare.»

«Come faremo a sapere con certezza che è il tuo uomo?» chiese Grover. «Le maglie dei Dallas Cowboy non sono esattamente rare da queste parti.»

«Non sono sorpreso che ci sia una stanza piena di gente» replicò Rocky con una risatina. «Hai ragione. Quando ti avvicinerai all'uomo, lui ti dirà: "Mattinata interessante, vero?", così capirai.»

«Uno di noi dovrà accompagnarlo ad Austin» lo informò Lucky. «Ha venduto la sua macchina.»

Questa volta si fece una fragorosa risata. «Sono davvero sorpreso che abbia aspettato così tanto per vendere quel pezzo di ferraglia. Pensavo che se ne sarebbe sbarazzato molto prima per racimolare denaro da scommettere. Bene, uno di voi può accompagnarlo. *Uno solo.* Se qualcuno prova a catturare il mio uomo per ottenere informazioni, non troverete mai più la ragazza. Inoltre, lui non sa nulla. Le uniche persone che ne sono a conoscenza siamo io e i due uomini che l'hanno nascosta per mio conto, e loro non li troverete *mai*.»

Il brutto era che Lucky gli credeva. «Ok. Siamo d'accordo. Ma devi giurare che finito tutto ti dimenticherai di Spencer e dei suoi familiari e amici.»

Rocky rise di nuovo, come se per lui fosse tutto un gioco. «Sono bravo a dimenticare le cose, ma credo che il piccolo Spencer prima o poi busserà di nuovo alla mia porta, desideroso di fare affari. Uno che ha una dipendenza, ce l'ha e basta, e io faccio affidamento su persone come lui per vivere. Tornerà. Ricorda le mie parole.»

«Ho chiuso» disse Spencer con fermezza.

Lo strozzino rise più forte. «Ci vediamo presto, Spence. E spero di parlare di nuovo con tutti voi domani mattina.» Chiuse la chiamata senza aggiungere altro.

Kinley emise un piccolo verso soffocato e vide che stava piangendo. Avrebbero dovuto mandarla a casa, ma quando l'avevano vista arrivare con Lefty, nessuno ci aveva pensato.

Mentre il marito la confortava, tornò con il pensiero a Devyn; avrebbe dovuto passare un'altra notte in quell'inferno, e lo *odiava*.

Voleva andare ad Austin subito e mettere fine alla faccenda, ma non avevano altra scelta che aspettare l'indomani.

«Lo accompagno io» disse Grover.

«No, cazzo. Vado io» ribatté Lucky.

«Sbagliato. Nessuno di voi due andrà ad Austin domani» li informò Doc. «Ci andrò io.» Alzò una mano quando tutti iniziarono a protestare. «Brain, tu devi stare con Aspen. Chance presto verrà dimesso e lei è appena tornata a casa, avrà bisogno di riposo. Oz, devi stare con Riley. L'ultima cosa che vuoi è che il vostro bambino nasca prematuramente a causa di tutto questo stress. E devi considerare anche i tuoi nipoti. Quanto a voi due» disse, guardando Grover e Lucky, «in questo momento mi preoccupa seriamente lasciarvi da soli con Spencer.»

Lucky annuì con riluttanza. Doc aveva fornito delle ottime ragioni. Soprattutto l'ultima. Era impossibile sapere cos'avrebbe potuto dire o fare a Spencer se si fosse ritrovato da solo in macchina con lui. Poteva anche essere il fratello di Devyn, che lei amava, ma sarebbe trascorso molto tempo prima che potesse perdonarlo per averla messa in quella posizione.

Le mani di Grover erano strette a pugno, ma annuì.

«Vi terrò sempre informati» li rassicurò. «Terrò il telefono in vivavoce così saprete ciò che sta succedendo.»

Lucky lanciò un'occhiata a Spencer e vide che aveva gli occhi incollati alle mazzette di banconote all'altro capo del tavolo. «Non pensarci nemmeno» gli intimò con tono basso e letale.

L'altro sollevò di scatto lo sguardo.

«Dico sul serio» lo avvertì.

Spencer annuì, deglutendo a fatica. «È solo che... non ho mai pensato di avere un problema. Ho ignorato le preoccupazioni di Devyn. Non mi sentivo dipendente dal gioco, volevo solo guadagnare qualcosa, ma ora che sono seduto qui e vedo tutti quei soldi... mi tremano le mani dalla smania di prenderli e andare a cercare un casinò.»

Aveva un'espressione smarrita. Abbattuta.

«A volte devi toccare il fondo prima di poterti risollevare» sostenne Lefty.

Grover si avvicinò alle mazzette e iniziò a raccoglierle. Guardò Doc. «Non permettergli di avvicinarsi ai soldi finché non sarà sceso dall'auto. L'ultima cosa che vogliamo è che li rubi e scappi.»

«Non lo farei mai» disse Spencer, ma dal suo tono si intuiva che nemmeno *lui* ne era così convinto.

«Li porto a casa con me stasera» dichiarò Doc.

«A quanto pare sono circa novantacinque chilometri fino a North Lamar» li informò Trigger, alzando lo sguardo dal telefono. «Penso che se parti verso le otto, avrai tempo sufficiente in caso ci sia traffico e per poter trovare un posto dove sorvegliare il complesso di appartamenti. Dato che Rocky non ha detto esattamente dove avresti trovato questo tizio, potresti doverlo cercare.»

«Sarò qui domani alle otto meno un quarto» confermò annuendo.

«Stasera aggiornerò il comandante su ciò che sta succedendo. Non sarà felice che non lo abbiamo chiamato subito, ma non ho dubbi che farà il possibile per aiutarci una volta che avremo ottenuto la posizione di Devyn.»

Lucky annuì. Il colonnello Robinson li avrebbe sicuramente aiutati. Ricordava quanto fosse stato angosciato di raggiungere Macie, la sua donna, quando era stata in pericolo.

«Domani, dopo che Doc e Spencer se ne saranno andati, mi metterò in contatto con gli investigatori» disse Lefty.

Lucky sentiva che avrebbe dovuto offrirsi di fare qualcosa, ma l'unico posto in cui voleva essere era a casa di Grover, ad aspettare il ritorno di Spencer per poter chiamare Rocky e finalmente andare a prendere Devyn.

Tutti iniziarono a salutarsi, ma non riuscì a fare altro che stare appoggiato contro la parete. Alla fine, rimasero solo lui e i due fratelli.

Spencer, non essendo completamente stupido, borbottò: «Mi dispiace davvero per tutto» prima di filarscla lungo il corridoio, fino alla stanza in cui dormiva.

Grover sospirò, andò in cucina e prese una bottiglia d'acqua dal frigorifero. «Ne vuoi una?» gli chiese.

«No. Ci sono molte cose che vorrei in questo momento, ma bere non è una di queste.»

«Ora capisco perché non voleva parlarmi di Spencer» disse, appoggiandosi contro il bancone. «Non mi piace, ma capisco. È sempre stata quella che cercava di mettere pace, non le piacevano i litigi. Ciò non significa che non sapesse affrontare le discussioni, ma preferiva che andassimo tutti d'accordo.»

«Non pensavo davvero che questa storia dei debiti si sarebbe rivoltata contro Dev. Non te l'avrei mai, *mai* tenuto nascosto se avessi pensato per un secondo che sarebbe stata in pericolo.»

«Lo so. È tutto a posto, amico.»

Lucky buttò fuori il respiro che non si era reso conto di aver trattenuto.

«Lei è una dura» disse Grover. «Non pensa di esserlo, ma mia sorella ha attraversato l'inferno quando era piccola con tutti i trattamenti che ha subito. Anche quando vomitava e non aveva i capelli, rassicurava gli altri che stava bene, che da grande avrebbe trovato una cura per il cancro, così nessun altro bambino avrebbe dovuto sperimentare ciò che stava affrontando lei.»

Lucky ridacchiò. «È proprio un atteggiamento da Devyn. Tranne il fatto che non è diventata un medico.»

«È molto più felice di lavorare con gli animali.»

E ciò lo portò a chiedersi dove fossero i suoi.

«Sono nella camera degli ospiti all'altro lato della casa» disse Grover, leggendogli nella mente. «Dopo che Gillian e le altre le hanno ripulite, hanno messo il trasportino lì dentro e hanno creato loro una cuccia confortevole. Hanno portato Angel fuori per fare i suoi bisogni e Kinley ha preparato una lettiera per Whiskers quando lei e Lefty sono tornati dalla banca. Le ho anche viste portare una ciotola con del tonno e del pollo al forno che avevo in frigo.»

Lucky apprezzò la loro premurosità, sentendosi in

colpa per non aver pensato ai suoi animali da diverse ore. «Posso restare?» gli chiese.

«Mi arrabbierei se non lo facessi. Ma... devo chiederti di non uccidere mio fratello nel cuore della notte.»

Non sapeva se il suo amico stesse scherzando o meno. «Non lo farò. Sono incazzato da morire con lui e non posso credere che ci abbia messi tutti in questa situazione, ma non lo ucciderò.»

«Lo apprezzo. Mi assicurerò che vada in riabilitazione e che ripaghi tutti di ogni centesimo, anche se impiegherà il resto della vita.»

«Non me ne frega un cazzo dei soldi. Voglio solo ritrovare Devyn.»

«Anch'io, fratello. Anch'io.»

Rimasero in silenzio per un momento, poi Grover disse: «La troveremo.»

Lucky annuì, perché l'alternativa era impensabile.

Diede la buonanotte al suo amico e percorse il corridoio diretto alla camera degli ospiti. Entrò nella stanza traendo conforto dal fatto che Angel sollevò la testa e si alzò per andare da lui.

Si mise in ginocchio e la grattò sotto il mento. «È stata una giornata di merda, vero ragazza?»

La sua coda si mosse titubante.

«Volete dormire sul letto con me stanotte?» Lui e Devyn di solito non lo permettevano, ma aveva bisogno del loro conforto... e pensava che loro avessero bisogno del suo. Non aveva idea di dove si trovassero mentre Spencer veniva picchiato o cos'avessero fatto in quei giorni rinchiuse in casa, ma era ovvio che fossero rimaste traumatizzate.

Sollevò Angel sul materasso, poi afferrò Whiskers.

Prese due degli asciugamani in cui erano state accucciate e salì sul letto accanto a loro. Si stese su un fianco e Angel si avvicinò, rannicchiandosi contro la sua pancia. Whiskers si unì all'amica e i tre rimasero lì in silenzio, cercando di rilassarsi dopo tutto ciò che era successo.

Lucky sapeva che non avrebbe dormito. Era stanchissimo, ma riusciva a pensare solo a Devyn. Stava dormendo? Aveva fame? Era impaurita? Aveva freddo? Era stata ferita? Torturata? Stuprata...?

Non ne aveva idea. Rocky non sembrava molto preoccupato, ma non significava nulla. Quell'uomo era di ghiaccio e non aveva nessuna compassione.

«Ti amo, Dev» sussurrò.

Provò una fitta al cuore quando non ricevette in risposta il solito *ti amo anch'io*.

———

Devyn aveva la bocca secca e non riusciva a deglutire. Quel giorno era caduta una leggera pioggia e lei era stata contro l'albero con la bocca aperta, cercando di ingoiare quanta più acqua possibile. Le faceva male ogni muscolo del corpo e si sentiva molto debole.

Ma si rifiutava di arrendersi.

Era di nuovo buio. La terza notte. Di tanto in tanto urlava a squarciagola, nella vana speranza che la sentisse qualcuno che stava facendo un'escursione in quella foresta, qualunque fosse, e andasse in suo soccorso. Ma non era arrivato nessuno.

Aveva parlato con se stessa per ore, solo per non sentirsi sola. Aveva contato da uno a cinquemila e a ritroso. Aveva fatto di tutto per passare il tempo e tenere la mente occupata. Si era rifiutata di arrendersi. Non poteva.

La prima notte si era addormentata e aveva avuto un incubo in cui si era arresa ed era morta e, nonostante quello, aveva comunque visto Lucky apparire dal nulla e trovarla. Anche nel sogno, aveva percepito il suo terrore e la sua devastazione. Non voleva che avesse quel tipo di ricordo di lei.

Si era svegliata determinata a fare tutto il necessario per sopravvivere. Grover e Lucky l'avrebbero trovata. Dovevano.

Devyn sospirò e anche quel piccolo movimento che le sollevò le spalle la fece gemere di dolore. Non aveva pensato che sarebbe stata una situazione facile la prima volta che si era svegliata, ma aveva sottovalutato quanto in realtà *non* lo fosse.

Era sofferente, aveva fame e sete.

Ed era imbarazzata e disgustata oltre ogni immaginazione...

Quando si era resa conto di dover andare in bagno, aveva fatto di tutto per trattenersi, ma era stato inutile. Era impossibile bloccare a lungo le funzioni naturali del proprio corpo. Aveva pianto dopo averlo fatto, sapendo di dover rimanere seduta nei suoi escrementi. Non aveva la possibilità di calarsi i pantaloni, poteva solo stare lì contro l'albero come un sacco di spazzatura.

C'erano momenti in cui odiava suo fratello e giurava che non lo avrebbe mai perdonato per averla messa in quella situazione. Poi piangeva e dichiarava ad alta voce di essere dispiaciuta, che non intendeva sul serio. Era travolta da un turbinio di emozioni e sapeva che se non l'avessero trovata presto, non avrebbe resistito ancora a lungo...

«Aspetta, Dev» sussurrò. «I grandi salvataggi non accadono mai nel cuore della notte. È probabile che stiano facendo ciò che sanno fare meglio... pianificare e prepararsi per venire a prenderti. Aspetta un'altra notte. Ce la puoi fare.»

Non era sicura di poterci riuscire, ma avrebbe finto di crederci.

Devyn chiuse gli occhi, cercando di convincersi di non essere seduta nel mezzo di una foresta chissà dove, e pensò a Lucky. A quanto amava sdraiarsi contro di lui a letto. Stavano ad ascoltare Angel e Whiskers girare in cerchio e appallottolare le coperte prima di sistemarsi. Entrambi gli animali russavano e molte notti si era addormentata con quel rumore di sottofondo, la guancia posata sul petto nudo di Lucky.

Un attimo prima di cedere a un sonno agitato, sentì nella sua testa la sua voce profonda, roca e assonnata dirle *ti amo*.

«Ti amo anch'io» sussurrò.

CAPITOLO DICIASSETTE

«L'ABBIAMO TROVATO» disse Doc alle dieci e un quarto della mattina successiva.

Tutta la squadra era riunita attorno al tavolo di Grover ad ascoltare il loro compagno commentare minuto per minuto la consegna.

I due erano arrivati al complesso di Longspur verso le nove e mezza. Avevano perlustrato la zona e poi avevano parcheggiato rimanendo in attesa. Doc aveva detto che capiva perché Rocky avesse scelto quel posto; c'erano barboni ovunque, uomini e donne. C'era una specie di tendopoli nel campo lì accanto, e non sarebbe sembrato strano che un senzatetto mendicasse su quella strada.

Lucky aveva iniziato a sudare dieci minuti dopo il loro arrivo, quando Doc aveva detto di non aver visto nessuno con la maglia dei Dallas Cowboys e un cappello nero.

Ma all'improvviso il tizio era comparso.

Spencer era sceso dall'auto tenendo stretti i soldi, e Lucky pregò che non facesse qualcosa di stupido come scappare.

«Sta parlando con l'uomo... ha appena messo la busta nel contenitore. Si stanno salutando... sta tornando in macchina.»

«Cosa sta facendo l'altro?» chiese Grover.

Ne avevano parlato quella mattina, preoccupati che il tizio a cui avrebbero dato i soldi potesse tradire Rocky, tenendoli per sé. Ma non avevano alcun controllo sulla situazione e si erano rassegnati a sperare che la reputazione dello strozzino fosse piuttosto tremenda, così che nessuno avrebbe osato metterselo contro.

«È ancora lì.»

«Sul serio?» ringhiò.

Dio, quel tizio era un idiota a rimanere in quel quartiere con sessantamila dollari, oppure un genio; doveva ammettere che probabilmente stava facendo un ottimo lavoro nel non farsi notare.

«Sì. Sta continuando a chiedere soldi alle persone che gli passano davanti.»

Sentirono la portiera della macchina chiudersi attraverso l'altoparlante del cellulare.

«È fatta» disse Spencer.

«Ok, stiamo tornando. Saremo lì tra circa un'ora» li informò Doc. «Chiudo.» E disattivò la connessione.

Lucky non era sicuro di poter aspettare un'ora. Voleva andare a prendere Devyn subito. Pregò che stesse bene e che gli scagnozzi di Rocky non avessero abusato di lei in alcun modo. Aveva dormito di merda la notte prima, svegliandosi spesso, chiedendosi dove fosse e a cosa stesse pensando. Pregò che sapesse che stavano facendo tutto il possibile per trovarla.

«Andrà tutto bene» lo rassicurò Trigger accanto a lui.

«È una tipa tosta» aggiunse Lefty.

«E testarda» incalzò Brain.

«Ti ama e farà tutto il possibile per resistere fino a quando non arriveremo» concluse Oz.

Lucky aspettò che anche Grover aggiungesse qualcosa di positivo sulla sorella, ma quando lo guardò, il suo amico aveva la testa chinata e le mani appoggiate al tavolo, come se fosse l'unica cosa a tenerlo su.

«Grover?» gli chiese preoccupato. Sapeva che si sentiva lacerato dentro esattamente come lui.

«Non ho detto alla mia famiglia cosa sta succedendo» ammise dopo un attimo. Sollevò lo sguardo. «Forse dovrei? Mi incazzerei da morire se succedesse qualcosa a Mila o ad Angela o a chiunque altro, e non me lo dicessero.»

«Penso sia meglio aspettare finché non avrai qualcosa di più concreto da dire» consigliò Trigger. «Se dici ai tuoi genitori che Devyn è stata rapita e non hai idea di dove sia o come stia, li agiteresti. Aspetterei che sia tutto finito.»

Grover annuì. «Spencer andrà in riabilitazione anche se dovessi trascinarlo lì scalciante e urlante.»

«Non credo servirà» disse Brain. «Mi sembra piuttosto devastato da tutta la faccenda.»

«Avete visto come guardava i soldi?» chiese Grover, a nessuno in particolare.

«La dipendenza è una gran brutta cosa» mormorò Lefty.

Lucky era d'accordo con tutto ciò che dicevano i suoi compagni di squadra, ma non poteva partecipare alla conversazione. Riusciva solo a pensare a Devyn; a dove poteva essere e a cosa avrebbe potuto succederle.

«Tieni duro» mormorò Oz, posandogli la mano sulla spalla. «La cosa peggiore è fare supposizioni.»

Il suo amico lo sapeva bene. Quando avevano rapito i

suoi nipoti, doveva aver avuto gli stessi pensieri. «Ci è stato insegnato a pensare a ogni risultato» disse Lucky, «a quello bello, al brutto e all'orribile, e per quanto voglia rimanere positivo, non riesco a smettere di immaginare ogni tipo di scenario.»

«Lo so» concordò Oz. «È stato così anche per me quando Logan e Bria erano scomparsi.»

«E poi mi sento in colpa perché odio la lentezza con cui sembra si muovano le cose, ma almeno io so che stiamo facendo qualcosa, mentre Devyn no.»

«Ti sbagli» disse Lefty. «Lei sa che tu, Grover e tutti noi stiamo facendo il possibile per trovarla.»

Lucky fece un respiro profondo, annuì e guardò l'orologio. Cazzo, erano passati solo tre minuti dall'ultima volta che lo aveva guardato. Aveva bisogno che il tempo accelerasse, che Spencer e Doc tornassero in modo da poter chiamare Rocky e ottenere le coordinate del luogo in cui era tenuta Devyn.

Odiava stare seduto lì ad aspettare. Aveva bisogno di muoversi, di *fare* qualcosa. Non potevano nemmeno elaborare un piano, perché non avevano la minima idea di dove sarebbero andati a riprenderla: in un angolo del quartiere, nel Missouri, in Messico. Poteva essere ovunque.

«Cinquantaquattro minuti al ritorno» mormorò Grover.

Era confortante sapere che non era il solo a essere impaziente. Anche gli altri ragazzi della squadra erano preoccupati per Devyn, ma per lui e Grover era diverso.

Non riuscendo a stare fermo, iniziò a camminare avanti e indietro.

———

Era passato un altro giorno e lei era ancora incatenata a quel maledetto albero. Devyn era sicura di aver attraversato tutte le fasi della sofferenza emotiva; si era rifiutata di credere di essere stata effettivamente rapita, anche se quella fase non era durata a lungo, dato che era nel bel mezzo del nulla seduta con le braccia legate; aveva pianto, negoziato con Dio, si era disperata pensando che sarebbe morta, e ora era solo arrabbiata.

Come avevano *osato* pensare che fosse giusto prenderla a pugni in faccia.

Come avevano osato pensare che fosse giusto rapirla e incatenarla a un albero.

Come osava l'albero essere così grande da non riuscire a circondarlo con le braccia.

Come osava qualcuno a non voler fare un'escursione in quella parte di bosco così da trovarla.

Come osavano i suoi polsi a non essere abbastanza piccoli da scivolare dalle manette.

Sfogava la sua rabbia su qualsiasi cosa.

Voleva andarsene da lì, non rimanere bloccata nella foresta un altro giorno e, *di certo,* non un'altra notte.

Le notti erano le più difficili. Gli insetti uscivano e strisciavano sulle sue gambe e braccia, non riusciva a vedere un accidente e temeva che un orso decidesse di fare uno spuntino. Devyn non sapeva se lì ce ne fossero, dal momento che non aveva idea di dove si trovasse, ma non riusciva ad allontanare quel pensiero. Aveva dormito di merda, cercando di muoversi spesso per assicurarsi di non bloccare la circolazione nelle braccia, che le facevano comunque male per essere in quella posizione da troppo tempo.

E gli uccelli... quei maledetti uccelli! Non smettevano

mai di cantare. Non lo sapevano quanto era sconvolta? Dovevano chiudere il becco, ma non lo facevano. Volavano intorno a lei, cinguettando come se tutto fosse perfettamente a posto. Ma non lo era. *Non lo era.*

All'improvviso, la sua rabbia si esaurì e tornò a deprimersi. Non sapeva se Spencer stava bene. Non aveva dubbi sul fatto che ciò che le era successo fosse dovuto ai suoi debiti. Aveva detto che la sua vita era in pericolo e Devyn non aveva minimamente pensato che stare con lui avrebbe potuto mettere a rischio anche lei, altrimenti avrebbe detto qualcosa a Lucky o a Fred. Loro avrebbero fatto tutto il possibile per proteggerla.

Ma ora forse Spencer era morto, forse era stato ucciso dalle persone che l'avevano rapita. In quel caso, il debito era ancora valido? Non aveva idea di come operavano gli strozzini. Forse passava alla sua famiglia quando il debitore moriva. In tutta onestà non aveva quella somma, ma in qualche modo l'avrebbe trovata.

Durante la sua prigionia si era permessa di rado di pensare a Lucky. Sapeva che avrebbe cercato di trovarla, ma la lacerava sapere che era devastato, odiava il fatto che si sarebbe biasimato per non essere stato lì con lei.

Devyn non aveva nemmeno avuto il tempo di difendersi dopo che aveva aperto la porta. Era stata così arrabbiata con Spencer – e sì, spaventata – da non aver pensato di essere cauta. Era stato stupido da parte sua. Un'ingenuità. Dopo quello che era successo alle altre donne e tutto ciò che le aveva insegnato Fred, aveva aperto quella dannata porta permettendo a chiunque fosse lì di rapirla.

Che giorno era? Il terzo? Il quarto? Il tempo si trascinava e lei faticava a concentrarsi. Aveva bisogno di acqua... più di quella che era riuscita a ingoiare quando erano cadute quelle due gocce di pioggia. Le girava la testa e aveva la bocca completamente secca, le labbra erano screpolate e il cuore le batteva un po' troppo velocemente. Se qualcuno non l'avesse trovata presto, probabilmente si sarebbe addormentata per non svegliarsi mai più.

Quel pensiero la fece sobbalzare. «No!» disse ad alta voce. L'incubo che aveva avuto su Lucky che trovava il suo cadavere incatenato all'albero era ancora fresco nella sua mente. Non lo voleva per lui. O per Fred.

«Ehi!» gridò. «Sono qui! C'è qualcuno? Aiutatemi! Al fuoco! Al fuoco! Al fuoco!» La gente non rispondeva di più a un pericolo d'incendio piuttosto che a una generica richiesta di aiuto? Un incendio poteva riguardare chiunque, essere coinvolti in un'aggressione era più pericoloso. Almeno era ciò che le aveva insegnato suo fratello.

Ma nessuno rispose alle sue urla. Gli uccelli sembravano prenderla in giro, cinguettando allegramente come se niente fosse.

Devyn chiuse gli occhi e appoggiò la testa contro il tronco dietro di lei. «Sono qui» sussurrò. «Proprio qui.»

Ma, ancora una volta, nessuno rispose.

«Hai lavorato bene» disse Rocky a Spencer. Avevano chiamato lo strozzino non appena lui e Doc erano tornati a casa di Grover; per fortuna aveva risposto subito. Chiaramente si era assicurato di controllare la somma di denaro consegnata al suo contatto.

«Dov'è Devyn?» ringhiò Lucky.

«Hai una penna?» scherzò. «Ho le coordinate.» Quindi,

senza aspettare che gli uomini fossero pronti le snocciolò, e Brain e Lefty si affrettarono a scriverle.

«Se fossi in te, Spencer» disse Rocky in tono amabile, «troverei un altro tipo di lavoro... perché francamente, non sei un granché come giocatore d'azzardo.» Poi riattaccò senza aggiungere altro.

Spencer era appoggiato al muro, le labbra in un cipiglio, sembrava molto più vecchio dei suoi trentun anni.

In quel momento a Lucky non importava di ciò che l'altro stava provando, era completamente concentrato sui suoi compagni di squadra. «Le hai?» chiese con impazienza.

«Sì, aspetta» disse Brain, mentre tirava il portatile davanti a sé e digitava le coordinate dettate da Rocky. Si raddrizzò e guardò accigliato lo schermo. «Non può essere giusto. Cosa ti è uscito, Lefty?»

«La stessa cosa» rispose, guardando il telefono.

«Cosa?» sbraitò Grover.

Il loro amico girò il PC e tutti lo fissarono.

«Dove cazzo è quel posto?» sbottò Lucky. Tutto ciò che si vedeva sullo schermo era un'enorme macchia di verde.

Brain armeggiò con le impostazioni e la mappa passò da un primo piano a una vista più ampia. Lucky si spostò dietro di lui. Lentamente, capì ciò che stava guardando.

«Merda... è nel Texas orientale?»

«Se le coordinate che ci ha fornito sono corrette, sì» rispose Brain. «La parte meridionale della foresta nazionale Davy Crockett, poco frequentata dai turisti perché è ricoperta di vegetazione e non ci sono molti sentieri escursionistici. I campeggi sono tutti a nord rispetto a quella zona. È anche un terreno più collinoso.»

«Cazzo» disse Grover, passandosi una mano tra i capelli.

«Colonnello Robinson? Sono Trigger.»

Lucky si voltò e vide il suo compagno di squadra parlare al telefono.

«Abbiamo bisogno di un elicottero... so che il preavviso è poco... abbiamo trovato la sorella di Grover... è nel Texas orientale... sì, ho capito... ottimo, lo apprezziamo... non prima? Giusto... Quanti? Va bene... saremo pronti. Grazie, Signore.»

«Allora?» chiese Grover con impazienza quando Trigger chiuse la chiamata.

«Era il comandante» disse inutilmente. «Ha intenzione di organizzare un'esercitazione con l'unità di aviazione, così avremo un elicottero tra due ore... al massimo.»

Il cuore di Lucky si gonfiò di sollievo e sprofondò allo stesso tempo. Era contento di avere un elicottero a disposizione in modo da poter raggiungere in fretta Devyn, ma odiava dover aspettare anche solo cinque minuti, figuriamoci due ore; sarebbe stata una tortura.

«Deve presentare tutte le scartoffie» disse Trigger, come se riuscisse a leggergli nella mente. «Ottenere l'approvazione dal generale. Sa che il tempo è prezioso e farà tutto ciò che è in suo potere per farci decollare il più velocemente possibile. Nell'elicottero potranno andare solo quattro di noi; Grover e Lucky ovviamente e penso che dovrebbe andare anche Doc in modo che possa prestare i primi soccorsi se necessario.»

«E anche tu» disse subito Lucky. Si fidava di tutti i suoi compagni di squadra, ma Trigger era il loro leader, avrebbe preso in mano la situazione se avessero trovato Devyn in condizioni peggiori di quanto sperassero.

Tutti annuirono.

«Io resto qui con Spencer» disse Oz. «E mi prenderò cura di Whiskers e Angel.»

«Anch'io» affermò Lefty. «Brain può tornare a casa per stare con Aspen, e se avremo bisogno di lui ha il portatile con sé.»

Lucky annuì, soddisfatto del piano. Sembrava che Spencer fosse convinto quando aveva detto di voler aiutare, ma non voleva rischiare che scappasse nel momento in cui avesse scoperto che sua sorella stava bene – *ti prego, fa che Devyn stia bene* – e Oz e Lefty si sarebbero assicurati che non succedesse.

Brain invece doveva essere a casa con la moglie. Odiava che quella brutta vicenda stesse accadendo durante quello che doveva essere un momento felice per i suoi amici, dopo la nascita del loro primo figlio. Però sapeva anche che il suo compagno di squadra non sarebbe mai riuscito a restare seduto in casa ignorando ciò che stava accadendo. Avrebbe fatto tutto il possibile per aiutare.

«Allora andiamo alla base» dichiarò Trigger. «Vogliamo essere pronti a partire non appena la documentazione sarà approvata.»

Lucky non era mai stato così grato come lo era in quel momento di avere lui come leader; Trigger sapeva esattamente cosa fare e come farlo.

Intanto, però, si sentiva a pezzi. Riusciva a pensare solo a quel puntino blu sul computer. Nel bel mezzo del maledetto nulla. La mappa satellitare non mostrava altro che alberi e alberi; sperava davvero che fosse un'immagine vecchia e che ora ci fosse una capanna... o qualcosa del genere. Perché l'alternativa era impensabile.

Purtroppo succedeva spesso che venissero scaricati

corpi in posti *sperduti* in mezzo ai boschi, in modo che non venissero mai trovati.

Lucky pregò che non fossero diretti al luogo di morte di Devyn.

Digrignò i denti così forte da sapere che gli sarebbe venuto il mal di testa, ma si rifiutò di esprimere le sue preoccupazioni ad alta voce. Non che avrebbe dovuto farlo, ogni persona nella stanza, tranne forse Spencer, sapeva che le probabilità di trovarla viva erano basse.

Dannazione a Rocky e ai suoi scagnozzi... Lucky avrebbe passato il resto della sua vita a dare la caccia agli uomini coinvolti, assicurandosi che pagassero per i loro crimini. Definitivamente.

Guardò Grover e capì che stava pensando più o meno la stessa cosa; i loro occhi si incontrarono e il suo amico annuì. Sì, erano decisamente sulla stessa lunghezza d'onda.

Il pensiero di ciò che Devyn poteva aver subito – stava *ancora* subendo – lo terrorizzava e allo stesso tempo infuriava, così lo spinse in un angolo della mente. Lui e gli altri iniziarono ad avviarsi verso l'ingresso e lungo il percorso raccolse lo zaino; dentro c'erano cose che sarebbero potute servire a Devyn. Doveva rimanere positivo e credere che ne avrebbe avuto bisogno. Qualsiasi altra opzione lo faceva impazzire.

―――――

Devyn era stanca. Continuava a perdere e a riprendere conoscenza. Voleva stare all'erta per ogni evenienza, ma da quando era stata incatenata a quel dannato albero, non aveva sentito né visto nulla che avrebbe potuto essere un aiuto per fuggire.

Ricominciò il conto alla rovescia da cinquemila, sperando che ciò l'avrebbe tenuta sveglia.

Era arrivata a tremiladuecentodiciotto quando le sembrò di aver percepito qualcosa. Sollevò la testa per cercare di sbirciare tra le foglie e non riuscì a vedere nulla, ma sentì il rombo sempre più forte di un motore e un *tump tump tump*; il rumore inconfondibile di un elicottero.

Non era molto vicino, ma il suo cuore sussultò comunque per l'eccitazione.

«Sono qui!» urlò. Non poteva alzarsi e agitare le braccia o accendere un fuoco di segnalazione, e sapeva che non c'era alcuna possibilità che potessero vederla attraverso gli alberi, o sentirla, da un elicottero o un aereo che volava a bassa quota, ma continuò imperterrita a urlare.

Girava la testa di qua e di là, cercando di individuare il velivolo, ma non ebbe fortuna. Dopo pochi istanti, il rumore si attenuò fino a svanire.

«*No!*» piagnucolò. «Sono qui!» gridò ancora. «Proprio qui. Vi prego, non lasciatemi!»

Ma non servì a nulla. La foresta fu di nuovo silenziosa, quei maledetti uccelli ricominciarono a cinguettare e a volare sopra la sua testa, quasi a deriderla per la loro libertà di muoversi.

Devyn non aveva più lacrime, quindi chiuse gli occhi e non cercò nemmeno di rimanere sveglia. A cosa serviva? Stava per morire lì, sola e impaurita.

Pensò a tutti i suoi rimpianti; non poter avere una vita con Lucky era il più grande. Sapeva nel profondo che sarebbe stato il partner perfetto. Incoraggiante e generoso. Non era giusto averlo trovato solo per perderlo prima ancora che avessero la possibilità di iniziare una vita insieme.

«Non possiamo atterrare vicino all'obiettivo» disse il pilota attraverso le cuffie.

Gli occhi di Lucky erano incollati al terreno. Non riusciva a vedere oltre le foglie. Teneva in mano un GPS e sapeva che erano a circa un chilometro e mezzo dal punto in cui si trovava Devyn, in base alle coordinate che gli erano state fornite. Il pilota aveva volato in un ampio cerchio intorno alla loro destinazione e stava posizionando l'elicottero per atterrare il più vicino possibile al punto stabilito.

«Sarà complicato» intervenne il copilota.

Complicato era un eufemismo. C'erano alberi e colline ovunque. Il pilota li avrebbe fatti scendere in cima a una formazione rocciosa. Tutto intorno a loro c'erano alberi ad alto fusto, ognuno dei quali avrebbe potuto finire tra le pale del rotore e far precipitare a terra l'elicottero. Avevano preso in considerazione di calarsi in corda doppia e di usare un cesto di salvataggio per portare a bordo Devyn, una volta trovata, ma la foresta era troppo fitta. Il pilota aveva assicurato che nonostante la difficoltà dell'atterraggio, avrebbe potuto farlo.

Lucky non se ne preoccupò. I piloti Nightstalkers erano tra i migliori dell'esercito; se c'era qualcuno che poteva portarli a terra in sicurezza, erano loro.

Si infilò lo zaino, preparandosi a scendere per poter raggiungere Devyn. Ogni secondo che passava era uno in più in cui poteva essere ferita e sofferente.

Guardò gli altri e vide che Doc si era già infilato lo zaino medico, e Trigger e Grover erano altrettanto pronti per andare. Mentre si avvicinavano al suolo, il mezzo oscillò un po' provocando vento e sollevando polvere. Nell'istante in cui i pattini di atterraggio urtarono contro le rocce, Lucky aprì il portellone e scese.

I suoi compagni di squadra lo seguirono e corsero attraverso la foresta. Nessuno disse una parola, completamente concentrati sulla missione. Il sottobosco era fitto ed era un'impresa superare alcuni punti, ma i quattro uomini non rallentarono. Lucky sentì i piloti parlare nell'auricolare della radio, ma li ignorò. Li avrebbe aggiornati Trigger sui loro progressi, non appena avessero raggiunto Devyn.

Ci misero più di quanto avrebbe voluto per attraversare il chilometro e mezzo che li separava dal punto in cui speravano di trovarla, il terreno li rallentava, ma la squadra si muoveva come una macchina ben oliata, in totale silenzio, nella speranza di trovarla viva e vegeta.

Quando furono a meno di sessanta metri dalle coordinate, Lucky sollevò il pugno per fermare i suoi compagni dietro di lui. Con il cuore martellante, rimase in ascolto.

Si sentiva solo il cinguettio allegro degli uccelli. Non c'era odore di fuoco. Niente indicava che ci fosse qualcuno nelle vicinanze.

Sentì la bile risalirgli in gola, ma proseguì, questa volta più lentamente.

Doveva sapere. Doveva raggiungere la donna che amava... anche se fosse stato troppo tardi per aiutarla.

Guardando il GPS vide che mancavano quindici metri. Si mise il dispositivo in tasca e avanzò piano.

Una decina di metri dopo, girò intorno a un grande albero e fissò la scena davanti a lui.

Devyn era seduta scomodamente contro il tronco, con le braccia allungate indietro e la testa ciondolante. Aveva gli occhi chiusi e da lì non riusciva a capire se stesse respirando. Trattenne lui stesso il fiato. Il suo viso era gonfio, ma non vedeva sangue e sembrava relativamente illesa.

Però erano passati parecchi giorni, e se era sempre stata lì, incatenata a quell'albero, avrebbe potuto benissimo essere morta.

Percepì un movimento accanto a sé e allungò automaticamente la mano per impedire a Grover di precipitarsi da lei. Sapeva di non avere il diritto di tenerlo lontano dalla sorella, ma era la *sua* donna. Una sua responsabilità. Era compito suo proteggerla e prendersi cura di lei. Anche se ciò avesse significato assicurarsi di darle la dignità che meritava nella morte.

Voleva anche proteggere Grover, far sì che non fosse lui a scoprire, Dio non volesse, che non ce l'aveva fatta.

Fece un passo. Poi un altro.

E poi non resistette e si precipitò verso di lei, facendo abbastanza rumore da spaventare gli uccelli e farli volare via.

Per un secondo fu sicuro di essere arrivato troppo tardi, che fosse morta, ma quello dopo Devyn aprì di scatto i suoi bellissimi occhi azzurri... e lo fissò incredula e un po' spaventata mentre si avvicinava a lei.

———

Devyn era persa in uno stato semi cosciente. Una parte di lei era consapevole di dove si trovava e di aver bisogno di rimanere sveglia, ma l'altra parte era più che felice di fluttuare in un luogo beato e felice dove c'erano solo lei e Lucky che dormivano nel suo grande letto.

Non era sicura del momento in cui percepì che qualcosa era cambiato, ma l'improvvisa esplosione di uccelli che volarono via dai rami le fece aprire gli occhi.

All'inizio pensò che gli uomini che l'avevano rapita fossero tornati, ma vide solo una grande figura che si avvicinava a passo veloce. Poi guardò negli occhi sbarrati dell'uomo davanti a lei e si rese conto che era Lucky.

Devyn non aveva idea di come avesse fatto ad apparire dal nulla, ma non era mai stata così felice di vedere qualcuno in tutta la sua vita.

«*Lucky*» gracchiò. E lui fu lì.

Le prese il viso tra le mani e la fissò negli occhi come se fosse un fantasma. *Era* un fantasma? Perché non diceva niente? Alla fine il sogno che aveva fatto si era avverato? Era davvero morta e lui aveva trovato il suo cadavere?

«Dev...» disse dopo un lungo momento.

Avrebbe voluto allungare una mano e toccarlo più di quanto desiderasse qualsiasi altra cosa al mondo, ma aveva ancora le braccia legate. Non poté fare altro che fissarlo con amore, gratitudine e il sollievo più grande che avesse mai sperimentato.

«Mi hai trovata.»

«Sì» sussurrò.

Sussultando sorpresa, Devyn sollevò lo sguardo sugli altri tre uomini che erano apparsi all'improvviso sopra di lei.

«Ehi, sorella» disse Fred con voce strozzata. «Se volevi un po' di eccitazione nella tua vita, avrei potuto organizzarti un lancio in paracadute o qualcosa del genere.»

Lei sbuffò piano. «Me ne ricorderò per la prossima volta» mormorò.

«Ti va di andartene da qui, bellissima?» chiese Trigger,

mentre scompariva dal suo campo visivo portandosi dietro l'albero.

«Sì» rispose con enfasi.

«Potrebbe farti male quando le braccia verranno rilasciate» la avvertì Doc.

«Ci penso io» disse Lucky.

Devyn si rilassò perché sapeva che l'avrebbe fatto, se ne sarebbe occupato lui. Non aspettava con impazienza il dolore che sapeva Doc aveva minimizzato, ma voleva essere libera più di quanto la preoccupasse provare un piccolo disagio. Non riusciva a vedere cosa stesse facendo Trigger dietro di lei, ma capì l'istante in cui tagliò e allentò la catena che la teneva prigioniera.

Le sue braccia caddero a terra. Cercò di sollevarle e non riuscì a trattenere un gemito di dolore.

Lucky le affondò i pollici nelle spalle e lei cercò di inarcarsi per allontanarsi da lui, ma non poteva muoversi.

«So che fa male. Resisti un po', amore» mormorò, mentre cercava di riattivarle la circolazione sulle braccia massaggiando le articolazioni.

Chiuse gli occhi cercando di respirare attraverso il dolore che provava. Poi si rese conto che Lucky aveva ragione. Le faceva male quella manipolazione sulle spalle, ma poco dopo cominciò a sentire un formicolio alle mani e capì che era un buon segno.

«Avrà bisogno di una flebo» disse Doc.

Lucky annuì. «Lo so. Dammi un secondo.»

Trigger apparve di nuovo tenendo in mano la catena che l'aveva tenuta legata all'albero. Si inginocchiò e sbloccò le manette intorno ai suoi polsi e poi infilò tutto nello zaino. Emise un leggero fischio. «Hai lottato per liberarti, vero?» le chiese.

Lei annuì e girò la testa per guardarsi il polso destro. Era piuttosto raccapricciante, c'erano lividi fino quasi al gomito e segni profondi sulla pelle.

«Metterò anche degli antidolorifici nella flebo» borbottò Doc.

Devyn cercò di muovere le braccia e fu felice quando i muscoli funzionarono come voleva, così afferrò i bicipiti di Lucky più forte che poté, il che sapeva non era molto. «Ti amo» gli disse con dolcezza.

«Ti amo anch'io» rispose.

Chiuse gli occhi sospirando soddisfatta. Aveva sognato quel momento così tante volte, da cominciare a pensare che non sarebbe mai successo. Invece sì, Lucky l'aveva davvero trovata. Non sapeva come, ma gliene era davvero riconoscente.

Si dimenò un po', voleva alzarsi, allungare la schiena, ma poi si annusò e si sentì travolgere dall'imbarazzo. Era una cosa stupida. Era felice di essere stata trovata, di vedere Lucky e Fred, ma all'improvviso non avrebbe voluto far altro che nascondere il viso per la vergogna.

«Che c'è?» le chiese Lucky, sempre così attento.

Devyn lanciò un'occhiata agli altri uomini, poi alla pulsazione sulla gola del suo uomo. Non poteva dirlo ad alta voce, non davanti a tutti.

Ma ancora una volta, lui sembrò in grado di leggerle nella mente. «Potete darci un secondo, ragazzi?»

Trigger annuì e si allontanò.

Prima di unirsi a lui, Doc avvertì: «Ha bisogno di cure mediche il prima possibile. Dobbiamo sbrigarci.»

Fred rimase dov'era.

Lucky si alzò in piedi, premendo la caviglia contro la sua coscia, come se non volesse perdere il contatto con lei nemmeno per un momento. «Abbiamo bisogno di un secondo» disse al suo amico.

«È mia sorella, può dirmi qualsiasi cosa.»

I due uomini si fissarono, nessuno dei due cedette.

Devyn odiava essere la ragione per cui suo fratello e l'uomo che amava si stavano scontrando, ma non poteva parlare di ciò che la turbava con lui presente. Non poteva proprio.

«Sto bene, Fred.»

La guardò con gli occhi lucidi. «Ti voglio bene, Devyn.»

«Lo so» gli disse, supplicandolo con gli occhi di darle un secondo di privacy.

Lui sospirò. «Capisco. Sono solo tuo fratello.» Si chinò e la baciò sulla testa. «Sono davvero felice che tu stia bene, piccola. Mi hai spaventato.»

Annuì, aveva la gola troppo chiusa per parlare.

«Due minuti» disse a Lucky, che si era di nuovo accucciato davanti a lei.

Cominciò a indietreggiare e all'improvviso Devyn ritrovò la voce. «Fred? Spencer sta bene?»

La fissò a lungo, prima di sospirare. «Sì, sorella. Sta bene. Sai che il motivo per cui sei qui è lui, vero?»

«Sì, ma è comunque nostro fratello e gli voglio bene. Presumo che tu sappia tutto.»

Lui inclinò la testa.

«Ha bisogno di aiuto» gli disse.

«E lo riceverà» le rispose. «Ora sbrigati e di' al tuo uomo cosa ti turba così possiamo tornare a casa.»

«Eravate nell'elicottero che ho sentito? Pensavo fosse solo di passaggio.»

«Sì era il nostro, e abbiamo un volo di circa due ore per

tornare a Killeen, quindi non mettiamoci tutto il giorno, va bene?»

«Due ore?» chiese confusa. «Dove siamo?»

«Texas orientale» rispose Lucky, riportando la sua attenzione su di lui.

«Sul serio?»

«Sì.»

«Oh. Non avevo idea di essere rimasta incosciente per tutto quel tempo.»

«Immagino che ti abbiano drogata quando ti hanno fatta salire nella loro macchina. Un pugno in faccia non ti avrebbe tenuta priva di coscienza per tutto quel tempo. Ti hanno toccata quando siete arrivati qui? Aggredita sessualmente?» le domandò.

Devyn vide Fred indietreggiare per unirsi ai suoi compagni di squadra, lasciandoli a parlare in privato, e scosse la testa.

«Puoi dirmelo, Dev. Non mi farà pensare male di te.»

«Lo so, ed è la verità. Quando mi sono svegliata, ero sola e incatenata a questo albero. Non ho più visto quegli uomini. Non li ho nemmeno visti bene prima che mi mettessero fuori combattimento. Non mi fa male... là, se capisci cosa intendo. Quindi credo che non mi abbiano fatto niente. Ho solo avuto dolori sul busto il primo giorno.»

«Uno di loro deve averti trasportata in spalla, ciò potrebbe spiegare il dolore. Ora... cosa c'è che non va? Sembravi terribilmente a disagio un minuto fa.»

«È solo che... mi sono annusata» sussurrò.

Il viso di Lucky perse un po' della tensione. «Non fai la doccia da giorni, è normale.»

«Tu non capisci... io...» Dio, *odiava* quella situazione.

Non avrebbe voluto ammetterlo, ma nel momento in cui si fosse alzata in piedi, se fosse riuscita a farlo dopo tutto quel tempo, sarebbe diventato davvero ovvio e fastidioso.

«Puoi dirmi qualsiasi cosa, amore. Fidati di me.»

«È imbarazzante. Sono stata incatenata a questo albero. Non potevo muovermi. E quando ho dovuto usare il bagno... non ho potuto togliermi i pantaloni.» Sapeva di essere arrossita, ma non poté farne a meno.

Lucky si tolse lo zaino dalle spalle mentre parlava. «Sono stato tenuto in ostaggio una volta. Non posso dirti dove o cosa stavamo facendo lì, ma inutile dire che non è stato divertente. Mi hanno legato le mani a una trave sopra la testa, lasciandomi lì per giorni. Provavano un gran piacere a picchiarmi a sangue e a ridere mentre non potevo fare niente per difendermi. Quando sono stato salvato, ero stato lì abbastanza a lungo da essermi pisciato addosso diverse volte... e non solo quello.» Tirò fuori un paio di pantaloni della tuta, una maglietta troppo grande che di sicuro era di Lucky, un paio di calzini, le sue scarpe da ginnastica e un pacchetto di salviettine umidificate.

Le mise una mano intorno alla nuca e si chinò per appoggiare la fronte contro la sua. «Hai fatto ciò per cui il tuo corpo è stato creato. *Non* esserne imbarazzata. Sarei più preoccupato se non l'avessi fatto. Non avevo idea in che condizioni ti avremmo trovata, e sono più grato di quanto possa esprimere che tu sia cosciente e che sembri stare bene. Ti ho portato comunque dei vestiti, per ogni evenienza. So come ci si sente a essere sporchi e volevo fare il possibile per renderti tutto più facile, anche se si trattava solo di un cambio di indumenti.»

Oh. Che uomo. Avrebbe voluto piangere ma, ancora una volta, il suo corpo non ne fu capace. «Grazie» sussurrò.

«Non ringraziarmi ancora. Dovrai permettermi di aiutarti» la avvertì.

Devyn arricciò il naso.

«O lo faccio io o Grover... o Doc o Trigger» le disse.

«Tu» ribatté subito.

«Bene. Vediamo di cambiarti così possiamo andarcene da qui. D'accordo?»

Assolutamente.

«Prima di tutto, vediamo se riesci a stare in piedi» la sollecitò, senza sembrare troppo preoccupato.

Non era sicura di come sarebbe andata, ma annuì comunque. Lucky fece la maggior parte del lavoro, sollevandola da terra e tenendola per la vita finché non fu in piedi, usando quel dannato albero per sostenersi.

«Ok, dovremo farlo in fretta. Primo, perché non credo che tuo fratello aspetterà ancora per molto.»

Devyn si voltò e vide che Trigger, Doc e Fred erano tutti di spalle per darle la privacy necessaria.

«Secondo» continuò, «non sarai in grado di stare in piedi da sola a lungo. Ti terrò salda mentre ti togli i pantaloni e le mutandine, va bene?»

Non andava bene, ma annuì lo stesso. Avrebbe dovuto spogliarsi e pulirsi con le salviettine umidificate mentre lui la sorreggeva, ma l'alternativa sarebbe stata peggiore... rimanere con i vestiti sporchi.

Sorprendentemente, tutto il processo durò meno di quanto aveva immaginato. Lucky tenne gli occhi sul suo viso per tutto il tempo, rendendo le cose molto più facili. Dopo aver indossato la biancheria intima pulita, i pantaloni della tuta e la maglietta, era completamente esausta. Il suo corpo tremava e si sentiva stordita.

«Doc?» gridò Lucky, mentre la prendeva in braccio tenendola contro il suo petto.

L'altro uomo arrivò in pochi secondi. «Che succede?»

«Ha bisogno di una flebo. Subito.»

Si inginocchiò a terra, continuando a tenerla, mentre Doc si metteva al lavoro cercando di trovare una buona vena per inserire l'ago.

«Non appena entrerà in circolo, ti sentirai molto meglio» le disse Lucky, distraendola da quello che stava facendo il suo amico. «Intanto ti idratiamo, poi ti porteremo all'ospedale e sarai di nuovo in forma in men che non si dica.»

«Niente ospedale» disse Devyn con foga.

«Non è un'opzione» ribatté lui con un cipiglio.

«Ti prego! Sto bene, lo giuro. Sì, sono disidratata e muoio di fame, ma non mi hanno fatto del male. Voglio solo andare a casa e dormire per giorni. Non riuscirò a farlo in un ospedale. Li odio.» Guardò Fred negli occhi. Lui e Trigger si erano avvicinati nello stesso momento di Doc. «Per favore, Fred! Digli quanto odio gli ospedali.»

«È vero» ammise il fratello.

«Devo assicurarmi che stia bene» insistette. «Potrebbe avere lesioni interne. I suoi organi potrebbero collassare per mancanza di acqua.»

«Sono riuscita a bere un po' di pioggia» incalzò Devyn. «Non ho lesioni interne. Lo giuro.»

Lucky chiuse gli occhi, piegando la testa indietro.

Devyn lo amava così tanto. Odiava stressarlo, ma pensava davvero di non aver bisogno di un ospedale. Gli avvolse la mano intorno al collo e gli accarezzò la pelle sensibile. «So che probabilmente ho un aspetto orribile, ma sei arrivato in tempo. Mi hai trovata» sostenne con dolcezza.

«A posto» disse Doc, mentre bloccava l'ago con un cerotto. «Per quel che vale, non è stato così difficile come pensavo trovare la vena. Posso monitorarla mentre torniamo a Killeen e se penso che ci siano complicazioni, te lo farò sapere.»

«Per favore» implorò Devyn. Sapeva che non era giusto, che avrebbe dovuto andare a farsi controllare per tranquillizzare Lucky, ma voleva solo tornare a casa e stare tra le sue braccia. Quella era l'unica medicina di cui aveva bisogno in quel momento.

«Va bene» le concesse, «ma se Doc dice che devi andare, andrai.»

«Ok.» Non era un'idiota. Non voleva morire dopo essere stata salvata, ma nonostante fosse debole e tremante, le sembrava davvero di stare bene. Aveva imparato molto sul suo corpo quando era stata malata, e in quel momento non le stava dando segnali che facessero pensare che c'era qualche problema, a parte il bisogno di nutrienti e acqua.

«Sarà più lento il ritorno all'elicottero» li informò Trigger. «Con la flebo e tu che la trasporti, sarà difficile.»

«Staremo attenti» disse Doc, poi fece l'occhiolino a Devyn. «Tutto ciò che devi fare è stare lì tranquilla.»

«Grazie a tutti per essere venuti a prendermi» sussurrò, mentre iniziavano a camminare. Si aggrappò ancora di più a Lucky, anche se sapeva che non l'avrebbe lasciata cadere.

«Non serve ringraziare» sostenne Trigger. «Sei una di noi ora, e ti copriremo sempre le sei.»

«Eh?» chiese confusa.

I quattro uomini ridacchiarono.

«Significa che ti copriamo le spalle» spiegò Lucky. «È un modo di dire nato durante la prima guerra mondiale. I piloti di caccia indicavano la parte posteriore dell'aereo come la posizione a ore sei. Se pensi di stare nel mezzo del quadrante di un orologio, le dodici sono davanti a te, le tre alla tua destra, le nove alla tua sinistra e le sei dietro di te. Su un campo di battaglia, le tue "sei" è la posizione più vulnerabile perché non hai gli occhi dietro la testa. Quindi quando qualcuno dice che ti "copre le sei", vuol dire che ti sta guardando le spalle.»

«In effetti ha senso» disse, appoggiando la testa sulla spalla di Lucky.

«Certo che sì. Tutto ciò che diciamo ha senso» replicò Fred.

Devyn alzò gli occhi al cielo. «Sì, certo.»

«Eccola qua» disse suo fratello con un enorme sorriso. «Devo dire che non avrei mai pensato che sarebbe arrivato il giorno in cui mi sarebbe piaciuto che la mia sorellina fosse impertinente.»

«Oh, sono sicura che non durerà» farfugliò. Era incredibilmente comoda tra le braccia di Lucky. Non si era nemmeno presa la briga di dare un'ultima occhiata a dove era stata tenuta prigioniera per così tanto tempo. Era finita. Superata. Sarebbe andata avanti.

«Sentiti libera di fare un pisolino» le consigliò Lucky.

«Non riuscirò a dormire finché non saremo a casa» rispose, ma il dolce dondolio dei suoi passi, la consapevolezza di non essere più sola e il fatto di non riposare da giorni, la fecero addormentare subito profondamente.

———

«Pensi che stia davvero bene?» chiese sottovoce Grover a Doc, mentre procedevano verso l'elicottero. Trigger si era premurato di informare i piloti che avevano trovato Devyn e stavano tornando con lei.

Lucky si era dimenticato della radio quando l'aveva aiutata a cambiarsi e quindi la sua squadra e i piloti avevano sentito ogni parola di quell'umiliazione, ma sapeva che nessuno l'avrebbe mai accennato.

Era davvero contento di aver pensato di portarle un cambio di vestiti. Era ovvio che fosse imbarazzata per ciò che era successo.

«Sì» disse Doc, rispondendo alla domanda di Grover. Poi si rivolse a Lucky: «Non c'è dubbio che sia disidratata, ma quel po' di pioggia che ha bevuto deve aver aiutato. A parte i lividi sul viso e sulle braccia, per caso ne hai visti sulle gambe che potrebbero indicare un'aggressione sessuale di cui è troppo imbarazzata per parlarcene?»

«No, grazie a Dio. Penso che gli scagnozzi di Rocky abbiano fatto proprio ciò che aveva ordinato loro: portarla in quel posto e lasciarla lì. Hai sentito, ha detto di non averli nemmeno mai visti.»

«Ciò renderà più difficile ai poliziotti identificarli» rifletté Trigger.

«Sai quanto me che è impossibile che la polizia li trovi» disse Grover disgustato. «Rocky sarà anche uno stronzo, ma è chiaro che è intelligente.»

Lucky annuì e si sistemò meglio Devyn tra le braccia; era alta, ma per niente pesante per lui.

«Non ero sicuro che l'avremmo trovata» ammise Grover. «Pensavo che ci saremmo ritrovati davanti a una fossa appena scavata.»

Lucky deglutì a fatica. Aveva avuto lo stesso pensiero

anche se si era rifiutato di esprimerlo. «So che Spencer è tuo fratello, ma passerà molto tempo prima che io voglia rivederlo » ammise.

Il suo amico annuì. «Lo so, e non ti biasimo. Ma... Devyn è una delle persone più leali che conosca, è per quello che non voleva condividere il suo segreto. Fa sempre da paciere, vuole che tutti vadano d'accordo. È sempre stata così. Se vuoi che rimanga nella tua vita, dovrai trovare un modo per perdonarlo, Lucky.»

«Lo so.» Ed era vero. «Lo farò. Di certo non succederà questa settimana. O questo mese. Potrebbero volerci anche anni. Andare in riabilitazione e liberarsi di quel vizio aiuterà a renderlo possibile.»

«Ci andrà» rimarcò Grover con fermezza.

Spencer avrebbe dovuto sentirsi molto fortunato di avere una famiglia che lo amava così tanto.

Impiegarono il doppio del tempo per arrivare all'elicottero rispetto a quello per raggiungere il punto in cui l'avevano trovata, ma nessuno sembrava esserne eccessivamente preoccupato. Trigger e Grover aiutarono Lucky a salire senza dover lasciare andare Devyn, che si mosse a malapena quando si sistemò.

«Siamo a casa?» mormorò.

«No, torna a dormire» le rispose con un piccolo sorriso. «Ti avviso quando arriviamo.»

«Bene. Voglio vedere Angel e Whiskers e riempirle di baci» disse assonnata.

Lucky ridacchiò. «Va bene, amore. Sono sicuro che ne saranno felici.»

Pensò a come organizzarsi per riportare a casa i suoi animali. Non sapeva come si sarebbero sentite tornando lì dopo la violenza a cui avevano assistito, ma sperava che la magia di Devyn avrebbe funzionato ancora una volta, e che non avrebbero avuto troppi problemi.

«Gillian ha chiamato un'impresa di pulizie dopo che i poliziotti hanno finito di scattare foto e rilevare impronte» lo informò Trigger. «Ho pensato che una volta trovata Devyn, dover affrontare anche tutto quello fosse l'ultima cosa che avresti voluto fare.»

Era vero. Apprezzava davvero tanto i suoi amici. «Ringraziala da parte mia.»

«Non serve ringraziare, ma glielo dirò.»

Doc mise un paio di cuffie sulle orecchie di Devyn e fece lo stesso con Lucky, che non aveva lasciato andare la sua donna nemmeno per un secondo.

Quando furono tutti pronti, l'elicottero si sollevò lentamente e con cautela da quella zona impervia e si diresse a ovest, verso casa.

«Sai che vorranno tutte venire a trovarla» lo avvertì Trigger.

«Lo so. Ho bisogno almeno di un giorno per assicurarmi che stia bene. Se dovesse avere complicazioni la porterò all'ospedale, anche se mi pregherà di non farlo.»

«Bene. Tu dillo e le terremo tutte lontane finché non sarete pronti.»

Lucky sospirò di sollievo. Non era che non volesse che Kinley, Riley e le altre andassero, aveva solo bisogno di stare un po' di tempo con Devyn, per assicurarsi che stesse davvero bene. Avrebbe potuto perderla. *L'aveva* quasi persa. Se Spencer non si fosse deciso a raccontare la verità su ciò che era successo, probabilmente l'avrebbero trovata troppo tardi. Per quanto tutta la situazione fosse stata colpa sua, era comunque grazie a lui che erano riusciti a raggiungerla prima che succedessero danni irreparabili.

Rimasero in silenzio e Lucky guardò la donna addormentata tra le sue braccia. I suoi capelli biondi erano un disastro. Avrebbe avuto difficoltà a lavarli e spazzolarli, ma l'avrebbe aiutata. Il livido nero bluastro sul suo viso era intenso contro la sua pelle pallida, e quelli sulle braccia sarebbero rimasti per un bel po'. Sapeva che si sentiva ancora sporca; le salviettine umidificate non potevano togliere la sensazione di impurità, anche se avevano aiutato moltissimo, ma aveva bisogno di una doccia e di tante coccole.

Il pensiero che si fosse sentita abbastanza al sicuro tra le sue braccia da addormentarsi, lo rassicurò sul fatto che sarebbe stata bene. Il suo petto si alzava e abbassava ritmicamente, il suo respiro non sembrava affannato e aveva smesso di tremare mentre la flebo nel braccio aiutava a restituire al suo corpo i liquidi persi.

Si chinò e le baciò dolcemente la fronte, lasciando le labbra contro la sua pelle per un lungo momento. L'amava così tanto, ed era davvero felice che avessero avuto una seconda possibilità. La vita era maledettamente breve; l'aveva imparato nel modo peggiore. Da quel momento in poi lui e Devyn l'avrebbero vissuta al massimo. Se ne sarebbe assicurato.

CAPITOLO DICIOTTO

DEVYN APRÌ gli occhi e sbatté le palpebre.

Vide che Lucky aveva lasciato la luce del bagno accesa. Per lei. Perché adesso aveva una paura tremenda del buio.

Ogni notte dormiva per circa tre ore, poi si svegliava all'improvviso e non riusciva a riaddormentarsi, come se avesse bevuto quattro tazze di espresso.

Era irritante.

Aveva davvero sperato che una volta a casa e al sicuro, sarebbe riuscita a superare ciò che era successo. Odiava che Spencer fosse stato picchiato, che Lucky fosse stato terrorizzato quando era scomparsa e anche che Whiskers e Angel fossero rimaste traumatizzate dagli uomini entrati in casa portando tutta quella violenza.

Anche se Devyn aveva perso i sensi dopo il pugno e non ricordava nulla del rapimento, pensare a ciò che era successo la mandava comunque fuori di testa. Aveva tentato di razionalizzare la sua esperienza, cercando di convincersi che non era stata poi bruttissima. Alla fine, si era svegliata legata a un albero e basta; non aveva dovuto temere di essere violentata. Le cose peggiori erano state i morsi degli insetti e aver dovuto farsela addosso.

Ma si stava prendendo in giro. Era stato terrificante. Anche se ora era al sicuro a casa con Lucky e tutto si era risolto per il meglio, non stava bene.

Si svegliava ogni giorno alle prime ore del mattino con il battito accelerato, in preda a un attacco di panico. Razionalmente, sapeva che non c'era nulla di cui aver paura; Lucky era lì con lei, poteva sentire gli animali russare sulla loro cuccia in un angolo della stanza e la luce del bagno era accesa, quindi sapeva di non essere nel mezzo di quella foresta.

La colpa era dei maledetti uccelli che cinguettavano.

Devyn supponeva di sentirli inconsciamente e che il suo corpo la costringesse a svegliarsi, forse solo per assicurarsi che non fosse di nuovo indifesa e legata a quell'albero. Qualunque fosse il motivo, lo odiava.

Le prime notti aveva provato a sgattaiolare via dal letto, ma Lucky si era svegliato ed era rimasto così sconvolto che non riuscisse a dormire che si era sentita in colpa, dato che era tornato a lavorare alla base e aveva bisogno di riposare. Così adesso, quando si svegliava, rimaneva a letto per ore a fissare il soffitto, rimproverandosi per essere così stupida e debole.

Quella notte, rivolse i pensieri alla sua famiglia. Spencer era tornato in Missouri ed era già in riabilitazione. Quando i suoi genitori avevano saputo cos'era successo a due dei loro figli, erano volati in Texas; erano rimasti delusi da Spencer, ma lo avevano sostenuto. Devyn aveva minimizzato la sua esperienza per assicurarsi che si concentrassero sul fratello e sul dargli l'aiuto che gli serviva. Per la prima volta nella vita, era lui a essere al centro dell'attenzione e sembrava che ne avesse davvero bisogno. Non era amareggiata, anzi era sollevata di non aver subito gravi ferite, permettendo a Mila, Angela e ai loro genitori di riversare tutto il loro affetto su di lui.

Era stato inserito in un programma di trattamento residenziale di trenta giorni a St. Louis, dopodiché gli psicologi avrebbero valutato i risultati ottenuti fino a quel momento e deciso se avrebbe dovuto rimanere più a lungo. Non gli era permesso ricevere visite durante il primo mese, in modo da potersi concentrare completamente su se stesso senza interferenze esterne che avrebbero potuto compromettere la sua guarigione.

Era davvero felice per suo fratello. Be', felice non era proprio la parola giusta... sollevata, forse. Si era allontanata dal Missouri per paura delle sue reazioni in risposta al rifiuto di dargli i soldi, e sembrava che non fosse stata la mossa migliore. Spencer era diventato così disperato di ottenerne in ogni modo possibile, che si era ritrovato coinvolto con uno spietato strozzino. D'altra parte, però, tutta la faccenda alla fine lo aveva portato a cercare aiuto.

E aveva condotto lei da Lucky.

Durante le due settimane successive al suo salvataggio, la vita di tutti stava lentamente tornando alla normalità; Aspen e Brain avevano portato Chance a casa e si stavano abituando a essere una famiglia di tre persone, e Riley e Oz si stavano preparando per la nascita del loro bambino. Mancavano circa altri due mesi.

Gillian aveva organizzato una festa per una grande azienda del posto, che si era svolta senza intoppi; era molto impegnata e sempre più compagnie locali si affidavano a lei. Anche Kinley lavorava molto; aveva trovato un posto come assistente personale e da ciò che dicevano, aveva rivoluzionato tutto, organizzando il programma del suo capo in modo molto più efficiente.

Tutti sembravano felici e sistemati, anche dopo le brutte esperienze che avevano passato, e poi c'era lei... spaventata da quei maledetti uccelli.

«Dev?» borbottò Lucky mentre si girava e sollevava la testa.

«Torna a dormire. È presto» gli disse con dolcezza.

«Non riesci a riaddormentarti?»

«Sto bene» disse in modo automatico.

Rotolò verso di lei e le mise un braccio intorno al petto. Si chinò in avanti e le baciò la spalla prima di appoggiare la testa sul cuscino. «Cosa posso fare per aiutarti?»

«Niente. Pensavo di alzarmi e andare giù a leggere» rispose, scivolando da sotto il suo braccio e sedendosi sul bordo del materasso.

«Dev...»

Lo interruppe bruscamente prima che potesse dire qualcos'altro. «Sto *bene*, Lucky. Sul serio. Devi alzarti tra due ore e mezza per andare al lavoro. Dormi.» Andò all'armadio senza dargli il tempo di rispondere. Prese un paio di pantaloni della tuta e una delle sue felpe dell'esercito prima di lasciare la stanza.

Anche se si era comportata da stronza, non poté fare a meno di sentirsi un po' delusa quando lui non la seguì.

Dio, era un disastro; se l'avesse seguita si sarebbe irritata, eppure eccola lì, sconvolta perché non l'aveva fatto. Aveva davvero bisogno di darsi una regolata.

———————

Più tardi, quella mattina, Devyn era seduta sul divano con Whiskers che le faceva le fusa in grembo e Angel accucciata accanto a lei che russava. Odiava come stavano andando le cose tra lei e Lucky e sapeva che era tutta colpa sua. Lui faceva il possibile per aiutarla, per capire cosa non andasse, ma lei lo teneva a distanza. Non sapeva perché, solo che stava facendo fatica a tornare alla normale routine.

Amava Lucky, quello non era in discussione. Doveva tornare al lavoro, decidere se accettare il tempo pieno e proseguire con la sua vita. Ma non poteva. Era bloccata.

All'esterno un uccello cinguettò e lei trasalì.

Merda. Sarebbe più riuscita a sentirne uno senza battere ciglio?

Il suo cellulare squillò, spaventandola a morte, e rise nervosamente mentre lo prendeva. Era Aspen, così rispose con entusiasmo. «Ehi! Come stanno mamma e bambino?»

«Tutto bene. Vogliamo trascorrere una giornata tra ragazze. Porta il tuo culo a casa mia.»

Devyn sbatté le palpebre confusa. «Come scusa?»

«Gillian è già qui, Riley sta arrivando e Kinley sta venendo a prenderti. Quindi, se non sei alzata e vestita è meglio che ti sbrighi.»

Scoppiò a ridere. «Sei proprio prepotente oggi.»

«Devo. Chance sta dormendo e non so quanto durerà. Ho bisogno di parlare con qualcuno oltre a questo piccolino, e oggi finalmente sono riuscita a convincere Brain ad andare al lavoro. Quindi preparati perché verrai qui.»

Non era sicura di aver voglia di essere socievole, ma disse: «Va bene, va bene. Ho tempo per fare una doccia?»

Quella era un'altra cosa strana, faceva due o tre docce al giorno; non si sentiva mai abbastanza pulita.

«Se la fai veloce, sì. Non vedo l'ora di passare un po' di tempo con te, Dev» disse Aspen con più gentilezza. «A presto.»

«Ciao.»

Riattaccò e non riuscì a decidere se le piaceva che le sue amiche fossero così invadenti. Sospirò, diede a Whiskers un'ultima carezza e si districò con cautela da sotto la gatta. Voleva essere pronta prima che Kinley arrivasse. Angel e Whiskers odiavano il suono del campanello o quando bussavano alla porta. Erano rimaste traumatizzate dalla violenza avvenuta all'interno di quello che consideravano il loro posto sicuro, e ci sarebbe voluto un po' prima che si dimenticassero di ciò che era successo.

Trenta minuti dopo, Devyn era vestita e in attesa quando Kinley accostò al marciapiede. Uscì di casa, chiuse la porta a chiave e si diresse verso la Toyota Corolla.

La sua amica le sorrise mentre saliva. «Hai un bell'aspetto» le disse.

«Grazie, anche tu.»

Conversarono mentre viaggiavano verso la casa di Aspen e Brain. Stavano parlando di comprarne una più grande, ma nessuno dei due sembrava avere molta fretta. Arrivate nel vialetto scesero dall'auto, salutarono Winnie, l'anziana vicina seduta sotto il suo portico, e si avviarono verso la porta.

«Era ora!» disse Aspen non appena la aprì, e le abbracciò.

Devyn la guardò e annuì soddisfatta. La sua amica stava benissimo, sembrava un po' stanca, ma non era troppo sorprendente dato che era una neomamma.

«Ehi» le salutò Gillian, abbracciandole. «Dai, vi ho già

versato un bicchiere di vino e ho tirato via tutti gli anacardi dalla frutta secca mista per te, Dev.»

Sorrise. Amava che le sue amiche la conoscessero così bene.

Un'ora dopo, erano nel soggiorno e Devyn si sentiva molto più tranquilla dopo aver bevuto due bicchieri di vino. Chance si era svegliato venti minuti prima e Aspen lo aveva allattato, raccontando loro quanto fosse stato difficile all'inizio e che aveva dovuto integrare le poppate con il latte artificiale. Avevano parlato anche degli aspetti più sgradevoli del parto; aveva temuto che quei discorsi avrebbero potuto spaventare Riley, dato che era prossima al parto, ma era sembrata riconoscente per le informazioni, anche quando in alcuni momenti erano diventate raccapriccianti.

Chance ora dormiva di nuovo e Aspen lo aveva adagiato nella culla dall'altro lato della stanza.

«Allora...» disse Gillian, una volta sistemato il bambino. «Devyn, parliamo di te.»

Lei trasalì. «E se non lo facessimo?» cercò di scherzare.

«Non te la stai passando bene» continuò senza mezzi termini.

La fissò sorpresa.

«Sono sicura che pensi di riuscire a nasconderlo, ma non è così. Hai sbadigliato circa cinquecento volte oggi, e non puoi dare la colpa all'alcol. Due bicchieri di vino non ti stancano in quel modo. Non dormi bene?»

Quattro paia di occhi la fissarono, e lei si dimenò a disagio. Non voleva parlarne. Stava *bene*. «È tutto a posto» ribatté.

Sembrarono tutte scettiche.

«Ok, che ne dici se comincio io?» domandò Gillian.

A quel punto, Devyn si rese conto di essere stata incastrata. Non era stato affatto un raduno casuale. L'avevano pianificato. Avrebbe voluto arrabbiarsi, ma non poteva. Le sue amiche si preoccupavano per lei, anche se non credeva che avrebbero potuto aiutarla.

«Quando sono tornata a casa dal Venezuela, dopo il dirottamento aereo, ho pensato di non avere problemi. Ann, Wendy e Clarissa mi dicevano che stavo reagendo bene, e ci ho creduto. Ero piuttosto concentrata su Walker e la speranza che chiamasse, per pensare troppo a quell'esperienza. Poi abbiamo iniziato a frequentarci e ciò mi ha distolto ancora di più la mente da tutto. Ma dopo che sono stata rapita da Salazar e ho capito che Andrea voleva uccidermi, sono crollata. Avevo degli incubi orribili. Mi sentivo stupida perché ero al sicuro, amata, e quindi non avevo alcun motivo di comportarmi in modo così infantile.»

«Io ho ancora dei flashback» aggiunse Kinley. «Mi ritrovo in fondo a quella scarpata, con così tanti dolori che mi fa male anche solo respirare. Ci sono momenti nel bel mezzo della giornata in cui devo fermarmi, chiudere gli occhi e sforzarmi di ricordare che ce l'ho fatta. Che sto bene.»

«Soffro di un disturbo post traumatico da stress. Non è così grave come quello con cui hanno a che fare molti militari» disse Aspen, «ma ci sono volte in cui non riesco a togliermi dalla testa le immagini di ciò che ho fatto in passato. Delle persone che ho ucciso. Mi sento un po' stupida, perché le cose che ho compiuto e vissuto non sono *minimamente* paragonabili a quelle che hanno sperimentato gli altri soldati, ma confrontarmi con loro non è salutare. Ho il diritto di provare quei sentimenti verso ciò che ho fatto e sto ancora cercando di venirne a patti.»

Devyn sentì gli occhi riempirsi di lacrime e fissò il vino nel bicchiere.

«Mi sveglio ancora nel cuore della notte e devo alzarmi per andare a controllare Logan e Bria» disse Riley. «So che sono al sicuro in casa nostra. Porter ha installato un sistema di sicurezza così all'avanguardia che un topo non può nemmeno scoreggiare senza attivarlo, ma mi sveglio ancora con la sensazione che siano scomparsi.»

«Ciò che vogliamo dire» sostenne Gillian, sporgendosi in avanti e mettendole una mano sul ginocchio, «è che non importa quanto sembriamo equilibrate esteriormente, ci stiamo comunque ancora confrontando con ciò che ci è successo. Com'è quel detto, Kinley? Quello che ti piace sempre dire.»

«Non puoi sapere quanto sei forte, finché essere forte è l'unica scelta che hai» recitò lei con fermezza.

«Esatto» concordò Gillian. «Ciò che ti è capitato è stato *orribile*. Non riesco a immaginare di essere lasciata sola in una foresta com'è successo a te, ma d'altronde, scommetto che non riesci a immaginare di trovarti su un aereo dirottato. O di venire gettata da un ponte. O di essere in battaglia. È tutta una questione di prospettiva, e se metti a confronto la tua esperienza con le nostre, decidendo che non hai il diritto di essere traumatizzata, ti sbagli.»

Devyn deglutì tre volte prima di poter parlare. «Non mi hanno picchiata a sangue. Non mi hanno urlato contro o minacciata. Non sono stata violentata. Non ricordo nemmeno di essere stata rapita. Ho preso un pugno in faccia, poi mi sono limitata a stare seduta ad aspettare di essere salvata; non dovrei assolutamente essere condizionata da ciò che è successo.»

Riley si alzò dalla sedia e si avvicinò a lei. Le si sedette accanto sul divano, costringendola a spostarsi, dato che era un po' ingombrante in quel momento con il pancione.

«Ti sbagli» disse con fermezza. «Quello che ti è successo è stato traumatico. Non me ne frega un cazzo se alcune cose non le ricordi, hai comunque subito una violenza a causa delle azioni di tuo fratello. È sconvolgente.»

«Esatto» concordò Aspen, avvicinandosi e inginocchiandosi ai suoi piedi. Erano tutte e cinque praticamente rannicchiate insieme e per Devyn era confortante, per niente soffocante. «Trovarsi soli è comunque un inferno. Sono stata sola tutta la notte in quelle acque alluvionali con Kane svenuto. Ogni piccolo rumore mi spaventava; speravo che fosse qualcuno che veniva in nostro soccorso e allo stesso tempo temevo che potesse essere un saccheggiatore o qualcuno che ci avrebbe fatto del male. È stata la notte più lunga della mia vita, ed è stata solo *una*. Tu sei rimasta là fuori da sola per molto più tempo.»

«Sono gli uccelli» sussurrò Devyn. «Cinguettavano in continuazione. Potreste pensare che fosse bello non essere immersi nel silenzio totale, ma ora mi sveglio nel cuore della notte e li sento, e vengo trasportata di nuovo in quella dannata foresta. Dormo solo poche ore, poi rimango sveglia a fissare il soffitto in preda alla paura, ma non so esattamente di cosa. È così stupido!»

«Non lo è» la tranquillizzò Gillian. «E Lucky?»

«Lucky cosa?» chiese.

«Cosa fa quando ti svegli?»

«Be', all'inizio ho provato a sgattaiolare dal letto per

non svegliarlo, ma sai che i nostri uomini hanno l'udito di un pipistrello. Credo sia grazie al loro addestramento. Voleva consolarmi, stare sveglio con me, ma ciò mi faceva sentire ancora più in colpa perché stavo disturbando il suo riposo. È... siamo... le cose tra noi sono tese in questo momento» ammise sottovoce. «Odio questa situazione. Lo amo davvero tanto, ma so che lo sto allontanando.»

«Be', non se ne andrà» le disse Gillian con sicurezza. «Quando i nostri uomini si legano, lo fanno per sempre. Posso darti un consiglio?»

Devyn non poté fare a meno di ridere. «Vuoi dire che non lo stai già facendo?»

Tutte le altre ridacchiarono.

«Va bene, ok, posso darti *altri* consigli?» le chiese.

«Ti prego, fallo. Sono fuori di testa, odio sentirmi così debole. Voi ragazze siete tutte così forti! Non posso fare a meno di confrontare la mia situazione con la vostra, e ogni volta mi rendo conto di non essere alla vostra altezza.»

«Per prima cosa, smettila con questa stronzata» la redarguì. «Tu non sei noi e noi non siamo te. Non sarei mai stata in grado di affrontare quello che ti è successo e rimanere sana di mente. Non avere nessuno lì con cui condividere la mia paura e l'esperienza? No, assolutamente no. Seconda cosa, devi distrarti quando ti svegli, e te lo dice qualcuno che ha avuto difficoltà a dormire.»

«Ci ho provato. Quando Lucky me lo permette, scendo al piano di sotto e leggo o faccio qualcos'altro» protestò.

«No, devi farti distrarre da *Lucky*» le spiegò senza mezzi termini. «Fate ancora sesso, vero?»

Devyn arrossì e scosse la testa. «Ultimamente ci sta andando piano con me.»

«Ok. Quindi la prossima volta che ti svegli e non riesci a dormire, saltagli addosso.»

«Ehm... non sono dell'umore di essere sexy quando mi sveglio perché sento quei maledetti uccelli» ribatté in tono ironico.

«Lo so. Nemmeno io avevo mai voglia di fare sesso, ma sai una cosa? Aiuta. Ti fa smettere di pensare a ciò che ti turba e ha il vantaggio aggiuntivo di stancarti. Non sto dicendo che devi fare una maratona di un'ora; una sveltina funzionerà altrettanto bene. Mette in moto le endorfine o qualcosa del genere. Non ho idea di come funzioni, ma giuro che quando Walker mi prende dopo un incubo, non riesco a pensare a nient'altro che a quanto lo amo e quanto sono grata di averlo nella mia vita. Mi riporta al presente, mi fa pensare a quanto sono fortunata.»

«Quando torno a letto dopo aver controllato Logan e Bria, Porter mi fa dimenticare le mie preoccupazioni. Non sempre facciamo sesso; a volte mi fa venire con la bocca, altre mi stringe e lo fa con le dita... ma funziona ogni volta» disse Riley.

«Prima che diamo l'impressione di essere un branco di arrapate, dobbiamo dire che non deve nemmeno essere sempre una questione di sesso» sostenne Aspen, e tutte risero. «Ci sono momenti in cui mi perdo nella mia testa e Kane semplicemente mi stringe dicendomi quanto mi ama e quanto sia fortunato ad avere me e Chance. Mi fa capire che ho tutto ciò che ho sempre voluto. Aiuta molto.»

«È così ovvio che Lucky ti ama» disse Kinley con dolcezza. «Quando ero nel programma protezione testimoni, desideravo potermi sedere accanto a Gage e tenergli la mano. Sembra stupido, ma mi era sempre piaciuto quando lo faceva. Quella cosa mi è mancata molto. Cerco di non dare più nulla per scontato. Più facile a dirsi che a farsi, lo so, ma mi impongo di concentrarmi sul presente. La vita è breve e potremmo trascorrerla preoccupandoci di ogni decisione che abbiamo preso in passato e delle nostre azioni, ma ciò non farà nulla per cambiarle. Dobbiamo andare avanti.»

Devyn annuì. «Grazie ragazze. Ne avevo bisogno.»

«Lo sappiamo» replicò Aspen con un sorrisetto. «È per quello che ti abbiamo fatta venire qui.»

«Puoi anche pensare che ciò che hai subito non sia stato poi tanto brutto, ma non è così, Dev» disse Gillian. «Non essere troppo dura con te stessa.»

«Parlane con Lucky» le ordinò Riley. «Ti può aiutare.»

«*Vuole* aiutarti» la corresse Aspen. «Vi riavvicinerete se glielo permetterai.»

«So che pensi di fare la cosa giusta lasciandolo dormire quando ti svegli, ma ti garantisco che non dorme. Si preoccupa per te» aggiunse Kinley.

«Ok, ok, ho capito» si arrese con un sorriso. «Gli parlerò.»

«Bene» ribatté Gillian.

Kinley le sorrise.

Aspen le strinse affettuosamente il ginocchio.

E Riley aggiunse: «Grazie a Dio. Devo fare pipì. *Di nuovo*. Giuro che questo bambino è sempre sopra la mia vescica. Qualcuno mi può aiutare ad alzarmi?»

Tutte risero e il momento serio della giornata terminò così. Il resto del pomeriggio parlarono di lavoro, dei bambini e dell'imminente missione alle Olimpiadi dei ragazzi. Quella era una delle poche a non essere super top secret, ed erano tutte eccitate quanto gli uomini. Per loro era un bel cambiamento. Anche se avrebbero dovuto rimanere all'erta per gli eventuali pericoli, non era la stessa cosa che venire mandati in un paese straniero a fare pattugliamenti o a cercare di salvare qualcuno nell'oscurità.

Quando Kinley la accompagnò a casa, Devyn si sentiva molto meglio. Si ripromise di essere una fidanzata migliore. Sì, stava lottando con ciò che era successo, ma di conseguenza lo faceva anche Lucky, quindi era necessario che si aprisse con lui.

CAPITOLO DICIANNOVE

Lucky studiò attentamente Devyn quella sera. Appariva stanca, ma sembrava... più leggera. Sperava davvero che passare del tempo con le sue amiche l'avesse aiutata.

«Com'è andata la tua giornata?» le chiese, dopo aver salutato Angel e Whiskers. Gli animali stavano uscendo pian piano, ma in modo costante, dal loro guscio. Temevano ancora gli estranei e quando suonava il campanello si precipitavano su per le scale, ma sperava che con il tempo la diffidenza sarebbe svanita.

Devyn era in cucina a preparare un'insalata e gli si avvicinò lasciandosi abbracciare. Lucky sospirò di sollievo; da quando erano tornati a casa dal Texas orientale non aveva mai cercato per prima un contatto fisico.

«Benissimo. Lucky?»

«Sì, Dev?»

«Ti amo.»

«Ti amo anch'io» replicò subito.

Sollevò lo sguardo su di lui. «Scusa se mi sono comportata da pazza.»

Lucky scosse la testa. «No, sei stata brava. Ne hai passate tante.»

«Ma è questo il punto... non mi *sembra* così; non sono stata ferita, non mi è successo niente.»

«Non devi venire picchiata o ferita per restare traumatizzata.»

«Me ne sto rendendo conto. E volevo dirti... grazie per avermi portato i vestiti. Ho ascoltato ciò che mi hai detto anche se allora non l'avevo realmente elaborato, ma mi dispiace che ti abbiano fatto prigioniero.»

«Grazie. Non è stato il periodo migliore della mia vita, ma sono disposto a parlarne se può esserti d'aiuto.» Odiava ricordare quei momenti, ma l'avrebbe fatto se fosse servito ad aiutarla. Avrebbe fatto qualsiasi cosa per lei.

Devyn scosse la testa. «No, non l'ho detto per farmelo raccontare, volevo solo assicurarmi che sapessi quanto ha significato per me. Sono ancora imbarazzata per essermela dovuta fare addosso, ma sto cercando di superarlo. E... volevo chiederti un favore.»

«Puoi chiedermi qualsiasi cosa.»

«Sai che ho problemi a dormire. Mi addormento tranquillamente, ma mi sveglio dopo poche ore. Sono... sono gliuccelli» disse in fretta, senza alcuna pausa tra le parole.

Lucky si accigliò. «In che senso?»

«Li sento cantare e ciò mi riporta nella foresta. Non riesco a spegnere la mente e sembra che mi stiano prendendo in giro. Lo *odio*. Voglio dire, adoro gli uccellini e mi piaceva sentirli cinguettare, ma ora quel verso mi spaventa. Voglio fare qualcosa di drastico, ma ho bisogno del tuo aiuto.»

«Cosa pensavi di fare?»

«Ti va di fare campeggio con me?»

«Campeggio?»

«Sì. Qui, nel cortile sul retro» chiarì. «In tenda. Ce l'hai una tenda, vero? Io... la chiamerei terapia d'urto o qualcosa del genere. Magari stare al buio, di notte, con te... può aiutarmi a sconfiggere questa stupida insonnia.»

«Forse dovresti parlarne con uno psicologo.»

Devyn scosse la testa. «No. Ho bisogno di fare questa cosa, ma so che da sola non ci riuscirei. Mi aiuterai?»

«Sai che lo farò. Farei di tutto per te.»

———

Lucky non sapeva come si fosse lasciato convincere. Aveva preso in prestito una tenda dal magazzino al lavoro e l'aveva sistemata nel cortile. Quando l'aveva montata Angel e Whiskers si erano mostrate confuse, rifiutandosi di uscire di casa; adesso erano al piano di sopra nella comoda cuccia, e lui era fuori a preoccuparsi per Devyn.

Si erano accomodati sulle sedie da campeggio e guardavano le stelle. Non pensava fosse una grande idea, dato che lei non aveva detto molto da quando il sole era tramontato. Sembrava nervosa e tesa, e Lucky non avrebbe voluto far altro che portarla di sopra a letto e tenerla stretta. Quando glielo aveva proposto era sembrata eccitata, aveva riso e scherzato, ma ora non parlava e teneva le spalle curve.

All'improvviso gli passò per la mente una frase di uno dei film di *Jurassic Park*. La dicevano in quello in cui la ragazza aveva indossato i tacchi a spillo per tutto il tempo, anche mentre correva per la giungla come se non affondassero nel terreno umido a ogni passo. Era ridicolo. In ogni caso, verso la fine del film, uno dei ragazzi si era girato verso di lei dicendo: "Ci servono più denti."

Lucky prese il telefono e inviò rapidamente alcuni messaggi. Ci sarebbe voluto un po' prima che il suo piano si realizzasse e nel frattempo aveva bisogno di fare una chiacchierata con Devyn.

Si alzò e la prese in braccio senza dire una parola.

«Cosa stai facendo?»

Ignorò la sua domanda e tornò a sedersi sulla sua sedia da campo, che scricchiolò, e sapeva che sarebbe stato un miracolo se non fossero finiti per terra, ma aveva bisogno di tenerla tra le braccia.

«Lucky? Questa sedia può sostenerci entrambi?»

«Non ne ho idea e non mi interessa. Se si rompe, pazienza, ma non permetterò che tu ti faccia del male. Le cose sono state un po' strane nelle ultime due settimane e non abbiamo avuto molto tempo per fermarci a parlare. Non sei tornata al lavoro... di questo, possiamo parlarne?»

Devyn sospirò, ma non si allontanò da lui, e ciò lo fece rilassare.

«È solo che... amo il mio lavoro, ma non so se mi va di farlo a tempo pieno.»

«Allora non farlo» disse semplicemente.

«Ma ne ho bisogno.»

«Perché?»

«Be'... perché sì. È ciò che fanno le persone. Lavorano per guadagnare soldi per poter mangiare e avere un tetto sopra la testa.»

«Io ho soldi sufficienti per far mangiare entrambi e mantenere questa casa.»

«A proposito... non riesco ancora a credere che voi ragazzi siate riusciti a mettere insieme tutto quel denaro.»

«Non cambiare argomento» la rimproverò. «I soldi non sono un *grosso* problema, alla fine Spencer ci ripagherà tutti. Grover se ne assicurerà. Inoltre, avrei pagato qualunque cifra se ciò avesse significato riaverti. Avrei coinvolto Tex, conosce un sacco di gente e avrebbe potuto aiutarci a raccogliere anche tre milioni di dollari se Rocky lo avesse chiesto. Ma torniamo al tuo lavoro.»

Devyn spalancò gli occhi. «Aspetta, sul serio?»

«Sì, amore, sul serio. Vali tutti i soldi del mondo e io pagherei qualsiasi somma per riaverti.»

I suoi occhi si riempirono di lacrime.

«Per favore, non piangere. E stavamo parlando di te, se non vuoi lavorare, non farlo.»

«Ma ho bisogno di fare qualcosa. Non posso oziare tutto il giorno» protestò.

«Ti piace essere un'assistente veterinaria, vero?» le chiese.

Lei annuì.

«E ti piace il tuo lavoro qui a Killeen, giusto?»

«Lo sai che è così.»

«Allora perché non puoi continuare a lavorare part-time?»

Devyn rimase in silenzio per un lungo momento mentre rifletteva sulla sua domanda. Poi disse: «Non lo so, ho come la sensazione che dovrei lavorare a tempo pieno.»

Lucky scosse la testa. «Non pensarci. Se lavorare quattro ore al giorno è ciò che ti soddisfa di più, allora fallo. Magari, se ti annoi, puoi fare volontariato al rifugio o qualcosa del genere. Oppure possiamo accogliere alcuni animali per aiutarli ad ambientarsi. Non me ne frega un cazzo di *quello* che fai, voglio solo che tu sia felice ed è ovvio che lo sei quando ti occupi degli animali. Non moriremo di fame se non lavori a tempo pieno e non verremo nemmeno sbattuti fuori di casa.»

«Lo *sai* che non vivo con te, vero? Ho ancora il mio appartamento.»

Lucky rise. «Sul serio? Dev, dormi nel mio letto da due settimane. Non sei tornata lì nemmeno una volta. Ormai *vivi* con me e non ti permetterò di tornare nel tuo appartamento. Sono troppo abituato ad averti nel mio letto e nella mia vita.»

«Non so neanche perché, visto che sono una rompipalle. Ti sveglio in continuazione. Merda, non hai nemmeno i benefici dell'avere una fidanzata convivente. Non facciamo sesso da... be', lo sai.»

«Non ho bisogno del sesso per amarti, Devyn. Anche solo averti al mio fianco mi rende felice.»

«Non mi hai chiesto il perché» sussurrò.

«Il perché di cosa?»

«Perché non ho più voluto fare sesso.»

Gli si strinse il cuore. No, non l'aveva chiesto, ma era più che ovvio che ultimamente non fosse stata dell'umore giusto. «Ho pensato che me ne avresti parlato quando fossi stata pronta a farlo.»

«Mi sento sporca. Tutto il tempo. Non riesco a pulirmi. Il pensiero che tu voglia avvicinarti a me... laggiù... mi fa venire i brividi.»

Lucky odiava che avesse quei pensieri. Era strano il modo in cui funzionava la mente. Devyn aveva affrontato piuttosto bene il fatto di essere stata rapita e incatenata a un albero, nonostante gli uccelli e l'insonnia, ma aveva difficoltà a superare di essersela fatta addosso.

«Dopo che mi hanno salvato, facevo due docce al

giorno» ammise lui. «Mi sentivo proprio come te. Ma quella sensazione svanirà. Te lo giuro.»

Lei annuì. «Ti amo. Non credo che molti uomini mi avrebbero aiutato senza nemmeno battere ciglio, come hai fatto tu. Non è stato un bel vedere.»

«Devyn, diventeremo vecchi, avremo bisogno di assumere persone che ci puliscano il culo quando non potremo farlo da soli. Se dovessimo ammalarci, ci potrebbe succedere di vomitare dappertutto. Se dovessi avere un'unghia incarnita potrei avere bisogno del tuo aiuto per inciderla. Essere umani a volte è un po' disgustoso, ma ti amo per ciò che *sei*, non perché profumi sempre di fresco come una margherita. E spero che tu provi gli stessi sentimenti per me... perché Dio sa che succede spessissimo nel mio lavoro di trovarmi in uno stato ripugnante, e ti capiterà di sperimentarlo in prima persona quando tornerò a casa dalle missioni.»

«Lo fai sembrare così... normale.»

«Perché lo è! Dev, ho visto cose davvero disgustose nel mio lavoro, la maggior parte non riusciresti neanche a immaginarle. I fluidi corporei non li considero nemmeno più.»

Sospirò contro di lui.

Un uccello scelse proprio quel momento per cinguettare sopra le loro teste. Forse non era felice che stessero invadendo il suo luogo di caccia notturno o forse stava solo salutando, ma a prescindere dalla ragione, Devyn si irrigidì.

«Ci sono io» le sussurrò, stringendola più forte.

«Lo so» rispose.

«C'è nessuno?» gridò una voce dall'altra parte del recinto.

«Entrate!» replicò Lucky.

«Cos'hai combinato?» gli domandò Devyn mentre Oz, Logan e Bria entravano nel cortile.

«Eri tesa, ho pensato che se ci fossero state altre persone, per fare una specie di festicciola all'aperto, forse avresti potuto dimenticarti degli uccelli e divertirti un po'» rispose titubante.

Il sorriso sul suo viso lo tranquillizzò; aveva fatto la cosa giusta, grazie a Dio.

«Ti amo» gli disse Devyn.

«Ti amo anch'io. Forza, aiutiamoli a montare le tende.» Osservò il cortile. «Non so se avremo spazio sufficiente.»

«Chi altro hai invitato?» gli chiese, inclinando la testa.

«Ehm... tutti?» rispose, arricciando il naso. «Non sapevo chi sarebbe riuscito a farcela con così poco preavviso.»

Devyn rise. «Meno male che oggi siamo andati a fare la spesa e abbiamo fatto scorta di cibo.»

«Già» concordò.

———

Cinque ore dopo, ben oltre la mezzanotte, Devyn sorrise mentre Lucky si infilava dentro la loro tenda. Bria e Logan erano stati una straordinaria distrazione. Avevano fatto gli s'mores e corso in giro con le stelline scintillanti, ridendo e spalmando ovunque marshmallow sciolti e appiccicosi. Erano andati lì anche Gillian e Trigger, così come Kinley e Lefty, Doc e Fred. Brain e Aspen erano rimasti a casa con Chance, e nemmeno Riley era andata, ma aveva insistito perché Oz portasse i bambini. Il cortile era pieno di amici e risate.

Devyn aveva preparato dei Margarita ghiacciati e Trigger aveva portato delle birre. Erano tutti un po' brilli e prima di rendersene conto, aveva dimenticato completamente il buio e gli uccelli, perdendosi nel divertimento di quel raduno improvvisato.

«Sei felice?» le chiese Lucky prendendola tra le braccia. La notte era calda e percepì l'odore di sudore dei loro corpi, unito a quello di legna bruciata che aveva permeato tutto; i vestiti, i capelli, persino la tenda stessa, ma invece di pensare di essere sporca e di aver bisogno di fare una doccia, era così stanca da non aver voglia di far altro che rannicchiarsi contro l'uomo al suo fianco.

«Molto» rispose con un sospiro.

«Gli uccelli? Il buio?»

«Quali uccelli?» gli chiese.

«Non ero sicuro che fosse la cosa migliore da fare, ma ci speravo» le disse.

«Che cosa? Invitare tutti? È stato perfetto.»

«Bene.» Le baciò la fronte stringendola di più.

Faceva davvero troppo caldo per stare accoccolati, ma Devyn non riusciva a immaginare un posto che l'avrebbe rasserenata di più.

Un uccello cinguettò fuori sopra la loro tenda e lei non sussultò nemmeno. Non si faceva illusioni di essere magicamente guarita da quel problema, ma per il momento era completamente rilassata.

«Ti amo, Dev. Davvero tanto. So che parlare di certe cose è difficile, ma non hai nulla da temere con me. Non ti giudicherò mai, né penserò male di te per ciò che provi. Puoi sempre dirmi tutto. Proteggerò il tuo cuore così come farò con il tuo corpo.»

Devyn annuì contro di lui. Era stata da sola per così tanto tempo, che aveva tenuto sepolti i suoi sentimenti così in profondità da renderle difficile condividerli. Ma dopo tutto ciò che era successo, sapeva di doversi sforzare a fare di meglio. Se avesse parlato con Fred del fratello, forse non si sarebbe cacciato nei guai con lo strozzino. Forse Spencer si sarebbe convinto a chiedere aiuto prima che le cose si mettessero così male. Essersi aperta con le altre donne aveva aiutato tantissimo. Aveva capito di non essere l'unica a lottare per venire a patti con delle esperienze traumatiche; nemmeno loro erano così perfette come sembravano. Anche aprirsi con Lucky le aveva fatto capire che lui la proteggeva sempre.

«Ti amo» gli disse. «E mi impegnerò a parlare di più dei miei problemi.»

«Ottimo. Pensi di riuscire a dormire?» le chiese.

Annuì contro di lui. All'improvviso i suoi occhi erano diventati così pesanti che non riuscì a tenerli aperti un secondo di più.

«Bene. Sarò proprio qui al tuo fianco. Non sei sola, quei dannati uccelli non ti disturberanno e il bagno è dentro casa. È tutto a posto.»

Era vero. Lucky aveva riassunto tutte le sue paure in una semplice frase, e poi le aveva neutralizzate. Non aveva nulla di cui aver paura. Non con lui al suo fianco.

A quel punto si addormentò. Profondamente. Senza svegliarsi nemmeno una volta.

EPILOGO

Devyn aprì gli occhi, non vide altro che nero e gemette. Era passato così tanto tempo, almeno tre settimane, da quando si svegliava nel cuore della notte e non riusciva a riaddormentarsi. Tre settimane di felicità. In un certo senso, campeggiare in giardino con i loro amici aveva portato il risultato che non era riuscita a ottenere da sola... le aveva calmato la mente.

Poteva ascoltare gli uccelli cantare senza andare fuori di testa ed essere sbalzata nel mezzo di quella foresta. Anche Angel e Whiskers stavano andando alla grande. Qualche giorno prima Fred era andato a trovarla e non erano sfrecciate su per le scale per nascondersi. Non erano corse da lui per farsi accarezzare, ma non erano nemmeno state terrorizzate dall'arrivo di un estraneo.

Lucky teneva ancora accesa la luce del bagno per lei, ma pensava che presto non ne avrebbe più avuto bisogno.

Però in quel momento era sveglia ed era buio. Stava avendo una ricaduta? Devyn si accigliò e girò un po' la testa per guardare l'orologio. Quando lesse i numeri, sbatté le palpebre: cinque e due minuti. Sorrise. Non era notte fonda, aveva dormito per ben sei ore.

La sveglia di Lucky sarebbe suonata entro una ventina di minuti.

Le venne un'idea. Ci erano andati piano con il sesso, soprattutto perché lui non aveva voluto metterle fretta e si stava prendendo molta cura della sua salute mentale, ma si sentiva bene ed era pronta a riprendersi la sua vita.

Aveva detto al suo capo di voler rimanere part-time ed era davvero soddisfatta di quella decisione. Era ancora un po' preoccupata per i soldi dato che non voleva farsi mantenere da Lucky, soprattutto dopo che lui aveva già sborsato una grossa somma allo strozzino di Spencer, ma doveva ammettere che le piaceva di più lavorare solo venti ore alla settimana. Aveva iniziato a fare volontariato in un rifugio locale, dove giocava con gli animali e assisteva quando c'erano problemi medici semplici. Era bello e la faceva sentire bene.

Ma desiderava Lucky.

Sapendo che si sarebbe svegliato non appena si fosse mossa, lo fece con rapidità mettendosi a cavalcioni sulle sue cosce. Si tolse la maglietta, felice di non aver indossato la biancheria intima, gli tirò giù i boxer e abbassò la testa.

«Porca puttana» gemette lui, afferrandole subito i capelli con una mano.

Gli leccò il cazzo, sorridendo soddisfatta quando diventò subito duro. Senza dire nulla si diede da fare, leccando e succhiando, facendo del suo meglio per compiacere il suo uomo.

«Cazzo, Devyn, è bellissimo.»

Non l'aveva mai fatto prima. Oh, aveva fatto dei pompini, ma non a Lucky, perché era sempre stato troppo prepotente e impaziente per permetterle di giocare con lui in quel modo. Ma non aveva mai sentito prima il profondo bisogno di compiacere così un uomo. Voleva ringraziarlo per essere così straordinario. Voleva dimostrargli quanto lo amava senza esprimerlo a parole, quanto si sentiva fortunata a stare con lui.

Lavorarono insieme per togliere del tutto i boxer, e non spostò la bocca dal suo cazzo per tutto il tempo.

Si chinò di più per leccargli le palle ma lui la bloccò; alzandosi a sedere, l'afferrò per la vita e praticamente la gettò accanto a sé.

Devyn lo guardò accigliata. «Non avevo finito» si lamentò, leccandosi le labbra e amando il suo lieve sapore muschiato.

«Io quasi» le disse. «Sei sicura?»

Annuì. «Mi sono svegliata pensando che fosse notte fonda, invece avevo dormito di nuovo sei ore di fila. Sono felice e ho bisogno di te, Lucky. Nella mia vita, nel mio letto e nel mio corpo. Ti prego...»

Senza dire una parola, abbassò la testa, le prese in bocca un capezzolo e succhiò. Forte. Portò una mano tra di loro e la accarezzò per sentire se fosse pronta. Le piaceva la sua premurosità, ma era più che pronta per lui. Sorprendentemente, succhiargli il cazzo l'aveva eccitata al punto da essere bagnata fradicia.

Ma Lucky si prese il suo tempo, leccando, succhiando e mordicchiando i suoi piccoli capezzoli mentre le stuzzicava il clitoride. Quando sentì che era bagnata a sufficienza per lui, si raddrizzò portandosi le dita alla bocca per leccarle.

Devyn si sentì arrossire, ma non le importava. Allargò

le gambe e lo pregò con gli occhi di smetterla di perdere tempo.

Lui ridacchiò, interpretando bene il suo sguardo. Avanzò in ginocchio, divaricandole ancora di più le gambe. «Ti amo, Dev.»

«Ti amo anch'io» sussurrò, aggrappandosi alle sue cosce.

E poi Lucky fu lì, dove aveva più bisogno. Si spinse lentamente dentro di lei come se fosse la cosa più preziosa del mondo e vide il piacere sul suo viso mentre scivolava tra le sue pieghe.

«Non mi stancherò mai di questo» le sussurrò. «Sul serio, non hai idea di quanto sia bello essere dentro di te senza barriere.»

«Un'idea penso di averla» ansimò.

A quel punto nessuno dei due trovò più il fiato per parlare, mentre Lucky faceva l'amore con lei con lentezza. Dentro e fuori, aumentando costantemente la loro eccitazione. Poi, senza che lei dovesse implorarlo, iniziò a muoversi più in fretta, intuendo che aveva bisogno di qualcosa di più. Il suo cazzo era così grosso e in profondità, che Devyn non riuscì a far altro che gemere.

Come se non la stesse già eccitando abbastanza, iniziò a strofinarle il clitoride. Lei sussultò e gli affondò le unghie nella pelle, aggrappandosi alle sue braccia, come se fossero le uniche cose a tenerla insieme.

«Posso venire dentro di te?» le chiese, senza fermare le spinte o le carezze. «Se ti mette a disagio, mi tiro fuori e vengo sulle lenzuola.»

Devyn non pensava di poterlo amare ancora di più, e in quel momento si sentì colma di gratitudine. Non sapeva cos'avesse fatto per meritarlo, ma avrebbe fatto tutto il possibile per tenerselo stretto. Per essere degna di lui.

Non avevano parlato molto della sua fobia di essere sporca, ma ovviamente lo sapeva.

«Vieni dentro di me» sussurrò.

«Sei sicura?»

Riuscì ad annuire. Non c'era *niente* in Lucky che considerasse sporco.

«Sei dannatamente forte» mormorò, e si spinse dentro di lei, fermandosi lì mentre continuava ad accarezzarle il clitoride.

Devyn cercò di sollevare il bacino, ma non ci riuscì; i suoi fianchi la tenevano ferma. Si contorse sotto il suo corpo e ogni muscolo si tese mentre l'orgasmo si avvicinava.

«Ecco, così. Abbandonati al piacere. Sono qui. Sei al sicuro con me. Fammelo sentire. Voglio sentire la tua fica strizzarmi il cazzo come se non volesse mai lasciarlo.»

Pochi secondi dopo, fece proprio così, si lasciò andare con un piccolo grido, raggiungendo l'orgasmo. Fu così intenso da fare quasi male, e Lucky non smise di accarezzarle il clitoride, prolungando il piacere finché lei non implorò pietà.

Invece di scoparla con foga come si aspettava, la sollevò per il sedere per andare ancora più a fondo. Era sicura di sentirlo contro la cervice. Fu quasi doloroso, ma in senso positivo. Lucky non si mosse nemmeno, i muscoli del suo stomaco si contrassero e venne; a lungo e intensamente, se l'espressione di compiaciuta agonia sul suo viso era un'indicazione. Le aveva affondato le dita nella carne del sedere e i suoi capezzoli erano duri come sassi sul petto scolpito. Devyn avrebbe potuto giurare che persino il tatuaggio del teschio sulla spalla sembrava molto contento.

Adorava quando perdeva il controllo e la scopava con forza e veemenza, ma amò ancora di più vederlo lasciarsi andare così; era venuto senza muoversi, qualcosa di davvero sorprendente.

«Dannazione» disse, quando l'orgasmo si attenuò. «Io... *cazzo*.»

Devyn ridacchiò e sentì il suo uccello scivolare un po' fuori. Era adorabile quando rimaneva senza parole.

«Credi che sia divertente?» le chiese, fingendosi offeso.

«No, per niente» mentì.

Si sorrisero, poi Lucky si girò mettendosela a cavalcioni. Era ancora dentro il suo corpo, ma non era più duro. I loro umori scivolarono fuori e di sicuro gli stavano ricoprendo le palle, ma lui non sembrò accorgersene o preoccuparsene. Le prese il viso tra le mani e la attirò a sé per darle un bacio lungo e profondo.

Quando rimasero entrambi senza fiato, le disse: «Non voglio più che tu soffra da sola di notte. So che hai dormito abbastanza bene in queste ultime settimane, ma promettimi che se in futuro dovessi svegliarti e non riuscire a riaddormentarti, sveglierai anche me. Non sopporto il pensiero di averti sdraiata accanto depressa e infelice.»

«Sto bene» affermò.

Lui scosse la testa. «No. Cioè, lo so che è così, ma sul serio, ti amo tantissimo e anche se mi svegli solo per parlare, fallo, non voglio che tu soffra da sola. Mai più.»

Dio, quanto lo amava. «Va bene.» Cos'altro avrebbe potuto dire?

«Grazie» sussurrò, tirando un sospiro di sollievo. Devyn

si rese conto che quella risposta aveva significato tutto per lui.

«Stamattina non avrei fatto la doccia prima dell'allenamento, ma ora penso di dovermi assicurare che la mia donna sia pulita. Dentro e fuori.» Sorrise compiaciuto.

«È prestissimo» finse di lamentarsi.

«Puoi tornare a dormire dopo che me ne sarò andato.»

Si stava di nuovo assicurando che non si svegliasse sporca così che non si sentisse a disagio. Era un uomo meraviglioso. «Ok. Quali sono i tuoi programmi di oggi?»

«Ancora riunioni sulle Olimpiadi. Sai che partiamo la prossima settimana.»

«Vi... vi aspettate problemi?» chiese titubante.

«No» le rispose senza esitazione, il che la confortò. «Ma non sappiamo mai cosa potrà accadere, quindi pianifichiamo ogni imprevisto possibile. Anche il fatto che vengano alternate squadre diverse durante tutto il periodo della manifestazione rende le cose più difficili. È per quello che facciamo così tante riunioni di pianificazione. Sinceramente, siamo contenti di avere questo tipo di incarico, è un piacevole diversivo rispetto al solito e sarà divertente incontrare tutti gli atleti.»

«Andrai a caccia di autografi?» lo prese in giro.

«No, non mi interessano molto questo genere di cose. Voglio dire, è difficile diventare un atleta di punta e qualificarsi per le Olimpiadi, quindi ammiro tantissimo la loro dedizione, ma non ho bisogno di una firma su un pezzo di carta per ricordarli. Però... faremo il possibile per ottenere l'autografo di Shin-Soo Choo per Logan.»

«Oh mio Dio! Impazzirà!» strillò Devyn, sapendo dell'ossessione del ragazzino per quel giocatore di baseball.

«Già.»

«Be', con un nome come Lucky, sono sicura che sarai tu quello che riuscirà a rintracciarlo e ottenerlo» sostenne con un sorriso.

«Sai» le disse serio, «ci sono stati momenti in cui ho davvero odiato il mio soprannome. Non mi sono sempre sentito fortunato.»

Devyn si afferrò ai suoi polsi, inchiodandolo con lo sguardo. «Sei stato catturato ma non ti hanno ucciso, e sei stato salvato. Mi hai trovata... ed era come cercare un ago in un pagliaio.» Gli fece l'occhiolino. «Inoltre, siamo riusciti a trovarci tra tutte le persone esistenti al mondo. Direi che sei dannatamente fortunato, e penso che il tuo nome sia perfetto per te.»

«Hai ragione.»

«Lo so» replicò compiaciuta.

Proprio in quel momento, il suo cazzo scivolò fuori e gemettero.

«Bene, è davvero ora di alzarsi» ammise, mettendosi a sedere con Devyn ancora a cavalcioni. Si spostò sul bordo del materasso e si alzò in piedi, tenendola per il sedere con entrambe le mani.

«Non riesco ancora a credere che tu possa portarmi in giro come se fossi minuta come Riley.»

«Sei perfetta per me. Adoro le tue gambe lunghe, le tue tette, il tuo culo, la tua...»

«Ok, ho capito. La mia bella personalità» disse con una risata.

«Anche quella» concordò Lucky.

La rimise in piedi quando giunsero in bagno, e si sporse per aprire l'acqua. Devyn sentì gli umori scendere lungo l'interno della coscia, ma per la prima volta da quei terribili giorni nella foresta, non si sentì affatto sporca.

Piuttosto si sentì profondamente amata, e ciò prevalse su tutto il resto.

Si avvicinò a lui mentre aspettavano che l'acqua si scaldasse. «Ti amo, Lucky. Tantissimo. Magari quando sono arrivata qui non ero sicura di iniziare una relazione con te, per tanti motivi, ma nessuno riguardava *te*. Ero spaventata. Temevo di trovare proprio quello che cercavo da tutta la vita, per poi perderlo.»

«Sei bloccata con me» le disse, stringendola contro il suo petto. «Per sempre.»

«Bene.»

Si sorrisero, Lucky le prese la mano e l'aiutò a entrare nella doccia. Nessuno dei due era perfetto ma, stranamente, erano perfetti insieme.

―――――

Sierra Clarkson ansimò distesa sul pavimento di terra della sua cella. Quando fu certa di essere sola... sorrise. Non poteva credere di essere riuscita a manipolare i suoi rapitori. Sì, era ancora rinchiusa al buio e aveva fame, ma li aveva indotti a fare esattamente ciò che aveva voluto.

Nello specifico, farsi rasare i capelli a zero.

La maggior parte della gente avrebbe pensato che fosse pazza per aver *voluto* che le tagliassero i suoi riccioli ramati, e forse lo era. Ma essere prigioniera dei terroristi talebani per mesi e mesi, tendeva a renderti così.

Un tempo era orgogliosissima dei suoi capelli rossi. Sapeva che era una delle sue caratteristiche più belle; la gente faceva tanti commenti sulla sua chioma quanti ne facevano sulla sua altezza. Ma dopo aver passato mesi in ostaggio, senza la possibilità di fare una doccia, i suoi capelli erano diventati un incubo. Quando dormiva, gli scarafaggi si infilavano tra le ciocche sporche e doveva liberarsene ogni mattina. Le sue guardie adoravano afferrarglieli per trascinarla. E non riusciva assolutamente a sopportare la sensazione disgustosa che le davano.

Non sapeva quando avesse deciso di volersene liberare, ma una volta successo aveva concentrato tutta la sua energia e attenzione per farlo accadere. Ricordava che appena fatta prigioniera aveva implorato di potersi lavare con dell'acqua pulita. I suoi rapitori avevano riso e non gliel'avevano permesso. Stessa cosa con il cibo; più supplicava di mangiare, più la facevano aspettare prima di gettarle degli avanzi.

Aveva imparato in fretta che mostrare interesse per qualsiasi cosa, avrebbe fatto sì che quei bastardi che la tenevano prigioniera le impedissero di averla, solo per farla soffrire. Così aveva iniziato a puntare l'attenzione sui suoi capelli ogni volta che erano lì vicino; aveva chiesto un pettine, una saponetta, si era lamentata delle condizioni dei suoi riccioli, li aveva implorati di non tirarglieli, e infine aveva detto che avrebbe fatto qualsiasi cosa purché non glieli tagliassero. Ci era voluto più o meno un mese, almeno *pensava* che ci fosse voluto tutto quel tempo dato che non aveva modo di valutarlo, ma proprio quella mattina si erano presentati con un paio di forbici e dei sorrisi malvagi.

Sierra aveva lottato contro di loro, non volendo che pensassero che invece desiderava ciò che avevano pianificato. Alla fine, l'avevano legata facendo esattamente ciò che aveva sperato.

L'avevano rasata a zero.

Passandosi una mano sulla testa, fece una smorfia

sentendo il pessimo lavoro che avevano fatto, ma non poté fare a meno di essere elettrizzata sentendosi più leggera e pulita. Gli stronzi pensavano di averla torturata, invece avevano fatto proprio il suo gioco.

Ora, se avesse potuto usare la sua laurea in psicologia per convincere i talebani che *voleva* stare con loro, che non voleva assolutamente essere liberata, lo avrebbe fatto, ma sapeva che non sarebbe successo. Lei era il loro trofeo, anche se veniva trattata peggio di una bestia ed era per lo più abbandonata in quella grotta nelle montagne.

Mentre chiudeva gli occhi, non poté fare a meno di sentirsi sollevata dal fatto che non avrebbe più dovuto liberare i capelli dagli scarafaggi una volta svegliata. Quella era stata una bella giornata. Davvero molto bella.

Doveva solo continuare a tenere duro nella speranza che presto avrebbe avuto una giornata *perfetta* e sarebbe riuscita a scappare da quei bastardi. Sperava che il giorno della resa dei conti sarebbe arrivato. Fino ad allora, avrebbe assaporato la piccola vittoria che aveva ottenuto.

———

Doc non era così entusiasta per l'incarico imminente. Sapeva che i suoi compagni di squadra erano felici di fare una missione più rilassata, dove le possibilità che venissero feriti o catturati erano basse. Non li biasimava; se avesse avuto una donna o un bambino ad aspettarlo, si sarebbe sentito allo stesso modo. Ma non era così, e faceva schifo.

Desiderava ciò che avevano i suoi amici. Voleva sentire quella connessione profonda con qualcuno. Ce l'aveva con la sua squadra, ma era molto diverso con una donna.

Doc era un uomo tranquillo, non era mai stato molto

estroverso. Raramente condivideva la sua opinione, al di fuori delle missioni, a meno che non fosse espressamente richiesta. Sperava di trovare qualcuno come lui. Un'introversa, magari un po' timida; una con cui poter sedere in silenzio a leggere un libro senza sentirsi come se la stesse trattenendo. Aveva visto in prima persona cosa succedeva quando i soldati frequentavano donne con caratteri diametralmente opposti; non funzionava mai.

Non sapeva dove avrebbe potuto trovare una donna un po' nerd e carina, ma non *troppo*, a cui piaceva svanire sullo sfondo proprio come lui, e che avrebbe pensato che il momento più bello della settimana era passare il tempo a chiacchierare a casa di un compagno di squadra.

Sospirò e scosse la testa. Stava cercando qualcuno che non esisteva. Una donna "unicorno". A trentaquattro anni era il più vecchio del team e se li sentiva tutti. Le ginocchia gli facevano praticamente sempre male e temeva il giorno in cui si sarebbero arrese del tutto e avrebbe dovuto lasciare la squadra. Il pensiero di non essere un Delta, di non lavorare fianco a fianco con gli uomini che considerava fratelli di sangue, era molto doloroso.

Riportò la sua attenzione sulla riunione. Stavano riepilogando tutto un'ultima volta prima di volare oltreoceano per i Giochi Olimpici. In quella missione avrebbero avuto un uomo in meno, perché il bambino di Riley sarebbe nato entro le prossime quattro settimane e Oz non voleva correre il rischio di perdersi l'evento; gli era stato permesso di prendersi un congedo e saltare la missione, dato che non era di alta priorità o a rischio elevato.

«Ho appena scoperto a quale edificio saremo assegnati» disse Trigger, consegnando a ciascuno di loro una mappa del Villaggio Olimpico in cui avrebbero alloggiato.

«Saremo sullo stesso piano con gli atleti statunitensi di pentathlon e le squadre di pallanuoto.»

«Maledizione, non i giocatori di beach volley?» scherzò Grover.

«C'è qualche possibilità che quelli di baseball siano nelle vicinanze?» chiese Lucky. «Dato che Oz non viene, sta a noi trovare l'idolo di Logan e ottenere il suo autografo.»

«Vicinanze è relativo, ma sono sicuro che possiamo riuscire a introdurci nell'edificio in cui alloggia la squadra. Il problema è che molti di quei giocatori professionisti di baseball e basket non staranno nel Villaggio Olimpico. Hanno affittato camere d'hotel a cinque stelle e arriveranno ogni giorno allo stadio in limousine.»

«Merda» borbottò Brain.

«Ho fiducia in noi» dichiarò Lefty. «Lo otterremo.»

«A proposito, tenete a mente che il nostro compito è proteggere gli atleti e le sedi, non dare la caccia ai giocatori famosi» li avvertì Trigger.

Doc alzò gli occhi al cielo. «Dio, lo sappiamo. Pensi che questa sia la nostra prima volta?»

«No, ma andava detto. Alcuni degli uomini e delle donne presenti sono piuttosto famosi. Soprattutto nel mondo dei social.»

Avrebbe voluto alzare di nuovo gli occhi al cielo, ma si trattenne. Non gli importava affatto dei social. Vedeva i suoi amici ogni giorno e se voleva informarsi su come stavano, prendeva il telefono e chiamava. Inoltre, gli operatori della Delta Force erano esortati a non avere profili per via della sicurezza delle operazioni. Non sapeva quali celebrità fossero popolari in quei giorni, ma non gliene fregava un cazzo.

«È un onore servire il nostro Paese in questo modo e

io, per esempio, non vedo l'ora di poter fare la doccia ogni giorno e mangiare cibo caldo» continuò Trigger.

Tutti risero e furono d'accordo.

Doc si unì a loro, ma segretamente pensava che avrebbe preferito di gran lunga trascinarsi nella sabbia del Medio Oriente, dando la caccia a un terrorista. Quel mondo lo capiva; quello con celebrità e atleti viziati che pensavano che la loro merda non puzzasse, non faceva per lui. Sapeva che non erano tutti così, probabilmente la *maggior* parte non lo era, ma quelli che aveva visto erano bastati a renderlo cinico verso quell'incarico.

Ma come in ogni altra missione, avrebbe lavorato al meglio delle sue capacità. Era quello che aveva sottoscritto quando si era arruolato nell'esercito.

Mettendo da parte il pensiero di desiderare una connessione con una donna, Doc guardò i documenti di fronte a lui. Doveva essere pronto a tutto, e sebbene i suoi compagni non lo avrebbero mai detto, sapeva di essere l'uomo più sacrificabile della squadra. E gli andava bene. Avrebbe dato la vita in qualsiasi momento affinché i suoi amici potessero vivere, soprattutto ora che avevano una famiglia.

Ember Maxwell era seduta nella sua camera da letto nella casa dei genitori a Beverly Hills, in California. Avrebbe dovuto essere in meditazione, visualizzare se stessa mentre vinceva l'evento di Pentathlon Moderno alle Olimpiadi che sarebbero iniziate la settimana seguente. Invece, era accoccolata sul comodo angolo sotto la finestra e osservava fuori.

Aveva venticinque anni e non aveva mai vissuto da sola. Non era nemmeno andata al college. Fin da piccola aveva fatto solo ciò che i suoi genitori le avevano detto di fare. L'avevano trasformata in un fenomeno sui social media – il suo account Instagram aveva oltre dieci milioni di follower – e in un'atleta d'élite.

Aveva iniziato a nuotare a sette anni, ma quando aveva dimostrato di essere molto brava, ma non eccezionale, l'avevano iscritta ad atletica. Poi era stato il turno dell'equitazione. Non aveva eccelso in nessuno di quegli sport, era stata a malapena decente.

Poi un giorno, mentre guardavano i Giochi Olimpici estivi... avevano avuto un'idea.

Il pentathlon moderno non era uno sport molto popolare, il che significava che c'erano meno concorrenti. Se l'avessero allenata anche solo decentemente nel nuoto, nella corsa, nell'equitazione, nel tiro a segno e nella scherma, allora avrebbe avuto la possibilità di diventare una campionessa olimpica.

Era sempre stato il *loro* obiettivo, non quello di Ember. I suoi genitori erano stati bravi atleti al liceo, ma non abbastanza da guadagnare borse di studio per il college o diventare professionisti, ma sembrava che avessero visto del potenziale nella figlia, che si era evoluto nell'ossessione di farla diventare una star.

Lei, da brava bambina, aveva sempre fatto ciò che le veniva detto. Si era allenata dalla mattina alla sera, aveva imparato a tirare di scherma, a sparare, aveva nuotato un'infinità di vasche in piscina. Le avevano comprato un cavallo, facendola correre per andare e tornare dalle lezioni di equitazione.

Ma per i Maxwell non era stato abbastanza. No, volevano che la loro figlia diventasse *famosa*, ed essere una pentatleta non lo avrebbe fatto accadere. Così avevano speso centinaia di migliaia di dollari per comprare i suoi follower, per pagare degli influencer che la ospitassero. Una primavera erano persino riusciti a convincere un loro amico produttore a fare un reality show sulla sua vita. Era durato solo una stagione, ma era bastato a far salire alle stelle i numeri su Instagram, rendendo Ember famosissima.

Ma il fatto era... che lei non voleva nulla di tutto quello.

Odiava venire fotografata ovunque andasse. Non poteva nemmeno andare al supermercato senza che qualcuno la riconoscesse e volesse un autografo o una foto. E Dio non volesse che fosse vista a comprare o mangiare del cibo. Ricordava ancora l'unica volta in cui era stata immortalata mentre mangiava una barretta di cioccolato. Sua madre le aveva fatto la predica per ore.

Quindi sì, Ember stava per partecipare alle Olimpiadi ed era famosa, ma nessuna delle due cose erano state il *suo* obiettivo. E ora che ce l'aveva fatta a qualificarsi, i suoi genitori, per lo più sua madre, stavano già pianificando le successive, che si sarebbero svolte da lì a quattro anni.

Era deprimente da morire... ed Ember avrebbe voluto tirarsene fuori. Non voleva avere niente a che fare con la California, la fama, le Olimpiadi e Instagram, e anche se non era mai stata così in forma e muscolosa in vita sua, voleva solo vivere un'esistenza normale.

Sospirando, prese la scatola con le ultime lettere che aveva ricevuto. I suoi genitori avevano assunto delle persone per gestire la posta dei suoi fan e per inviare foto con il suo autografo, ma a volte a Ember piaceva leggerla lei stessa. Voleva connettersi con qualcuno, *chiunque*, anche se solo tramite la posta.

La maggior parte delle lettere che riceveva erano carine, ma c'erano sempre quelle persone che pensavano che fosse una stronza e non avevano problemi a dirglielo. La sorprendeva quanti scrivessero ancora delle lettere vere. Sapeva di ricevere centinaia di messaggi e mail ogni giorno sui suoi account dei social, ma erano tutti gestiti da qualcun altro. Leggere le lettere la faceva sentire più umana, in un certo senso.

La prima che tirò fuori era stata chiaramente scritta da un bambino. La calligrafia era grande e disordinata, ma il sentimento dietro a quelle parole era commovente.

Sei la mia preferita. Sei bella. Da grande voglio essere come te.

Ember ne lesse altre. A un certo punto, prese una busta... e riconobbe la calligrafia. Quel ragazzo le scriveva da anni.

Ciao, Ember. Hai fatto un buon lavoro nelle qualificazioni. Hai sbalordito tutti. So che andrai alla grande alle Olimpiadi. Non vedo l'ora di vederti in cima al podio. Porterai a casa di sicuro quella medaglia d'oro! Ti ammiro moltissimo. Non è facile eccellere in cinque diversi sport contemporaneamente. La maggior parte degli altri olimpionici sono bravi solo in uno. Penso che ciò ti renda straordinaria. Buona fortuna! - Il tuo fan #1, Pat

· · ·

Ember sapeva che era meglio non rispondere ai fan che le inviavano messaggi. Era a conoscenza di ciò che era successo a Rebecca Schaeffer negli anni Ottanta. La giovane attrice, molto popolare, aveva commesso l'errore di rispondere al suo futuro assassino dicendogli che il suo biglietto era stato il più carino che avesse ricevuto. Ciò aveva aumentato la sua ossessione per lei, facendogli pensare che avessero una relazione. Aveva trovato il suo indirizzo ed era andato a casa sua. Quando lei aveva aperto la porta, le aveva sparato, uccidendola.

Ma non poté fare a meno di sorridere alla lettera di Pat. Era sempre così dolce e gentile. Apprezzò le sue parole di incoraggiamento.

Continuando a pensare a quella lettera, aprì la successiva e iniziò a leggere. Le parole battute sulla pagina la distolsero dalle sue riflessioni.

Sei una troia. Pensi di essere più bella e più brava degli altri. Ti odio. Odio tutto del tuo stile di vita. Pensi mai a tutti quelli che soffrono intorno a te? Che i soldi che butti in giro come se fossero caramelle potrebbero sfamare una famiglia bisognosa per una settimana? Scommetto che la tua schifosa manicure costa più di un mese di affitto di alcune persone. Spero che tu arrivi ultima alle Olimpiadi. Non meriti di essere lì, mammina e papino probabilmente hanno comprato la tua partecipazione. Forse qualcuno ti sparerà in testa in modo che gli Stati Uniti non si imbarazzino per essere rappresentati da te. Brucia all'inferno, stronza!

Ember rabbrividì e rimise la lettera nella busta. Spinse via la scatola e si appoggiò allo schienale, fissando di nuovo fuori dalla finestra. Gli occhi le si riempirono di lacrime, non riusciva a capire come si potesse odiare in quel modo qualcuno che non si conosceva. E a prescindere da ciò che le persone vedevano su Internet o alla TV, *non* la conoscevano.

Voleva essere normale. Voleva una famiglia e dei bambini. Non aveva chiesto di essere Ember Maxwell, star del web e atleta d'élite.

Sapeva di dover esserne riconoscente. Aveva ricevuto un'educazione privilegiata e tutto ciò che i soldi potevano comprare, ma l'unica cosa che i soldi *non* potevano comprarle era la felicità. Quel vecchio detto era vero, e ciò che stava facendo ora non la rendeva felice.

Doveva trovare il coraggio di opporsi ai suoi genitori, ma prima doveva superare le Olimpiadi. Loro si aspettavano che portasse a casa una medaglia d'oro e, se fosse successo, sarebbe stato ancora più difficile sfuggire alla sua gabbia dorata.

Non avrebbe perso di proposito, era troppo competitiva, ma avrebbe visto cosa avevano in serbo per lei le settimane successive e agito di conseguenza.

Dimenticando le lettere, Ember si alzò e andò a letto; l'indomani si sarebbe alzata presto per allenarsi. Almeno nei sogni poteva essere chi voleva. Normale. Ordinaria. Contenta.

———

Cerca il prossimo libro della serie Team Delta Due*La forza di Ember* , è disponibile ORA!

Forze Speciali alle Hawaii

Trovare Elodie
Trovare Lexie
Trovare Kenna
Trovare Monica
Trovare Carly
Trovare Ashlyn
Trovare Jodelle (22 Luglio)

Armi & Amori: verso il futuro

Soccorrere Caite
Soccorrere Brenae
Soccorrere Sidney
Soccorrere Piper
Soccorrere Zoey
Soccorrere Avery
Soccorrere Kalee (1 Octobre)
Soccorrere Jane (1 Novembre)

Delta Force Heroes

Salvare Rayne
Salvare Emily
Salvare Harley
Il Matrimonio di Emily
Salvare Kassie
Salvare Bryn
Salvare Casey
Salvare Sadie
Salvare Wendy
Salvare Mary
Salvare Macie
Salvare Annie

<u>Armi e Amori</u>

Proteggere Caroline
Proteggere Alabama
Proteggere Fiona
Il Matrimonio di Caroline
Proteggere Summer
Proteggere Cheyenne
Proteggere Jessyka
Proteggere Julie
Proteggere Melody
Proteggere il Futuro
Proteggere Kiera
Proteggere i figli di Alabama
Proteggere Dakota

<u>Mercenari di Montagna</u>

Difendere Allye
Difendere Chloe
Difendere Morgan
Difendere Harlow
Difendere Everly
Difendere Zara
Difendere Raven

<u>Ace Security</u>

Il riscatto di Grace
Il riscatto di Alexis
Il riscatto di Bailey
Il riscatto di Felicity
Il riscatto di Sarah

<u>Una raccolta di storie brevi</u>

Un momento nel tempo

Un momento nel tempo

BIOGRAFIA

L'autrice best seller del *New York Times*, *USA Today*, e *Wall Street Journal*, Susan Stoker ha un cuore grande come lo stato del Texas, dove vive, ma questa tipica ragazza americana ha trascorso gli ultimi quattordici anni vivendo nel Missouri, in California, in Colorado, e nell'Indiana. È sposata con un ex militare dell'esercito, che ora la segue in tutto il Paese.

Ha debuttato con la sua prima serie nel 2014, seguita dalla serie SEAL of Protection, che ha consolidato il suo amore per la scrittura, e la creazione di storie in cui i lettori possono perdersi.

Se ti è piaciuto questo libro, o qualsiasi libro, per favore considera di lasciare una recensione. Gli autori lo apprezzano più di quanto tu possa immaginare.

www.stokeraces.com
susan@stokeraces.com

www.ingramcontent.com/pod-product-compliance
Lightning Source LLC
Chambersburg PA
CBHW060236100726
47907CB00003B/646